丫鬟不好追

上

青梅煮雪 著

風文創 427

目錄

序

青梅煮雪

江南氤氳湖光，桃花三兩枝，水暖鴨先知。

在這裡有多情羞赧的少女，有爽朗雋拔的青年，有散學歸來的孩子……像是一幅徐徐展開的水墨畫，用清淡的筆墨勾勒出意味深長的風光。

故事發生在江南，金碧輝煌的世家大族，暗藏機鋒的宅門重樓，風雨欲來的朝堂風波。

她有玲瓏剔透心，卻躲不過朝夕相對的情愫；他本驚才絕豔，卻避不得家世負累。

相遇，相知，相識，相伴，相守……最後所求，不過一生一代一雙人，已矣。

第一章

時值新慶六年，暮春三月間，天氣雖還微帶寒意，卻隱隱有些草長鶯飛之勢。鵝黃色的草芽已悄然冒出地皮，若是細看，樹尖枝頭也抽出綠條，江南的春意總是一如鄰家的少女，羞赧又多情。

臨塘村是這一帶萬千村落中的一個，只有寥寥幾十戶人家，算不得多。此時村中的大人們還在田中幹活，孩子們卻已經散學，三三兩兩圍在一起玩鬧，放起了自家糊的紙鳶來。

顧媛媛嘆了口氣，抬頭看著灰藍色的天空，偶有幾隻不知名的鳥飛過，遠處孩童的紙鳶在微風裡搖搖晃晃，村落有些人家已飄出裊裊炊煙。

來到這個奇怪的年代，已經是三年又七個月，說不清事情是如何發生的，只是大夢醒來時，自己便是村裡老顧家的閨女——如果這種詭異的狀況能定義為穿越的話。

對於穿越成一個土生土長的丫頭片子，顧媛媛不是沒有腹誹過。

偶有閒暇時，她也會琢磨著自己說不定是某某皇家宗室寄養在鄉下的貴女，是一顆遺落民間的明珠，後來從對家中老小以及鄰居的旁敲側擊中，她明白了顧家祖上三代就生活在臨塘村，自己也絕對是老娘親生的，沒有神秘的黑衣人，也沒有傳說中的詩書字畫、各種首飾玉珮、手絹絲帕等信物，才打消了這個念頭。某日腦洞大開，又想自己的老爹許是不世出的世外高人，擁有一身絕世武學，卻不慕名利，安於平靜生活。

如此這般，自己是不是要試上一試，逼出這個世外高人才好，想歸想，顧媛媛若是真敢敲上老爹一棍子，恐怕一天都沒飯吃。

三年來，顧媛媛從最初的茫然無助到如今的安於現狀，其間心中經歷過多少掙扎和絕望只有她自己曉得。顧媛媛又嘆了口氣，也罷，既然家庭和睦，四肢健全，倒也是老天厚待。

「阿姊……」怯怯的童聲傳來，一顆灰撲撲的小腦袋從門外探進來，出門前還梳得整齊的總角小髻已經鬆散了，圓乎乎的包子臉上不知在哪裡淘氣蹭了些灰塵，只有一雙眼睛骨碌碌的，透著機靈與淘氣。

顧媛媛看到站在門檻前髒兮兮的小孩，不禁頭疼。上輩子是小學老師的她，為何如今成了個黃毛丫頭，也照樣擺脫不掉照看孩子的命運？「這是又跑到哪裡淘氣了？還不快過來，讓阿爹看到少不得要挨板子。」

聽到顧媛媛說阿爹不在，程程才刺溜一下從門口竄進屋裡。「阿姊，我曉得妳不會跟阿爹說的。」

「閉眼。」顧媛媛拿撢子一點點撣去自家小弟身上的灰塵。

「阿姊，這次可不能怪我，都是虎子不好，居然跟我搶風箏。」

顧媛媛打了盆水，給弟弟擦去小臉上的泥土。

「那可是阿姊給我新糊的風箏，才不讓他玩呢！」程程任由姊姊給自己拾掇著。

「手伸出來。」

「哦，阿姊妳說虎子多壞，就是仗著自己有哥哥幫，哼，我可不怕他。」

重新給小弟梳好總角小髻，看著總算收拾妥當了，顧媛媛才拾起地上被折壞的風箏。

程程低著頭，小手捏著衣角，聲音悶悶的。「阿姊……對不起，風箏壞了。」

「只是一個風箏，阿姊給你再糊一個就是，哪值得你去跟小夥伴打架。」顧媛媛這小弟是家中唯一的寶貝兒子，爹娘都給疼到心眼裡，雖說淘氣得不行，卻很聽阿姊的話。

「阿姊，我快餓死了。」程程抱著顧媛媛的手撒嬌。

「知道了知道了，阿爹他們一會兒就回來，等一下就能吃飯了。」顧媛媛寵溺地看著小弟，看著不遠處陸續從田間勞作歸來的父母鄉鄰，看著家中雖破舊卻也能遮風擋雨的幾間小屋，心道在這陌生的世界，若是能一直安然生活下去，倒也是件可慶幸的事情。

徐徐落下的夕陽，染紅了半個村落。

世間不如意之事十有八九，新慶八年間，江南洪澇成災，顆粒無收，民不聊生。雖說臨塘村的人家並不是很多，往昔卻也是溪水繞村，綠柳拂堤，頗有生機，而如今卻如遲暮的美人，一片荒涼，甚是淒然，有幾戶人家甚至已經收拾行李投親奔友去了。

顧媛媛盯著見底的米缸發愁，阿爹、阿娘去城裡典當物什換米糧了，小弟年幼，不知跟村裡的孩子去哪裡玩耍了，顧媛媛收拾了籮筐和鋤頭，決定去地裡翻翻看，若是翻到些野芋，倒是能拿來抵上一、兩頓。

來地頭上翻野芋的人不少，顧媛媛的小胳膊掛著個大籮筐，腳下踢著土殼子，琢磨著這麼一小塊地被翻了兩、三遍，怕是很難挖到野芋了。她看到村頭老李家的夫婦就在前面不遠處，看著也是跟她一樣來翻找吃食的，準備過去打個招呼，順道問問他們哪裡還有荒田可尋，誰知才剛走近幾步，便聽見夫婦兩人似乎正說著什麼事——

「聽說那可是個大戶人家，府裡鋪路的磚都上了金粉，晃得人眼睛疼咧！如果顧家丫頭過去，那可是享福！」李家大哥跟媳婦比劃著說。

李大嫂撇撇嘴。「人家牆門高，規矩也大著，惹得主子們不高興，哪還有舒心日子好過？」

「現在缺糧的日子就好過了？說到底也是為了給閨女尋個好路。」

李大嫂搖頭嘆氣。「這十里八村哪有比老顧家閨女顏色更好的？還尋思著日後說給咱兒子呢……」

李家夫婦邊閒聊邊走遠了，顧媛媛卻是整個人都傻了，剛剛他們說了什麼？什麼大戶人家？什麼出路？老顧家閨女？村裡有幾個顧家？

一陣驚慌中，籮筐掉在地上，她顧不得拾起，跌跌撞撞地往回跑。

這究竟是怎麼回事，她要找阿爹問個清楚！

她回到家門前，只見門前停著一輛老舊的馬車，車前站著個婆子，穿著七成新的綠緞褙子，下半身著藏青色羅裙。村裡人多數穿麻布衣裳，家中寬裕點的穿細布衣，極少見到穿綢緞的，可見這婆子是個外鄉人。

見到婆子正同顧老爹講著話，顧媛媛只覺得心中揪了起來，深呼吸了口氣，三步併成兩步地走上前。「阿爹！你們不是去城中換糧了？」

顧老爹看見閨女回來，慌了一下。「媛妮回來了！快過來，這是劉婆婆。」

顧媛媛咬咬牙，不去看那婆子，又問：「阿爹，阿娘呢？你們不是去換糧了？」

顧老爹皺眉。「妳阿娘在裡屋，快給劉婆婆問好。」

劉婆婆約莫五十多歲，圓臉頰，額頭寬正，臉上帶著笑意，看起來很是溫和可親，眼中卻透著精明，她上下打量著顧媛媛，點頭笑著說：「好個模樣，以後肯定是個有福的！」

顧媛媛不可置信。「阿爹是要把女兒賣了嗎？」

「傻妮子，說啥賣不賣的，這是給妳在官老爺家找個差事，可巧著人家缺人，這好事多少人都不敢想咧！」阿爹嘴上這樣說著，眼裡帶著不捨。「妮子，曉得妳懂事，咱家現在實在不好過，妳去還能尋個好出路……」

話未說完，顧老爹紅了眼眶。

看著家中典當一空的屋子，以及阿爹頭上夾雜的白髮，顧媛媛沈默了。少張嘴吃飯或許能讓這個家好過幾分，阿弟也漸漸大了，以後會照顧爹娘，若她被賣去當丫鬟，或許還能賺些月錢寄回家裡。

「我去跟阿娘說說話。」

劉婆婆拉住顧媛媛的袖子。「丫頭，著急趕路呢，趕緊收拾收拾，可別讓大夥等妳一個。」

顧媛媛點頭。「曉得的，就同阿娘講幾句。」

進了屋子，看到阿娘正坐在炕頭收拾衣物，眼睛紅紅的，聽見動靜，抬頭一看，忙用袖子擦了擦眼。

「阿娘……」顧媛媛哽咽。

「媛妮兒，妳阿爹在外面給妳說了吧，阿娘捨不得妳，可聽人家說那是個好去處……」阿娘拉著顧媛媛粗糙的小手。「妳向來是個省心的，以後要照顧好自個兒。」

顧媛媛點頭。「我曉得，以後閨女不在您身邊，阿娘更要保重身體才是，小弟也漸漸大了，以後……以後會替閨女在爹娘身前盡孝的……」說著卻是落下淚來，這五年多的時光歷歷在目，憨厚的阿爹、淳樸的阿娘、活潑的小弟……

此刻的分離讓顧媛媛心中難過不已，因怕阿娘跟著傷心，忙擦去眼淚，接過阿娘手中的小包袱，笑了笑道：「阿娘別擔心，閨女以後又不是不回來了。」她琢磨著就算是給人家做丫鬟，到了一定年齡肯定還能給放出來的，就當是自己找了份工作，安心熬個幾年，攢點小銀子再回家來。

出了門，顧媛媛走到劉婆婆面前，整了整衣襟，行了個見禮。「劉婆婆，阿媛不懂事給您添麻煩了，還煩勞您多多關照。」

劉婆婆做牙婆這麼多年，見過的孩子離家前不是哭哭啼啼就是畏畏縮縮，要不就是懵懂不知事的，像顧媛媛這般知禮乖巧的還是極少見；再瞅她雖有些面黃肌瘦，卻不掩清麗模樣，心下也是十分喜愛，當下便滿口應著，對隨後走出的顧媛媛的娘說：「顧家嬸子，妳家這閨女我瞅著好，以後定是個有出息的！」

接著又對顧媛媛道：「咱啊，也別在這耽擱了，時辰不早了，上路吧。」

顧媛媛點頭，正準備上馬車，後面跑來一個小娃。「阿姊！」

這跑得上氣不接下氣的小娃正是老顧家的寶貝蛋子，顧媛媛的弟弟程程。程程不知道是從哪裡跑過來的，手裡還提溜著一隻山兔子，舉到顧媛媛眼前給她看。「阿姊，咱們晚上有肉吃了！」

顧媛媛看著眼前這個從小看著長大的孩子，心裡一陣陣發酸。「好，晚上有肉吃。你啊，跑哪裡去了，以後別亂跑了，都多大了還這麼淘氣……」

程程沒有跟往常一樣笑著跟阿姊撒嬌，而是仰著小臉問：「阿姊妳要去哪啊？阿姊快回去做飯吧，程程餓了。」

顧老爹上前拉回兒子。「快先回家，你阿姊有事要出去一趟。」

顧媛媛捏捏程程的小臉蛋。「阿姊出個遠門，過幾天就回來，你乖乖聽爹娘的話，我不在的這幾天，你可不准淘氣再去惹爹娘生氣，如果表現得好，等阿姊回來再給你紮個大風箏，找最鮮亮的彩紙糊。」

程程搖頭，揪著顧媛媛的袖子。「阿姊，妳別去了，程程不要風箏。」

顧媛媛眼睛澀澀的，強笑著把程程交給阿娘看著。

「爹娘，女兒走了。程程，阿姊……會回來的。」上了馬車，她不敢再回頭。

馬車的輪子輾在鄉間的土路上，帶起一陣風塵，和著小弟的呼喊聲，越行越遠了……

集市上，一輛老舊的馬車嘎吱嘎吱地行駛著。

顧媛媛扳著手指算了算，今天是在馬車上的第五天。剛上車時，車上有三個同齡大的孩子，今天又添上兩個，算上自己，一共是六個了。

顧媛媛溫順乖巧，哄得劉婆婆心下也有幾分歡喜，倒是願意同她多講幾句，隨著幾天相處下來，她也大概瞭解到一些情況。

劉婆婆在牙婆界算是相當有口碑，這次尋得的丫頭，倒真是往大戶官家送的，聽說是蘇州謝公侯大人的府邸，如此顧媛媛也算鬆了口氣，至少不會把自己賣到什麼奇怪的地方去。

「哎，妳叫什麼名字？」今天剛來的小姑娘不似其他幾個靦覥，她一身碧綠的衫子，藕荷色的小裙，烏黑的頭髮梳著雙平小髻，雙目細長，襯得小臉嬌俏可人，此時她正仰著尖尖的小下巴，看著顧媛媛。其他幾個孩子聽到她說話，都抬起頭來。

顧媛媛回過神來，擺出天真的笑容。「我叫顧媛媛，前幾日上車的，妳的衫子可真好看。」

聽到這話，那碧綠衫子的小姑娘臉上露出笑容，帶著幾分得意。「這是臨走前阿娘給我新裁的，我阿娘手可巧了，鎮上的人都說阿娘的手藝是江南第一咧！」

「我阿娘裁的衣裳才是好看，村頭的私塾先生都誇阿娘手藝好。」一道輕軟的聲音響起，是坐在車廂角落一個不起眼的小姑娘，她看起來很是瘦小，柔軟的劉海整齊地貼在額前，面龐略有些蒼白，一雙眼睛卻是烏黑發亮，睜得大大的，彷彿是在對碧綠衫子小姑娘說「妳撒謊」。

碧綠衫子小姑娘聽到有人反駁她，豎起細細的眉毛，瞪向車廂角落。「妳是誰啊？憑什麼說我娘手藝不是第一？」

那個面色蒼白的小姑娘抿了抿唇，小聲辯解。「真的，我阿娘裁的衣服，私塾先生和夫人都說好看。私塾先生是最有學問的人，他不會說謊的。」

眼看兩個小姑娘要吵起來，顧媛媛出於職業習慣，正要開勸，這時聽得馬聲嘶鳴，車身猛地一晃，顧媛媛沒有防備，腦袋磕在車廂壁上，疼得倒抽一口涼氣。

馬車外鬧哄哄的，不知發生了什麼事，她悄悄撩起一邊簾子，因為個頭太小，努力踮著腳尖才探出一雙眼睛瞅向窗外。

第二章

「哪個混帳沒長眼睛，知不知道這是誰的車駕？耽擱了我家大爺的事，你們擔得起嗎?!」

只見一小廝站在一輛馬車前，雙手插腰，瞪著眼睛，氣呼呼地衝顧媛媛她們駕車的車伕唾道。這小廝看著約莫十二、三歲，寬額方臉濃眉，生得很是普通，因生氣而脹紅的臉帶了幾分蠻橫感。

奇怪的是，雖然只是個半大點的孩子，顧媛媛她們的車伕卻是不住點頭，連連稱是，態度十分恭謹。

顧媛媛看了看小廝身後的馬車，心下了然。

那車身是黑楠木，四面用金緞絲綢裝裹，窗牖四周鑲嵌著金飾紋路和白玉，絳紫色絲絨簾子古樸又不失貴氣，昭示著馬車主人尊貴的身分。看來街道太窄，顧媛媛他們這邊的馬車阻擋了他們的馬車，才惹得那小廝怒氣連連。

城裡人脾氣真大，顧媛媛不禁咋舌。

「阿平！還想在那唧唧啾啾到什麼時候，城西一品齋的八寶雞都快賣完了，趕緊給爺上車走人！」飽含怒意的清脆童聲從華貴馬車中傳來，顧媛媛看到一隻胖胖的白嫩小手掀開絳紫色簾子，裡面是一個看起來和她差不多大的七、八歲小童，圓圓胖胖、臉頰鼓鼓的，不知是因為八寶雞快賣完了在著急，還是因為自家小廝在那唧唧磨磨而生氣，他一臉不耐煩，像極了一顆香軟白胖、剛剛蒸出籠的小籠包。

小籠包長著一雙與圓臉極不相稱的狹長眸子，就是這雙眼眸使得本該十分可愛的臉蛋少了天真和稚氣，多了幾分凌厲。

那個叫阿平的小廝還想再說什麼，瞅見主子正冷冷瞪著自己，嚇得一個哆嗦，彎駝著身子迅速上了車，乖乖候在一側。

小籠包正要放下簾子，似乎察覺到什麼，抬頭看向前方，剛巧對上顧媛媛的眼睛。顧媛媛眨眨眼，不緊不慢地縮回了腦袋。

「媛媛，外面怎麼啦？」碧綠衫子的小姑娘有些緊張地問。

「沒什麼，這邊路窄，有人家急著過吧。」顧媛媛掃了眼車廂裡的孩子們，這些小姑娘同自己一樣，都十分年幼，多是穿著粗麻布衣服，面黃肌瘦，她們來自不同的村莊，聚在這裡的原因卻只有一個，被家裡人賣來當丫鬟。她們早早離家、離開父母，賣給別人為奴為婢，同樣是一般年紀，再想起剛剛那華貴馬車上錦衣華服的小籠包，顧媛媛不禁感慨命數不同。

她不是沒有想過依靠自己身為現代人的閱歷自力更生，開疆拓土，成為白富美，走上人生的小高峰。可惜自己身無長處，要說唯一的優點就是溫順乖巧，學習優異，成為家長們口中「別人家的孩子」，於是她只好踏踏實實地走種田風；誰料想田種到一半就被賣了出去，對於未來的生活，忐忑中帶著幾許期待，重生一遭，這個時代總會有她存在的意義吧。

馬車約莫又行了小半日才停下來，劉婆婆中途來過一回說是快要到了，讓她們幾個自己拾掇乾淨，別失了禮數。

下車後，她們跟在劉婆婆身後，七拐八繞地來到一處府邸門前，只見面前是一扇獸頭紅漆大門，左右各蹲一隻漢白玉石獅子，兩旁各有四根烏木柱子，門上有一匾，匾上大書「謝府」。

顧媛媛心讚一聲氣派，不知這謝府與紅樓夢中的甯國府比之如何？

「好大的門啊！」碧綠衫子的小姑娘脫口而出。

劉婆婆把身上寶藍色綢緞外衫捋了捋，看著沒有一絲縐褶了，才滿意地看向她們。「這才到哪兒，謝府的偏門就把妳們看傻了？」

眾人皆驚嘆，原來這只是謝府的一處偏門，那正門要氣派成何等模樣！

進了門，眼前珠翠樓臺，高亭水榭，奇花異草，琳琅滿目，應接不暇。腳下是素色鵝卵石鋪成的小徑，蜿蜒曲折，成千上萬的石子像精挑細選出來的，乍看大小相同，仔細看便發現其形態不一，整整齊齊地堆砌著。

四周佳木蘢蔥，奇花爭妍，像是來到了仙境一般迷人眼。園中石景更是奇特，似坐似臥，似起似落，別具一格，其神韻更是令人稱奇，有如蓮瓣，有如巨象，有如臥虎，有如跳兔，有的兀立如柱，有的側身探海，有的怒目相視，有的羞若處子。

前方有一座拱橋，青玉石身，形狀精巧，上有鳥蟲魚獸，橋下是一帶清流，始在亭閣處，終於草木間。此番景致令幾個小姑娘都驚奇不已，顧媛媛從前也跟著旅遊團去過蘇州園林，可那後世經過修葺的園子竟是比不上千年前這般精巧而美麗，大略環視了一周，便斂下眉眼，端莊地跟在劉婆婆身後。

劉婆婆回頭見這群小丫頭或驚或瞋，目露新奇，交頭接耳，四下環瞰，只有顧媛媛一人眉目端正，面含微笑，亦步亦趨地緊跟在後，不禁心下點頭稱讚這丫頭好氣度。

「都機靈著點，我是帶妳們來看園子的麼，該說什麼、做什麼自己可記著，待會兒妳們見到主子，若是說錯了話、辦錯了事，就算主子饒得妳們，老婆子我可不饒。」劉婆婆眉毛一橫，疾言厲色地訓道。

眾人點頭道是。

這時迎面走來幾個婆子，皆是衣著光鮮，劉婆婆上前對其中一個婆子福了福，道了聲安，那婆子還了個半禮後，看向她們幾個小姑娘。「妳辦事向來可心，老祖宗聽說是給大爺選的丫頭，要親自見見呢，跟我來吧！」

劉婆婆心裡一緊，謝府不僅僅是蘇州郡守府這般簡單，謝府的老主母年輕時是當今天子的乳母，感情很是深厚，年歲大了後，天子體恤乳母年邁，封為誥命夫人，准許回蘇州養老。謝家老太爺離世得早，先皇親選謝家長子謝望為當今天子年少時期的伴讀，謝望年輕時在京都六部任職，很得皇帝信任，後調職蘇州，成為郡守。

謝家在江南一帶可算是首屈一指的名門望族，即便是兩江總督也要禮讓三分；而如今要去見的，正是赫赫有名的謝家老主母謝老太君，想到這裡，劉婆婆不放心地看了眼身後這群小姑娘，想著她們平日也算是聽話，當不會出岔子，才應了聲是，再次整了整身上的衫子，跟著那婆子向前走去。

大概走了有一炷香的時間，其間繞過了九曲長廊，走過亭臺水榭，方到一處別院，院前有幾棵石榴樹，此時正是六月，是石榴花開的季節，只見院前繁花怒放，燦若雲霞，花紅似火，分外鮮豔。

那打頭的婆子停下腳步，向劉婆婆說：「煩勞先在外面候著，我去稟了老祖宗，再來帶妳們進去。」

「哎，您且先去吧。」劉婆婆連忙應下。

顧媛媛瞅著那婆子進去，默默在心中給自己打氣：真是個沒出息的，莫慌莫慌，只要自己安分不失禮，誰還能為難了去嗎？再看向身邊的小夥伴，一個個臉上盡顯驚慌，劉婆婆也看見了，剛想再叮囑幾句，就見方才進去的婆子出來招呼她們入內。

進了院子，左右各有兩道門，顧媛媛不敢似方才進府時那般環視，低著頭跟著領路婆子七拐八繞到了一屋子前，那屋子有著黃琉璃瓦重檐歇山頂、四椀菱花槅扇門、五層花崗岩臺階，東西設有卡牆，各開垂花門。

屋裡煞是涼爽，四角擺著銀盆，裡面盛著冰塊，向四周散發著涼意，屋中擺設華貴又不失素雅，四面的簾子皆用青碧紗，上頭繪著翠竹，讓人一進來就覺得渾身通透，心下清爽。

屋中主位榻上，端坐著一位老人，紫棠色對襟廣袖氅衣，上袖繡著大朵芭樂花樣，暗金色鑲邊裡襯，裡面著黛青緞裙，頭髮一絲不苟地梳著富貴髻，這正是謝家的老主母。

顧媛媛跟著劉婆婆給謝氏老太君行了跪禮。

老太君朝劉婆婆點頭道：「都起來說話吧。最近可還好著？」

劉婆婆佝僂著身子，連忙笑著。「好著咧，謝老太君惦記著。老奴瞅著，老太君可真越發精神了。」

謝老太君笑著跟一旁伺候的婆子說：「妳瞅瞅，可一點也沒變，她這嘴慣是會往甜裡講。」

「哪裡說錯了去，老祖宗可不就是精神著？」老太君身旁坐著的一個年輕婦人接話道。這婦人一身茜色細綢外衣，翡翠花褶裙，眉目婉約，體態端莊，正是謝府的大夫人，謝望的妻子，老太君的大兒媳婦江氏。

「瞅妳們這一個個的，竟哄我這老婆子。」老太君嘴上這般說著，眼角的笑意卻是更盛了，她指著劉婆婆後面的幾個小姑娘。「這幾個丫頭，都是妳新尋來的？」

劉婆婆側身到一旁，嘴裡應著。「哎，您看可有中意的？」接著又看向顧媛媛她們。「都抬起頭來，給老太君看看。」

顧媛媛覺得自己像個待選的貨物，等著主人挑揀，這種感覺讓她不由得心中微黯。她抬起頭，看清屋中除了一旁伺候的丫鬟和婆子外，老太君就坐在主位，一旁是大夫人江氏，江氏的下首還坐著兩個年輕麗人。

老太君對江氏說：「妳也看看哪個合眼，畢竟是給意哥兒他們添的丫頭，可得精心著點。」

江氏眉眼含笑。「老太君看著選就是，定不會錯的。」說著她掃過下面一張張小臉，有驚恐的、有膽怯的、有帶著期許的、有充滿歡喜的，待掃過顧媛媛時，神色瞬間一怔，笑意斂去，眉頭輕皺，隨即移開視線，不再看她。

顧媛媛滿心納悶，那江氏看到她時，眼神分明是對她不喜，只是不知這不喜是何緣故？

這時從外面進來一個孩子，繞過眾人，走到老太君面前，恭恭敬敬地行了一禮。「鈺兒給祖母、母親、姨娘見安。」

「原來是鈺哥兒回來了，來這邊坐吧！」老太君喚孫子過去。

聽到祖母這麼說，他才抬起頭，一絲不苟地整了整衣襟，走了過去，端正地坐在祖母下首的位置旁。

顧媛媛打量了眼這個舉止如小大人般的孩子，素色的衫子襯得他小臉白得幾近透明，圓潤的額頭，精巧的下頷，翹挺的鼻子，就像個糯米糰子般，而他的右眼角下有一顆嫣紅的淚痣，平添了幾分麗色。他端端正正地坐在那兒，雙手放在膝上，目光清澈，垂下眼簾，絲毫沒有對屋子裡有那麼多人感到好奇。

這無疑是張十分漂亮的臉蛋，只是生在一個男孩身上，卻有些過於豔麗了。

江氏看了看後面，並沒見到自己兒子的身影，便側身問：「鈺哥兒這是剛下學吧，怎的不見意兒跟你一起回來？」

謝鈺思量了一下，正待回嫡母的話，就聽見外面傳來清脆的童聲——

「我這不是回來了？」

第三章

只見又一個孩童進了屋，只是眾人還未看清楚，那孩子便一下跑了過去，窩在老太君身前。「祖母，今兒個可有想意兒啊？」

老太君滿臉藏不住的笑意，臉上的皺紋也跟著鮮活起來，像極了一朵綻開的菊花，見到嫡孫的這一刻，老人從方才尊貴的謝家老太君，成了疼愛孫子的普通老奶奶，摟著懷裡的大孫子念叨。「想想想，想你這個皮猴子作甚！」

老太君口中的皮猴子就是謝望的長子謝意，眾人似乎早就習慣了老太君對謝意這般寵溺的態度。謝望子嗣單薄，只有兩子一女，謝意自小就被老太君養在膝下，自然是被當作心尖尖上的。

顧媛媛往老太君懷裡一瞅，那胖嘟嘟的臉蛋、圓滾滾的身體，這哪裡是猴子，分明是剛剛在馬車上見到的小籠包子。

「怎的這樣沒規矩，還不下來，給你祖母見安。」江氏雖呵斥著，但也是滿眼的疼愛，她就這麼一個兒子，奈何老太君要留在身邊，她不敢拂了老太君的意，只能忍痛同意，隔三差五地來老太君這裡請安，見見寶貝兒子。

小籠包子不慌不忙地從老太君邊上下來，揮手喚身邊那個叫阿平的小廝。那小廝會意，遞了一個精巧的食盒過去。

「這是祥瑞閣的棗泥核桃糕，早先見祖母愛吃，下了學就給祖母去買來了。」小籠包打開食盒，一股香甜的味道在空氣裡瀰漫。那食盒中有一只青花瓷碟，碟中擺放著的糕點都印成了梅花瓣狀，煞是精巧可人。

聞著這味道，再看著這小點心，一時間顧媛媛覺得味蕾全被喚醒了，努力咽了咽口水，戀戀不捨地移開視線。

小籠包用肥嫩的小手把棗泥核桃糕端到老太君面前，老太君自是笑得合不攏嘴，甜到了心眼裡。

「意哥兒到底是老祖宗的親孫子，滿心裡竟是記掛著老祖宗，難怪老祖宗當成心肝肉兒寵呢！」江氏下首坐著的一美豔婦人嬌滴滴地說道。這婦人身量苗條，體態婀娜，一雙鳳目似嗔似喜。

為了哄老太君開心，大家都陪著笑，哪個敢說不是，只有那美豔婦人身旁的麗人卻是笑得有些勉強。

顧媛媛將眾人神色盡收眼底，暗想這一室歡笑裡面，有多少波瀾。

謝意抖抖身上的肥肉，身手靈活地重新爬到祖母身側坐著。「祖母這是怎的，屋裡這麼多人？」

這話一說，老太君才想起給孫子選丫鬟的正事，忙拍了拍孫子的小胖手道：「可不就是給你和鈺哥兒幾個挑丫鬟。」

謝意一聽，來了精神。「祖母，那我可得自己選。」

老太君見謝意高興，哪裡會說個不字。「祖母依你，你自個兒去看！」

顧媛媛在一旁聽著，看來這是給謝家的少爺、小姐們添丫鬟了，她看看那個備受老太君寵愛的小籠包，再看看一旁安安靜靜的糯米糰，心道不知自己會被安排到哪裡去。

小籠包環視了下這幾個丫頭，對一旁的糯米糰說：「三弟，你先選吧。」

糯米糰子道：「謝大哥好意，只是親選丫鬟，於理不合，大哥是長子，也應當注意言行才是。」一句話使得屋裡人都止了喧鬧，靜靜地看著這兄弟倆。

「鈺兒！說什麼呢，還不……還不快給你大哥賠不是！」說話的是坐在江氏下首的另一個女子，只見她神色驚恐，著急地呵斥著兒子。

這一聲呵斥，使得屋裡的氣氛有些微妙。老太君臉上沒了笑意，江氏神色淡淡的看不出喜怒，她身側那美豔婦人則是一臉的嘲弄，其餘人皆是一副看好戲的模樣。

小籠包咧嘴一笑，好似沒注意到屋中的變化，支起油晃晃的身子走到一干丫頭面前，自顧自道：「那我可先挑了。」

顧媛媛看著眼前的小籠包晃晃悠悠走到自己面前，肥手一揮，道：「就她了。」

寫意居，古杏長廊。

日頭剛落下沒多久，漫天的繁星已迫不及待地探了出來。

一小廝神色匆匆，腳步聲很急，好像在找什麼人。看到前面手持一盞素色風燈的小姑娘後，才舒了一口氣地上前。「鳶姑娘怎麼還在這，大爺正找妳呢！」

那持燈的小姑娘身穿緗色對襟襦裙，烏黑的頭髮綰成丫髻，身量嬌小，在風中立著。聽到有人喚她，回過頭來，暖黃色的風燈照得她眉目柔和，待看清來人，方輕聲細語道：「阿平哥，爺找我什麼事？」

那個叫阿平的小廝抹了把頭上的汗。「阿鳶姑娘，大爺這嘴還不是妳給養刁的，剛剛發話說要吃蟹黃小籠包。」

小姑娘點頭道：「曉得了，我這就往廚房一趟。外面風寒，阿平哥快回去吧，這一頭汗的可不敢見了風。」

這般柔聲細語的關懷，不禁讓阿平心頭晃晃，待回過神來，那緗黃衫的小姑娘已經走遠了。

天上星星點點，月牙兒越發皎皎。

那身穿緗黃衫、名為阿鳶的姑娘，正是半年前來到謝府的顧媛媛。

想起半年前，由於小籠包的「青睞」，顧媛媛光榮地成為謝家大少爺的丫鬟。

當日一起被分到謝意身邊的除了顧媛媛還有一個同車的小姑娘，因謝意身邊有兩個大丫鬟鸝兒和鵲兒，所以她倆便跟著重新擬了鳶、鶯兩個名字。

而當日車上那個碧綠衫子的小姑娘和那個不起眼的蒼白小姑娘則是一起被分到謝鈺那裡；剩餘的兩個小姑娘則分到謝妍屋裡。

到謝府半年多，顧媛媛也約莫清楚了謝家的大致情況。

謝家的老太君自然是家裡的老祖宗，說一不二的主，謝家有如今的榮光可以說與老太君有很大的關係，謝家上下無論是誰都得恭敬著。而老太君膝下只有兩子，長子謝望和次子謝善。

謝望自不必說，謝家的當家人，幼時便是天子伴讀。曾在工部擔任左侍郎，在官場裡打滾了三十多年，練就了一身滑不溜丟的本事；後因天子體恤乳母年歲大了，理應享樂天倫，便命謝望任職江南，並將官鹽運司之事也一併交給了他。官鹽運司是多少人眼紅的差事，其中油水不可謂不多，從而也造就了謝府這無上的富貴。

謝家雖說是大族，但謝老太爺這一脈人丁卻是單薄。謝望三十多歲才有一嫡子，名為謝意，一女名為謝妍，後有一庶子謝鈺。

謝意和謝妍是大夫人江氏所出，江氏的父親是工部尚書江禮，也就是當年謝望的上司。江氏是天子賜婚給謝望的，嫁到謝家已近二十年，夫妻兩人也勉強算得上是舉案齊眉。

謝望除了江氏外，還有兩房妾室。其中一個就是謝鈺的生母，碧玉。

碧玉是江氏的陪嫁丫鬟，在謝意快要出生時被謝望收入房內，因而成了江氏多年來心頭的一根刺。性子本就軟弱的她，因為這幾年來大夫人的不待見，更是小心翼翼，整日一副膽怯的模樣，時間久了，便是謝望也覺得索然無味。

另一個妾室本是謝家戲班子裡的戲子，名叫萋官，也就是當日堂下那名美豔的婦人。萋官生得妖嬈，又潑辣大膽，最是看不慣碧玉那副綿軟的性子。她無子無女，雖頗得謝望喜愛，但因出身卑賤，謝家也沒幾個人將她看在眼裡，但她似乎也不在意這些，依舊我行我素。

而二房謝善那邊，顧媛媛就不太清楚了，只知道那二爺雖名為善，實則是個行事齷齪的。那邊的丫鬟稍有姿色的便躲不過，因事關主子私事，沒人敢亂嚼舌根，實際如何倒無從知曉了。

謝家的小輩，首先要說的便是這謝意，也就是那小籠包子。謝望夫婦三十多歲才得一子，自然是捧在手心怕摔了，含在嘴裡怕化了，老太君更是將孫子直接要來自己身邊撫養著，可謂是集萬千寵愛於一身，便是要月亮，謝老太君也得指人摘了給擦乾淨捧過去。

據說這位爺打小也是個極聰明的，三歲認千字，五歲誦詩文，可以稱得上是個神童了，不過顧媛媛對這個說法萬分懷疑，不怪她表示質疑態度，府裡大部分的人都覺得這個說法極不可信。誰不知道謝家大少爺謝意對功課一竅不通，整日除了吃就剩下睡了。早上起來先琢磨著吃，吃飽了到學堂開睡，睡醒了琢磨著午飯，吃飽了再繼續睡……如此周而復始，一日又一日的過著養膘的生活。

只因他身分嬌貴，族學裡的夫子即便是氣得吹鬍子瞪眼，也不敢在謝望面前講謝意半分不是，而同窗們更是對這個大少爺退避三舍，躲還來不及，誰又敢招惹他去？如此一來，謝大少更是作威作福，過著胖子不知愁滋味的日子。

與這個不學無術的吃貨謝意不同的是庶子謝鈺，謝鈺可說得上是真正的三好少年，學習好、人品好，顏色更好，在族學裡是夫子最滿意的學生，待人謙和有禮，年紀雖小卻頗有君子之風，奈何出身卑賤，在家中的待遇和謝意比可謂是天差地別。父親不喜，嫡母厭惡，生母無能，即便他再怎麼優秀，只能是個不受人重視的庶子。

至於謝望的女兒謝妍——妍，美麗多姿者也，但顯然謝妍並沒有像她的名字一般美麗多姿，謝家都知道二小姐的模樣實在是算不得好看，偏偏善妒又性情乖張，驕傲自負。謝妍身邊的丫鬟誰都不敢敷粉施朱，就連衣服也拚了命地往素裡穿，就怕惹得小姐一個不高興，少不得要挨板子。因她是謝望唯一的女兒，又是嫡小姐，頗得父母寵愛。

比起不受待見的謝鈺、驕縱蠻橫的謝妍，成為謝意的丫鬟，顧媛媛還是覺得比較幸運的，當然除了要每天不定時的給謝意加餐外。

事情還要從兩個月前說起，那日顧媛媛給謝意去庫房取新裁的外衣，走得急了些，不小心撞到迎面走來的阿鶯。這一撞不打緊，卻是打翻了阿鶯手中的托盤，一盅雪泥鴻爪就眼睜睜的落了地，滾成了一灘泥。

當時嚇得阿鶯臉都白了，原來這是謝意要的加餐。這謝家大少平日脾氣還算是好的，可有一項就不得不注意了，那就是絕不能誤了他吃東西，若是他點名要吃什麼，稍稍慢了點就跟個炮仗一樣，立刻炸了起來。大少爺發了脾氣，一屋子的人都得跟著倒楣。

阿鶯小臉慘白，淚滴兒在眼眶裡打轉，急得不知如何是好。廚房師傅都出去採買了，等到他們回來再做一份也來不及了。顧媛媛看著可憐兮兮的小夥伴，心裡一橫，決定親手下廚去給大爺補個菜。

雖然安慰了阿鶯好一會兒，其實顧媛媛自己心裡也沒底，前幾年在村裡節衣縮食，都是有什麼就吃什麼，哪裡精心琢磨過吃食？好在上一世，每每看著「舌尖上的中國」垂涎欲滴，倒是私底下自己學了幾樣，不知是不是能派上用場。

顧媛媛摸索著做了一份牛肉鍋貼，給謝意端了過去。謝意正等得不耐煩，一臉的陰沈，見端上來的不是自己點的雪泥鴻爪，更是氣憤不已；不過氣歸氣，謝大少為人還是有一個優點的，就是絕不浪費糧食，見這牛肉鍋貼一個個煎得金黃，冒著熱氣，便挾了一個送進嘴裡。

這一吃後，便奠定了顧媛媛今後身為丫鬟兼廚娘的地位。用謝意的話來說就是，原來身邊還埋沒了這麼個天賦異稟的大廚。

雖然顧媛媛實在當不得大廚這個稱號，因為她翻來覆去就只會做那麼幾樣菜，但是對謝意來說，卻是十分看重這個小丫鬟，連帶著身邊的丫鬟、僕人，見了顧媛媛都會喚一聲鳶姑娘。

顧媛媛將手中的風燈擺在一旁，回過頭，對廚房的一婆子道：「裴大娘，這麼晚了您還沒回去啊？」

裴大娘是廚房的管事婆子，見是顧媛媛，便樂呵呵地道：「可不是在等姑娘妳嗎？前幾日我出去採辦東西，小杏子拉肚子鬧騰得厲害，多虧了姑娘照顧，正是來謝謝姑娘的。」

小杏子是裴大娘的孫女，前幾日裴大娘不在，小杏子又鬧肚子，顧媛媛幫著熬了些小米粥給她送去，照看了幾日。

「不當事的，小杏子好些了嗎？」顧媛媛有些不好意思道。

「全好了，多虧了姑娘記掛。這是祥瑞閣的點心，曉得姑娘喜歡這個，託人買了點。」說著，裴大娘掏出一個印花藍布小包，塞到顧媛媛手裡。

顧媛媛忙推回去。「裴大娘，使不得，祥瑞閣的點心太貴了，怎的勞您破費，快拿回去給小杏子吃吧。」

裴大娘佯裝生氣道：「這不是祥瑞閣的頂好點心，分量又不多，是不是鳶姑娘嫌棄了？」

「裴大娘說的是哪的話，阿鳶收下就是。」

裴大娘見顧媛媛收下了，露出笑容，收拾了東西。「那鳶姑娘忙著，大娘就先走了。」

「哎，您路上慢點。」顧媛媛送了裴大娘出去，才回到廚房開始忙活。

看著手裡的印花手帕裹著的點心，顧媛媛終於還是沒有忍住，拈了一塊放進嘴裡。一股香甜在口中化開，不得不說祥瑞閣的點心對愛吃甜食的她來說真是太具有吸引力了。

她將蟹黃和剁碎的豬腿心肉同熬好的雞汁、薑丁、蒜末拌在一起調餡，又細細揉好麵皮，這麵皮可不比一般的包子，要求薄厚均勻，濕燥軟硬恰到好處，因為只要有一點此厚彼薄，那必定是湯包漏汁破皮之處。

待最後蒸上時，顧媛媛才長長舒了口氣，坐在一旁的小杌子上，轉著手裡的蒲扇。

身為丫鬟，顧媛媛的任務除了在小廚房給謝意侍弄吃的以外，就是每日伺候他洗漱穿衣，然後領著小食盒跟著他上族學；偶有閒暇時跟阿鶯幾個學學針線，閒聊上幾句，日子過得倒也輕鬆快活，如果一直這樣下去，也算得上是舒心。

「阿鳶？」一個清軟的聲音從身後傳來。

顧媛媛回頭，看到一個瘦弱的小姑娘，手中提著一盞風燈，站在廚房門前。

第四章

「白芷，妳怎麼來了？」

白芷是與顧媛媛一同進謝府的，就是那個面色蒼白與碧綠衫子小姑娘爭論的女孩。

外面天氣冷，白芷攏了攏衣領，將雙手放在面前，朝手心裡呵了一口氣道：「三爺這兩天喉嚨不舒服，咳嗽得厲害，晚飯都沒吃，我尋思著能不能給他找點什麼吃的。」白芷口中的三爺便是那個漂亮的糯米糰子謝鈺。

天都黑透了，哪裡還有什麼吃食，除了蒸籠裡的蟹黃包；只是謝意喜歡吃肉食，那小籠包裡放足了蟹黃，蟹子屬寒性的食物，喉嚨不舒服，又哪裡吃得了？

白芷四下尋看了會兒，沒發現還有什麼吃食，嘆了口氣。

顧媛媛看見案上的幾顆梨子，便道：「就這個吧。」

白芷問：「熬梨水嗎？」

顧媛媛點頭。「既然三爺胃口不好，想來也吃不了太油膩的。」說著又尋了幾顆冰糖來。

顧媛媛給雪梨去皮，切頂，從中把芯掏出來，正待將冰糖放進去，卻被白芷攔住了。

「三爺不喜歡太甜的。」說著從顧媛媛手中去掉兩顆冰糖，才將剩下的小心放進雪梨裡面。

顧媛媛抿唇笑她。「瞅妳，對三爺可真是貼心的。」

白芷臉頰突的一下紅了，在顧媛媛胳膊上輕擰了一下。「說什麼呢！我只是……只是……」支支吾吾了半天也沒說出個所以然來，羞臊地背過身去。

顧媛媛看白芷小女兒般的情態，感嘆道這算不算是早戀啊？

將雪梨放進盅裡，擱了幾粒枸杞，小火慢燉著。

見白芷時不時輕輕跺著腳，往手心裡哈氣，顧媛媛上去握了握她的小手，竟是涼得跟冰塊一樣。

看著她單薄的小身板，顧媛媛嗔道：「這般冷的天，怎的不多穿兩件出來，這衫子也太單薄了些。」

白芷苦笑。「三爺那裡的情況，妳又不是不曉得……能有得穿就已經不錯了，哪裡還敢挑揀？」

顧媛媛嘆了口氣，在這個家門中，庶子的待遇實在連一等僕人都不如，更何況是身邊的丫鬟。

左邊蒸著小籠包，右邊燉著梨，顧媛媛閒著無事，一邊同白芷說著話，一邊順手撈了半截胡蘿蔔，用小刀細細雕著玩。不多時，一朵精緻的月季花便在手中誕生了。

看著手中的胡蘿蔔花兒，顧媛媛滿意地點點頭。當初上大學時閒著沒事，為了消遣學著玩的，現在想想那大學的日子遠得像是一場夢。

「呀，熬好了。」白芷的聲音讓顧媛媛回過神來，見她已經將雪梨放在青釉瓷盤裡，圓滾滾的雪梨襯著盤上描繪的青花煞是可愛，只是總覺得還缺些什麼，顧媛媛想了想，把手裡雕好的胡蘿蔔月季擺在上面，精巧的花朵鮮豔欲滴，映得雪梨更加晶瑩剔透。

「原來吃食還能這般可人，看得人都不捨得入口了。」白芷稱讚著。

顧媛媛也對這擺弄漂亮的雪梨十分滿意，找了個食盒遞給白芷道：「快些回去吧，這一會兒可不就涼了。」

白芷左手提著食盒，右手拿起風燈道：「那我先走了，再晚些三爺那邊恐怕要睡了。」

顧媛媛看著白芷瘦小的身影消失在夜色裡，回過頭來，這蟹黃小籠包也差不多蒸好了，耗了這些時間，不知謝意那裡是不是又在發火……

寫意居的屋子裡燈火通明，小廝阿平正焦急地站在門口，不住地往外探望著，待看到一抹緗黃身影時，忙不迭地迎了上去，嘴裡埋怨道：「我的好姑娘，怎麼這麼大會兒！爺那邊都要掀桌子了！」

顧媛媛一路疾走過來，喘得上氣不接下氣，緩了好一會兒才安慰阿平道：「曉得了，我這就給爺送去，阿平哥先去歇著吧。」

阿平想著方才臉色沈得要滴出水的謝意，臉上帶著擔憂。「鳶姑娘，妳曉得的，爺就是那個脾氣，順著他來就行了。」

「哎，放心吧。」顧媛媛應著，往謝意房裡走去。

進了屋，便看見謝意趴在桌子上一動不動，像是一塊豬肉擺在砧板上一般。顧媛媛晃了晃腦袋，心道還是不要這樣黑自己的衣食父母好了。

「爺……」顧媛媛欠了欠身子，行了禮。

「爺已經餓死了，妳另謀高就吧！」謝意陰沈沈的聲音響起。

顧媛媛哀怨地嘆了口氣，幽幽道：「我苦命的爺，奴婢來遲了，只是可惜了這八顆香氣撲鼻、色味俱佳的蟹黃包兒，若是能咬上一口，那鮮美的蟹肉不知是何番滋味……」

「死丫頭還不給爺端過來！」謝意蹭了一下從桌子上爬起來，惡狠狠地吼道。

顧媛媛忍著笑意，將蟹黃小籠包端到謝意面前。八顆小籠包擺得整整齊齊，冒著熱騰騰的香氣，從側面看像是一只小燈籠，從上面看那包兒的褶打著旋，似花朵兒般，薄薄的皮吹彈可破，就連裡面的蟹黃都看得見。

謝意食指大動，正要捏起一顆往嘴裡送，小肥手上被輕敲了一下。

一雙烏木鑲金筷子遞到了謝意面前，謝意不高興地撇了撇嘴，抬頭看到顧媛媛笑容柔柔的，只得無奈地接過筷子，挾起一顆小籠包送到嘴裡，輕輕咬開，瞬間齒頰留香。

謝意滿意地瞇起狹長的眼睛。「唔……好吃，難為爺沒白等這麼久。」

顧媛媛看謝意吃得香，也不禁帶著笑容，從頭上拔下一支素銀簪子，挑了挑燈芯。燭光微晃了兩下，謝意回頭，看著燈下顧媛媛清麗的面容，皺眉道：「跟妳說了多少遍，不要帶著那種笑看爺。」

顧媛媛伸出手疑惑地摸了摸小臉。「哪種笑？」

謝意挾起第三顆小籠包往嘴裡送，含糊不清道：「就是那種慈愛的……不對……怎麼形容呢，就是剛剛妳給爺遞筷子的時候……唔，好吃……總之呢，不准那麼看爺，聽到沒！」

顧媛媛點頭。「是，那以後奴婢就不笑了。」

謝意氣結。「誰不讓妳笑了，整日板著臉，爺虧待妳了還是怎的？」

笑也不是、不笑也不是，顧媛媛只覺得有錢人家的小孩真任性。

而另一邊的玉竹苑——

天空越發濃黑，呼出的空氣在夜色裡凝結成了白霧。

白芷覺得肺裡涼涼的，她緊了緊懷裡的食盒，向那個被稀疏的竹子掩住的破舊房屋走去。

嘎吱一聲，門被推開了，屋裡簡單的陳設一覽無遺，一張掛了素布簾子的床榻，一個已經褪了色的小八角桌，桌上擺了個白瓷茶壺和兩只杯子。

臨窗的地方是一張書案，上面整齊地羅列著書籍，案上燃著一盞燭燈，豆大的燭芯被風吹得搖搖晃晃。

謝鈺正坐在案前細細翻看一本書，時不時的掩唇咳嗽幾下。因咳得費力了些，蒼白的臉上帶了些許潮紅，映得眼角下的淚痣越發豔麗。

聽到推門聲，謝鈺側過頭來，見是自己的丫鬟白芷從外面進來。

「爺，您怎麼又把窗子打開了！」白芷進屋後連忙放下食盒，上前將窗子關緊，接著從櫥子裡尋了件稍厚點的外袍給謝鈺仔細披上，口中不滿道：「已是咳得這般厲害，若是再著了涼可怎麼是好，爺太不仔細自己的身子了……」

「咳咳……屋子裡太悶了些，透透氣。」謝鈺的聲音響起，帶著斷斷續續的咳嗽。

白芷扭頭看到房間角落的炭火盆，裡面盛著幾塊散開的黑炭渣，早已經熄了，沒有一絲熱氣。

謝鈺見白芷盯著那炭火盆，道：「明兒個就不要再點了，怪嗆人的。」

「他們……他們太欺負人了……」白芷聲音裡帶著哭意。

謝鈺愣了一下，問：「誰？」

白芷用力擦了擦眼淚，恨恨道：「謝府的人！一樣是府裡的主子，憑什麼給我們最差的炭渣，那些個得勢的丫鬟和僕人房裡還是上等的銀炭……」說到一半，白芷自知失言，趕緊住了口。

謝鈺笑了笑，臉上看不出喜怒。「我也是謝府的人。」

白芷小臉脹得通紅，囁嚅著。「爺……奴婢……奴婢不是這個意思……」

謝鈺搖了搖頭，沒再說什麼，繼續翻看著手中的書。

「差點忘了，爺快趁熱把這個吃了吧。」白芷打開食盒，將雪梨端到謝鈺面前。

謝鈺看著圓滾滾的雪梨冒著熱氣，盛在青釉盤中央，邊上還有一朵嬌豔的月季花，沈默了一會兒，柔聲道：「這麼晚了，何必還去侍弄這個，若是被人看到少不得又要挨罵了。」

白芷低下頭小聲道：「沒人看到的，爺晚飯就沒怎麼吃，奴婢怕爺夜裡餓著……」

謝鈺用凍得發白的手指拿起盤邊的勺子，在雪梨上頭剜了一小塊，將瑩瑩如玉的雪梨送入口中，齒間頓時漫過一股溫熱的甘甜。

白芷在一旁看得癡了，直到謝鈺將整個雪梨吃完，方才回過神來，邊收拾盤子邊道：「爺快些休息吧，書哪日不能看，仔細傷了眼睛。」

謝鈺用帕子擦了擦手，復又翻開書道：「明日還要把書還了大哥去，今夜要看完的。」

白芷皺眉道：「大爺那裡又不差一本書，即便是還了回去八成也不會看。」

謝鈺輕咳了幾聲道：「既是同大哥說好是借，自然要按時還回去。妳先下去歇著吧。」

白芷欠了身子應下，戀戀不捨地推門離開。

「等等。」謝鈺出聲喚住了她。

「爺還有什麼吩咐？」白芷忙止了腳步，回頭問道。

謝鈺端詳著手中的胡蘿蔔花兒，蒼白的手指襯得花兒格外嫣紅。「這是妳雕的嗎？」

白芷微怔了一下，回道：「不是奴婢，這花兒是阿鳶姑娘刻的。」

謝鈺點頭道：「無事了，妳下去吧。」

白芷應聲退下。

謝鈺把手裡的花放在案桌一旁，胡蘿蔔的清香似乎縈繞在鼻尖，讓他感到屋裡似乎不是那麼悶了。

阿鳶……那個大哥親手選的丫鬟嗎……

因幾近年關，謝意他們便不用每日早早起來上族學。

謝意本就是個懶散性子，不耐煩早起，現下天又冷，更是睡到日上三竿。顧媛媛不用早起伺候謝意穿衣，便也悄悄跟著偷了懶，多睡了會兒。

顧媛媛和阿鶯的住處在寫意居西廂，屋外滴水成冰，屋裡燃著炭盆燒著炕，顧媛媛正舒舒服服地窩在被窩裡睡覺，門嘎吱一聲從外面被推開，冷風一股腦兒地湧了進來，激得她一哆嗦。

「阿鳶……阿鳶，別睡了。」從外面進來的阿鶯隔著被子搖了搖顧媛媛。

床上的人恍若未聞般，依舊與溫暖的被窩進行抵死纏綿。

阿鶯轉了轉眼珠，悄悄掀起被子的一角，將冰涼涼的小手伸了進去。

「啊！」顧媛媛刷的一下從炕上彈了起來，迅速縮到床角抖個不停，迷糊了好一會兒，才看清罪魁禍首正掩著嘴，滿臉的笑意。

「妳妳妳……」顧媛媛黑著臉怒視著阿鶯。

「梧桐苑出事了。」阿鶯收了笑，臉上帶著一抹嚴肅，瞅了瞅窗外沒人，才小聲道：「死了個人呢！」

梧桐苑是大夫人江氏住的地方，顧媛媛心裡咯噔一下，睡意全無。

見顧媛媛一臉凝重，阿鶯得意地說道：「今兒個早上，我去庫房領銀霜炭，見梧桐苑那邊圍著幾個丫鬟、婆子，我過去一看，妳猜怎麼著，居然是有人投湖了！」

屋裡的空氣躁熱，顧媛媛覺得有些透不過氣。

「後來聽人說，投湖的是大夫人身邊的流蘇，今早被一個小廝路過時發現的，身子都涼透了……」

顧媛媛喉嚨乾澀，聲音有些嘶啞。「怎麼會……好端端的……」

外面的風聲似鬼哭狼嚎般嗚咽不停，顧媛媛緊了緊身上裹著的被子。

「說是因為手腳不乾淨，偷了大夫人的一支鎏金釵，大夫人要攆了她去。」阿鶯撥了撥炭盆繼續道：「若是因這事攆出去的丫鬟，哪裡還有臉見得了人，就算出去了也沒人肯用……這才投了湖吧。」

顧媛媛嘆氣，從一旁撈起一件雪青對襟襖裙穿上，道：「眼下都要到年關了，怎的又不得安生。」

阿鶯撇撇嘴。「哪是因為偷了東西，分明是大夫人故意尋了由頭攆她。」

顧媛媛皺了皺眉問：「哪裡聽得的閒話？」

阿鶯見她不信，瞪大眼睛道：「可不就是真的，聽說老爺前幾日不經意誇讚流蘇模樣好，惹得大夫人心下不痛快，才尋了由頭要趕她……呀，妳幹麼，掐疼我了！」

顧媛媛猛地轉身握著阿鶯的胳膊，臉色沈下。「妳怎麼知道的？」

阿鶯揉了揉被顧媛媛捏痛的地方。「過去看的時候聽梧桐苑幾個婆子和丫鬟說的啊。」

窗外的風吹得窗紙嘎嘎作響，半晌，顧媛媛緩緩道：「這事，都有誰知道？」

「大概就是那會兒圍著的幾個人吧。阿鳶……妳臉色幹麼這麼難看，是不是嚇著了？」

顧媛媛看著阿鶯還是一副不明所以的模樣，擰緊了眉。「眼下馬上要入年關，若此事是真，大夫人又豈能留人編排？」

阿鶯疑惑地看著顧媛媛，忽然像是想到了什麼，小臉一下變得煞白，不敢置信地掩著嘴道：「妳是說……可是我……我只是恰好路過，我……」

顧媛媛搖了搖頭。「若妳只是路過就好了，可妳偏生湊了過去。」

阿鶯瞪大的眼睛裡全是驚恐，顫抖著問：「那我該怎麼辦……阿鳶……我該怎麼辦……」

「走吧，去大爺那裡。」顧媛媛看了看天色，灰濛濛的天空盡頭露出一抹魚肚白。

第五章

白釉瓷杯被謝意握在手裡反覆把玩著，屋裡一片寂靜。

「大爺……您救救奴婢……」阿鶯啜泣道。

謝意吐了長長一口氣道：「下去收拾東西吧，我會尋人安排妳去個清閒的莊子。」

阿鶯聽了這話，雙腿一軟，跪在地上哭求。「大爺，求您不要攆了奴婢！」

顧媛媛心下不忍，開口求道：「真的沒有別的法子了嗎？」

謝意搖了搖頭。「這不是小事，母親不會容人嚼舌根的。祖母這幾年吃齋唸佛，若是傳到了她老人家耳朵裡，大家都不要想安生了；不過妳也不必過於擔心，待會兒知會下面多照看妳些，若是過幾年還想回來，爺再安排。」

阿鶯見事情毫無轉機，便止了哭，滿是淚痕的臉上帶著絕望，抬起頭來怔怔道：「大爺，若今兒個是阿鳶被送出去，您還會這般說嗎？」

顧媛媛心下一跳，不動聲色地抿緊了唇。

其實阿鶯自己也不知為何就這般問了出來，或許一直都妒忌阿鳶能被大爺看重吧。

謝意油晃晃的臉上神色淡淡的，沒有言語。

阿鶯擦了擦淚水，欠身行了一禮。「爺，奴婢退下了……」

待阿鶯離去，顧媛媛也福了一福道：「爺，奴婢去幫著收拾。」

踏出門的那一刻，顧媛媛聽到謝意極小卻十分清晰的聲音傳來。「是妳的話，我會去求母親吧。」

顧媛媛愣了一下，沒有回頭，只是不覺間揚起了唇角。

不出晌午，就有婆子來找阿鶯，在外頭不知說了些什麼，沒一會兒，阿鶯眼睛紅紅的進了西廂，埋頭收拾東西。

顧媛媛在一旁默默幫著收拾，見都拾掇得差不多了，遞了塊帕子給阿鶯。「擦擦眼睛，外面風大。」

接過帕子，阿鶯再也控制不住哭出聲來。「阿鳶，我不想去莊子上。我打小沒了爹娘，大伯把我賣進謝府後，我就沒離開過這裡……阿鳶我害怕。」

顧媛媛聽得心裡發酸，把她摟到懷裡安慰著。「莫怕，大爺都讓人安排好了，莊子離謝府不遠，也清閒著，等這事過去了再回來。外面雖比不得府裡矜貴，但至少要自由得多。妳啊，一直是個直愣的性子，到了外邊要照顧好自己，別委屈了去。」

這一番話說得阿鶯心裡也平靜了些，勉強擠出一抹笑。「那我去了。」說罷，便跟著那婆子離去了。

顧媛媛看著阿鶯的背影，直到再也看不見。

關於丫鬟流蘇的事，府裡都保持了緘默，沒有一個人提起，當日知情的丫鬟和婆子都被送了出去，像是什麼事都沒發生過一樣。

銀霜炭燒得正旺，屋裡暖意融融，霽藍釉瓷瓶裡有幾枝紅梅吐蕊，室內漫著一股淡淡的梅香。

謝意用筷子挾了塊剃了刺的精溜魚片送到口中，滑嫩的魚肉讓他的心情愉悅度提高了不少。顧媛媛坐在他對面，正埋著頭小心地把魚刺一根根挑出，濃密的睫羽垂下，掩住眸子。

「快過年了，這幾日妳就在咱院裡忙，沒事別老出去逛。」

顧媛媛聞言抬頭，見謝意直勾勾地盯著她手中剛剔好刺的魚片，繼續漫不經心道：「是哪個人給妳氣受了，整日裡悶悶不樂的。」

將除了刺的魚片放到謝意面前的白玉瓷碗裡，顧媛媛心裡疑惑，她有表現得這麼明顯嗎，連個小孩子都看得出自己的煩悶，可她嘴上卻道：「哪有悶悶不樂的……」

謝意嗤笑。「當爺是傻的不成，不願說得了，只一句話，爺還在呢，別整日想著那些有的沒的，小小年紀哪來的那麼多心思？」

顧媛媛覺得一頭黑線，自己居然被一個小孩這麼說教了，還小小年紀呢，若是加上穿越前的年紀，就算是三個孩子的娘也當得。

自從流蘇的事發生後，她這幾日心中只覺煩悶。身在異世，無枝可依，自己胸無大志，不過是想安然過完這一生而已，只是這般小小的願望卻由不得自己。

連著幾日，每晚睡前，她都要掏出床下的小盒子，那裡面都是自己的月錢，還有一些賞賜的物什。她想著等到年滿二十，放出府的時候，就買間鋪子做個小生意，然後把爹娘和弟弟都接到身邊來，過起舒心的小日子。

這般一想，忽然覺得生活還是有點盼頭的，當然眼下最重要的還是伺候好眼前的大少爺，保證自己能熬到安然出府。

「都說了不准想些有的沒的。」謝意冷冷的聲音嚇得顧媛媛小手一抖，抬頭看到謝意肉乎乎的臉上皮笑肉不笑的模樣，忙低頭仔細挑魚刺，腹誹這熊孩子怎麼跟會讀心術一樣。

十二月二十三日是祭灶的日子，謝府的僕役們擺置酒肉、糖果、甘蔗、米果等，在灶前燒香點燭、放紙炮，忙得不可開交。

小杏子年紀小，跟著大夥兒忙得上躥下跳，小大人樣的幫忙，一刻也不消停，逗得大夥兒哈哈大笑，過年的氣氛越發濃厚了。

謝意每日依舊睡到自然醒，洗漱完畢便去給老太君請安。

老太君有時會留謝意和顧媛媛陪著打葉子牌，兩人便串通好，故意輸給老太君，惹得老太君笑顏不斷，直道明年定是個好運年。

臘月二十五，入了年關，加緊準備過年，外出的人都趕了回來。人們見了面互相說著吉祥話，入了年關後，要在屋內掃塵，清洗廚桌板凳，洗曬被褥蚊帳，累得顧媛媛每天像散了架似的，但想想過年那天，主子給的打賞夠她的小金庫再攢上一大筆，也不禁高興起來。

臘月三十，終於迎來了除夕。

這天，眾人都早早起了床。謝府上下都換了門神、對聯、掛牌，看起來煥然一新，而謝府的大門、大廳、暖閣、內廳、迴廊都掛滿了紅彤彤的大燈籠，煞是喜慶。

老太君穿著碧霞雲珠孔雀紋的誥命服，外穿一件絳色絲錦水貂裘，她身後站的是謝望，謝望中等身材，四方臉，眉目方正，眼中自有一股嚴厲氣勢。謝望身側則是謝善，與謝望不同，他身量修長，臉型長，五官雖生得端正，奈何眼神閃爍，全無氣度，令人見之不喜。

謝家的子女妻妾、丫鬟婆子皆隨其後。

辰時一到，謝家以老太君為首，眾人皆進了大堂。因謝家離京都遙遠，便無須進行朝賀，只須向北方跪拜儀仗即可。

待拜了天家，眾人隨老太君前去祭祖。

祭祖開始，祠堂內莊嚴肅靜，族中老者為謝家的嫡系一脈供上淨水，謝望和謝意依次淨臉、淨手，接著又有小童奉上毛巾，擦了手，然後次第焚帛奠酒，謝氏子孫皆行跪禮。

這一套儀式下來，已經到了午時。顧媛媛覺得飢腸轆轆，想到這，她抬頭看了看謝意，果然不出她所料，謝意現在滿臉寫滿了一個字，餓！

祭了祖後，眾人要依次給老太君行禮，說吉祥話。老太君含笑點頭，吩咐給眾人分了壓歲錢、荷包、金銀錁子。接了賞的人們都喜孜孜地退下，開始準備擺宴。

這宴不過是走個形式，謝家子孫男東女西依次坐好，擺上屠蘇酒、如意果、吉祥餞，待分食完畢後，眾人方才退下更衣。

皇帝為了展示對謝家的優容，在謝意小時候就封了他「騎都尉」，所以剛剛祭祖的時候，他穿的是朝服，眼下祭祖完畢，便回到寫意居換回常服。顧媛媛幫他換了件石青團繡雲緞錦夾襖，熟練地在腰間打了個攢花結長穗宮絛，一抬頭，見謝意正直勾勾地盯著她，不禁無語，過了半晌才道：「曉得了，奴婢這就去小廚房做個糖溜餎炸。」

謝意這才滿意地點頭，點得臉上的肉上下直晃悠。

福壽苑，老太君的住處熱鬧非常。

「那時候老祖宗還親自給遊哥兒做了個花生粘，嘿！那個巧啊，吃了祖母做的吃食後，遊哥兒立刻就不哭了，沒出兩天病就好了，打那之後再也沒生過病；到底老祖宗是活菩薩，保佑了咱謝家的孫子。」說話的婦人是謝善的夫人孫氏，這一番話哄得老太君笑逐顏開。

「別說遊哥兒，就是意哥兒和妍姐兒哪個不是打小就愛吃我做的吃食。」提起孫子，老太君滿心眼的開懷。

孫氏忙接道：「那是！待再過個幾年，老祖宗還能親自給曾孫子做吃食呢。」

老太君擺擺手。「打從京都回來，哪裡還下過幾次廚房？別說做吃食了，我這老骨頭，動一動就費勁。」

「哎喲，誰家老太太能比您還硬朗的，莫說是曾孫子，就是曾曾孫子您也見得！」孫氏用帕子掩著嘴，笑得開懷。

老太君聽了這話，更是滿面春風。「妳啊，慣是個會哄人的。」

話雖這樣說，老太君確實開心得緊。家裡的這幾個媳婦，江氏是大家裡出來的小姐，端的是矜貴，說起話來不過是客氣的應和兩句；碧玉更是個當慣了丫鬟的，哪裡敢在老太君面前說話；至於那妻官，整日裡煙視媚行的模樣，看著就不喜歡。

這樣算來，孫氏倒是個機靈性子，每每來請安，都逗得老太君心情舒暢。

「說起來遊哥兒也那麼大了，等開春了，讓他跟意哥兒一起上學。」老太君想起自己這個孫子也是一陣唏噓，謝遊自小身子就不好，不知費了多少心思才養大，平日卻是嬌貴得緊，連門都不怎麼出，想到這，便繼續道：「整日待在府裡也不好，多出來跟族學裡的兄長們親近親近才是。妳這個做母親的，別總是捧著，到底是男孩子，多出來走動走動。」

「老祖宗說得是，遊兒雖然在府裡，功課卻是沒落下，最近千字文全都背下了。」說起這個，孫氏臉上帶了一抹驕傲，雖然謝善是個讓她寒心的，可勝在兒子聰慧。

「咱謝家的孩子讀書都是頂好的，當年望兒和善兒就是，意哥兒小時候更是個聰明的，遊哥兒跟他哥哥一樣。」

聽老太君說到謝意，孫氏臉上笑容僵了僵。誰都知道謝意是個不學無術的紈袴子弟，偏生老太君又寵到不行，就連謝望都不敢拿自己這兒子怎麼樣，生怕惹了老母親不高興，遊兒以後可不敢像了他去。

「祖母又說我什麼呢？」換了衣服的謝意跟著母親江氏到了老太君這裡。「意兒請祖母、嬸嬸安，祖母、嬸嬸吉祥如意。」

老太君忙拉了謝意的手坐下。「你這孩子，祖母剛剛還在跟你二嬸誇你聰明，等明年讓你帶著遊哥兒一起上學。」

「那是自然，我一定會細心照看四弟的。」謝意滿口應下。

孫氏臉上卻笑得勉強，心道回去可得叮囑兒子離謝意遠點，可千萬別跟著學壞。

眾人正說著話，便見碧玉帶著謝鈺來了。

「鈺兒請祖母安。」今兒個是除夕，謝鈺依舊一身素白衣裳，沒有半分裝飾，一張小臉上清清淡淡的，看不出喜色。

老太君見他這樣子，方才的開懷心情似乎也被這一身素色減淡了幾分。「來了就好，知道你們娘倆喜歡素性，可今兒個是除夕，也不好穿成這樣子。」

聽老太君這話，碧玉忙跪下惶恐道：「老太君莫怪，是我不好，惹了老太君不開心，不關鈺兒的事。」

謝鈺皺了皺眉，想說什麼，終是沒有開口。

老太君本來只是隨口提點她一下，沒想到碧玉這般膽怯，又是下跪又是認錯的，倒是讓老太君面上難看，本來的幾分不滿通通化成了不快。「行了行了，大過節的，何至於這樣。」

碧玉這才起身，怯怯地站在一旁角落，心中既害怕又委屈。她和兒子也不是故意要穿著素衣裳出來，按理說主子的冬衣在內庫房那邊都有專門訂製，只是在這個家中，他們的地位實在是和下人差不多，更何況是個不得寵的，就連身上這件皮襖子，也已經是最好的了。

孫氏見老太君心中不快，剛想再說兩句漂亮話哄哄老人家，誰知這時一個丫鬟跌跌撞撞地跑了進來，喊道：「夫人不好了！」

第六章

進來的是謝遊身邊的丫鬟翡翠，只見她跑得滿臉通紅，上氣不接下氣。

孫氏皺眉呵斥。「做什麼這麼慌張？還不下去！」

翡翠話還未出口，淚珠便先啪嗒啪嗒往下掉。「四爺掉進玉清池了！」

四爺就是謝善的兒子謝遊，因前面有東府的謝意他們，所以排行老四。

「妳說什麼?!」孫氏呼地站了起來，心裡抖得不行，跌跌撞撞地往外跑去。

這話讓堂上的人立刻亂了方寸，老太君急得要跟出去，可江氏幾個哪敢讓老太君出去，外面天寒地凍的，萬一出了什麼差池可怎麼是好？

「祖母別慌，母親留下來照看祖母，四弟定會沒事的，孫兒這就去看看。」謝意說完，便帶著小廝和僕人一起往玉清池趕去。

玉清池離老太君的福壽苑不遠，穿過小花園就到了。

本來孫氏陪老太君說話，謝遊便自個兒在外面玩，因為有丫鬟和婆子跟著，又是在謝府裡，孫氏倒也沒什麼不放心的，誰知竟然會落了水！

其實謝遊剛掉下去的時候，就有小廝立刻跳下去將他給托了上來，可畢竟是臘月天，經這水一浸，謝遊小臉凍得青白。

因寫意居就在附近，於是他被就近送到了謝意屋子裡。謝意打小養在老太君膝下，後來因漸漸長大，便自己闢了個園子。老太君捨不得孫子，就命人把園子選在距離福壽苑不遠的寫意居那。

此時謝遊正擁著厚厚的錦被，手裡握著翠玉暖爐。因謝意房裡鋪著地龍，暖和得緊，臉色倒是漸漸紅潤起來，只是估計是嚇壞了，眼神呆滯，一臉驚恐。

「我的兒啊，嚇死娘了！」孫氏得知兒子被送進寫意居，一進屋就摟著謝遊哭個不停，身邊的丫鬟和婆子也都跟著哇哇大哭。

謝意帶著何太醫進來的時候，就見一屋子的丫鬟、婆子哭聲震天。

何太醫上前道：「夫人，讓我來給四公子看看吧。」他是御前的老太醫，後來告老回到南方，因與謝望是故交，所以經常為謝府的夫人和公子看病。

孫氏聽了這話，才止了哭聲放開兒子。

經何太醫診斷，謝遊並無大礙，只是他一向身子弱，得回去休養一段時間，接著何太醫又開了方子讓人去抓藥。

聽何太醫這般說，眾人才放下心來。謝意先派人去回稟老太君，接著送何太醫出門。

老太君聽說謝遊無事，這才鬆了口氣，嘴裡念叨著菩薩保佑。

只是這樣一鬧騰，任誰也開心不起來了。

「到底是怎麼回事?!好端端的怎麼會落水，妳們是幹什麼用的?!」老太君一臉怒容，謝府的子嗣本就單薄，若是孫子在自己眼皮子底下有了差池，讓她怎麼面對謝家的列祖列宗？

丫鬟和婆子在堂下跪了一地，沒人敢說話。

其中一個婆子吞吞吐吐，正待要說什麼，這時一個身著緞繡牡丹披肩的姑娘忙打斷了那婆子的話，搶先說道——

「是……是那個丫鬟把四弟推下去的！」

江氏神色一凝，妍兒怎麼也牽扯進去了？

原來說話的正是謝家的二姑娘謝妍，其實這件事便是由謝妍而起——

當時謝妍在傲雪居，惦記著母親說要去給祖母請安，可今年內庫房送上的撒花洋縐裙居然不是她喜歡的百蝶圖，心下十分不高興，但怕耽誤了給祖母見安，會被母親罵，只得悻悻地穿了件繡牡丹的披肩，披了銀狐毛大氅出了門。

待走到玉清池旁邊的時候，一個小丫鬟手裡端著一個湯婆子，行色匆匆，差點撞著了自己，雖然那丫鬟忙跪下認錯，可還是讓她本來就不愉快的心情更加糟糕了；待看見那小丫鬟抬頭後，更是氣不打一處來。

這丫鬟穿著件半新不舊的碧綠色襖子，烏溜溜的頭髮梳成雙平髻，上面綴著翡翠珠子，滴溜溜的，襯得她細長的眼睛更是嬌秀可人；年紀雖小，卻看得出身量苗條，腰肢纖細，儘管嘴裡告著罪，可那神色哪有半點驚慌的意思？

謝妍壓了壓心裡的怒氣，問道：「妳是哪邊的奴才？」

那翠綠襖子的丫鬟並不知道自己就要倒楣了，還不緊不慢地道：「回二姑娘話，奴婢是三爺的丫鬟。」

不提謝鈺還好，一提更是讓謝妍心中堵得慌。謝妍雖然年紀不大，但是嫉妒心頗重，那個比女孩子還要秀麗的謝鈺她最是看不慣；再看這丫鬟，生得跟她的主子一樣，一副妖裡妖氣的模樣。

謝妍掩唇嗤笑。「我道是誰的丫鬟這麼不懂規矩，原來主子就是個下賤的，這也難怪了。」

謝妍的大丫鬟一聽這話，連忙勸道：「我的姑娘，您是大家小姐，可不能說這種話，要是夫人聽了去……」

「我哪裡說錯了？她那主子可不就是個不值錢的！」謝妍小臉一皺，厲聲斥道。

這碧綠襖子的丫鬟正是和白芷一起在謝鈺身邊伺候的，也就是那日在馬車上的小姑娘，名叫綠萼。綠萼本來就是個潑辣性子，雖是小門小戶，打小也是受父兄疼愛的，她不像白芷一般溫順，聽了這話，不禁沒好氣道：「二姑娘說什麼呢，三爺可是二姑娘的親弟弟。」

謝妍見這丫鬟居然敢頂撞她，怒極反笑道：「我可不知道我娘什麼時候給我生過一個弟弟，我只有一個親哥哥，哪來的弟弟？不過就是我娘的丫鬟生的賤人罷了。」

綠萼聽了這話，也火大起來，起身要跟謝妍理論個清楚，誰知她這怒氣沖沖的一站起來，嚇了謝妍一跳，嘴裡直嚷著：「真是反了天了，丫鬟要打主子了！」

綠萼就算是再怎麼膽大，哪裡想過跟主子動手，不禁愣了一下。

謝妍心中惱怒，伸手就要去打她，恰巧謝遊玩耍的時候路過這裡，見二姊姊跟丫鬟起了爭執，要上前去拉她，結果謝妍沒看清來人，以為是身邊哪個丫鬟要來阻止，便失手將他推進了玉清池裡。

而這一幕恰巧被急著給謝意送糖溜餡炸的顧媛媛看到了。

「二姑娘胡說！不是我……不是我推四爺的！」從謝遊掉下去的那一刻，綠萼才打心裡知道了害怕；若是四爺有個什麼閃失，就是十個她也擔不起，但她沒有想到謝妍居然會把錯全推到她頭上。

「就是她！女兒不過是無心說了三弟一句，結果這丫鬟竟然要出手打女兒……四弟來勸她的時候，就被她推進了玉清池裡！」謝妍怕祖母和母親生氣，慌亂之下又說道：「不信……不信母親可以問寶蝶她們……」

當時在場的除了綠萼外，就只有謝妍的丫鬟寶蝶和寶珠。聽自家二姑娘這樣說，寶蝶怔了怔，心道二姑娘畢竟是謝望唯一的女兒，就算日後謝遊反應過來說起什麼，孫氏也不敢真拿她怎麼樣。

此時若是拆了二姑娘的臺，使得二姑娘受了責罵，反而會遭人記恨，不光是二姑娘那裡不好交代，就連江氏恐怕也會得罪，經過這般思索後，寶蝶道：「回老太君，奴婢看得真切，的確是這丫鬟把四爺推進池裡的。」

「是是是，奴婢也看到了。」寶珠忙跟著一起說道。

「不是這樣的！不是……三爺，我沒有，真的不是奴婢……」綠萼畢竟年紀小，哪裡見過這種場面，嚇得哭了起來。

謝鈺秀氣的眉擰成了疙瘩，跪下道：「祖母，綠萼年紀小，雖然莽撞了些，但絕不至於做出這種事，還要問過四弟那邊才是。」

江氏冷冷道：「這麼說是姸姐兒說謊了？」
碧玉忙在一旁拉住謝鈺，著急道：「老太君明鑑，鈺兒方才在屋裡，什麼都不知道。」
老太君閉上了眼睛，身後的丫鬟玉琴忙上前去用指肚替老太君揉額頭。半晌，老太君無力地道：「青娥，這事就交給妳吧。」
青娥是江氏的名字，見老太君一臉倦容，江氏立即道：「是，媳婦會處理好的。」
經過這一天大事小事，老太君實在是乏了，聽不得吵鬧，便由玉琴攙著去裡屋歇著了。
江氏見老太君退下，便沒有了忌憚，瞥了眼跪在下面的碧玉道：「說到底也是被老爺抬舉做了妾室的，怎麼還不如從前了，連點規矩都不懂。」
說完，再看了看一旁的謝鈺，冷冷道：「鈺哥兒雖然是妳親生的，到底也是老爺的兒子，這年紀也不小了，還這樣沒輕沒重的，縱容手下的丫鬟行這種忤逆之事……到底也是妳教養得不是。」
碧玉惶惶道：「夫人說得是，都是奴婢不好，還請看在多年的情面上，不要責怪鈺兒。」
謝鈺看著堂上居高臨下的嫡母和一旁怯弱的生母，臉上透出一抹悲戚。
綠萼還在一旁斷斷續續地哭著，口中說著是二姑娘推的。
江氏神色一厲。「把這個丫鬟拖出去打四十板子！」
綠萼說到底也只是個不足十歲的小姑娘，四十板子打下去，哪裡還有命在？一時被唬得連哭都忘了。

顧媛媛在心裡直嘆氣，當時她是親眼看到謝妍將謝遊推下了水，可是知道又怎麼樣，她不過是一個小小的丫鬟，即便此時強出頭，也不過是搭上自己的命而已。

更何況江氏不知出於什麼原因，一直看她不順眼，這半年來她做什麼都是小心翼翼的，生怕讓她抓了小辮子。

顧媛媛在心裡默默安慰自己，不是見死不救，無意義的犧牲是愚蠢的行為，她還沒有這種為正義獻身的精神。

可是眼前這個同自己一起到謝府的小女孩還不足十歲，如果放在現代，十歲的孩子在做什麼？是父母掌心上的明珠，是校園裡不諳世事的孩子，是最無憂無慮的年紀啊；可如今卻是每天天沒亮就起來幹活，伺候主子吃飯穿衣，一旦犯了什麼錯，輕則打罵，重則連命都保不住。

江氏繼續道：「還不快來人把這丫鬟拖下去，在這哭哭啼啼擾了老太君午休！」

一旁的丫鬟和婆子連忙應著。

「哎呀！」一個糯軟的聲音忽然響起，眾人皆往一處看去，只見一個身穿鵝黃羊皮襖子的小姑娘正驚恐地掩著嘴。

顧媛媛真想抽自己兩巴掌，明明心裡思量得不能再清楚了，可身體似乎比腦子還要快上一步。

江氏冷冷瞥了眼顧媛媛，說道：「怎麼，難道還有什麼事？」

顧媛媛心裡穩了穩神，小臉上一副戰戰兢兢的模樣，似乎被嚇壞了般，結結巴巴地道：

「奴婢哪敢，奴婢……奴婢只是忽然想起了一件事。大爺每天晚上來給老祖宗見安時，都要讀一段佛經的，可今兒個是除夕，大夥兒心裡頭都高興得不得了，忙裡忙外的，奴婢居然把這事給忘了，那經書給落在大爺房裡……還請大爺責罰。」說著，她眼巴巴地瞅著謝意，一副泫然欲泣的模樣。

其實的確是有此事的，只不過顧媛媛不是將經書遺忘了，而是今天是除夕，忙了一天，晚上又有晚宴，並不需要誦經給老祖宗聽。她會這樣說，只是為了提醒江氏兩件事，其一是老祖宗這幾年吃齋唸佛，這樣的懲罰若是落到她老人家耳裡，即便明面上不說，心裡必定會有幾分不快；其二今兒個是除夕，眼下正是喜慶日子，出了人命太不吉利。

經這狀似無意的提醒，江氏顯然也思量到了這一點，對碧玉沈聲道：「念在是年關，看在老太君的面上就先留這丫鬟一命，找個牙婆賣出府去，謝府可不留這種大逆不道的丫鬟。至於妳房裡，管教不嚴，停半年的月俸。」說罷，便帶著丫鬟和婆子離開了。

顧媛媛鬆了口氣，雖然綠萼還是免不了被賣出府的命運，可總算是保住了小命。她抹了把額頭的汗，站起身來，忽然對上謝意那副皮笑肉不笑的胖臉蛋。

像是被抓了現行一樣，顧媛媛訕訕地笑了笑。「爺……這糖溜餎炸還吃不吃了……」

第七章

儘管有個十分不愉快的插曲，可依然沖不淡新的一年到來的氛圍。

酉時，設宴在寶相廳裡，除了孫氏帶著謝遊回了西府外，謝家的子女都在。

因謝望發話，既是家宴，大家不必拘謹，都可入座。老太君坐在上面的主位，左下首是謝望和江氏，然後依次是謝意、謝妍和謝鈺，碧玉和萋官坐在最末。右下首是謝善和庶長子謝信，其女謝綺，側室許佳氏和夏芝。

歲暮天寒，窗外不知何時落了雪。寶相廳內燭火通明，暖意盎然，八方擺了鑲玉銷金焚香爐，裡面燃著裊裊蘭香，各色花燈灼灼，皆用紗綾精心紮成；金銀玉器、古董琳琅滿目，擺放錯落有致，映得廳中金碧輝煌。

若是抬頭便能看到金頂石壁，上頭繪著百鳥圖，色彩斑斕，使人望之目眩；地上鋪著絳紅錦織緞繡毯，上繡嫣紅天竺牡丹；中間擺著一張梨花大理石桌，桌上蓋著繡花毛氈緞，桌邊垂下的地方綴著小香囊，散著淡淡幽香；桌下放十幾張青石玲瓏凳，凳腿上是精雕細琢的玉牙。

眾丫鬟端上了拂塵、漱盂、巾帕、香茶，待謝家眾人漱了口，盥手畢，方才開始擺宴。

最先端上的是烏龍茶，眾人用茶後正式開始上菜。先端上的是前七菜，有鳳凰展翅、熊貓蟹肉蝦、籽冬筍、五絲洋粉、五香鱖魚、酸辣黃瓜、陳皮牛肉；接下來是中五菜，有原殼鮮鮑魚、燒鵪鴣、蕪爆散丹、雞絲豆苗、珍珠魚丸。不僅僅只是這些，這後面陸續擺上的竟是有上百種菜色。

只是普通的除夕家宴，竟是奢華至極。

顧媛媛是剛到府裡的小丫鬟，還夠不上在廳前布菜的資格，便跟同齡的丫鬟一起在外面候著。

聞著屋裡隱隱飄來的香味，顧媛媛聽見自己肚子咕嚕叫，一旁的丫鬟鸝兒掩著嘴笑道：「餓壞了吧？」

顧媛媛有些不好意思地點點頭。鸝兒是謝意的大丫鬟，再過兩年多就要到了放出府的年紀，平日對顧媛媛她們幾個小姑娘很是照顧。

鸝兒抿唇笑了一下，將一縷吹亂的髮絲撩到耳後，小聲道：「等主子他們開了宴，咱們就可以到後面用飯了，今兒個除夕還能多玩會兒。」

顧媛媛用腳下蹬著的小青皮靴子在地上畫著圈圈，這是來到謝府過的第一個春節，不知臨塘村的爹娘身體是否還好，程程有沒有長高一點。想到這，她不禁嘆了口氣，最開始的幾個月，她曾經託人幫家裡捎過銀錢，那人是在外院幹活的，家住臨塘村附近；可在顧媛媛偶然發現自己託他給阿娘捎的一支銀簪戴在他老婆頭上的時候，就再也沒有把錢給過他了。

天邊皎月如玉，待寶相廳開了宴，其餘不用候著的丫鬟便來到後院一起用餐。顧媛媛幫著鸝兒擺好了碗筷，除了她倆，這一桌還有同院子的鵲兒，二姑娘身邊的雲煙和雲雨，還有被一起拉來的白芷。

鸝兒在小火爐上溫著酒道：「今兒個是高興日子，妳們幾個小姑娘也吃些酒，不礙事的。」

這酒是前院賞的，混著院子裡梅花凜冽的香氣，似乎聞一聞便有些醉意了。

雲煙和雲雨也是同顧媛媛一起進府的，當日的六個女孩子裡，阿鶯和綠萼都已經被趕出了府，可能今後都無緣再見了，想到這裡，她們幾個臉上的笑容帶了些牽強。

鵲兒見狀道：「不如我們玩抽花籤吧，我去屋裡取花籤去！」

這是個好提議，大夥兒都來了精神。儘管顧媛媛不太能理解幾支花籤抽著玩有什麼意思，但是也不好掃了大家的興，也擺出一副躍躍欲試的模樣。

不一會兒，鵲兒便拿了十幾支翠竹片花籤出來，一同拿來的還有一只精巧的小花鼓，用傳花鼓來決定抽籤的人。

先是由雲煙閉著眼睛擊箸，大家傳花鼓，待聲停後，花鼓剛好傳到了鸝兒手裡。

鸝兒笑著抽了一支花籤，坐在她身旁的顧媛媛湊過腦袋，見花籤上畫著石榴花，上題一句「五月榴花照眼明」，下面標著抽中此籤者，左右兩人陪飲一杯。

鸝兒自飲一杯酒，顧媛媛和雲雨陪飲一杯。

顧媛媛打趣道：「石榴樹姿優美，枝葉秀麗，花開時期便繁花似錦，色彩鮮豔。最重要的是……」說著看了眼鸝兒，十七歲的女孩子身量修長，面色秀麗紅潤，可不就是如石榴花般照眼明嗎？

鸝兒忙追問道：「是什麼？」

顧媛媛眨眨眼睛。「最重要的是石榴寓意多子呀。」

這話一出，鸝兒的臉刷的一下布滿紅霞，粉拳打在顧媛媛頭上。「好妳個小丫頭！才多大點就說出這麼羞人的話……看姊姊不打妳這胡說八道的嘴……」

顧媛媛忙跳著假裝求饒。

「好姊姊，快別打我了……阿鳶錯了嘛。」

這番一鬧騰，眾人皆笑了起來，方才的壓抑氣氛蕩然無存。

玩鬧一陣後，抽花籤遊戲接著進行了下去，第二個抽花籤的是雲雨。

雲雨是個安安靜靜的小姑娘，方才陪飲了一杯酒後，小臉上紅撲撲的很是可愛。她抽出一支花籤，遞給了一旁識字的鸝兒，鸝兒唸道：「月缺霜濃細蕊幹，此花元屬玉堂仙。得籤者，在座同齡者皆飲一杯。」

雲雨有些不好意思地問道：「鳶姑娘，這籤是什麼意思？」

顧媛媛看著眼前這個秀秀氣氣的小姑娘說道：「這是桂花，雖無芳豔，卻清香嫋嫋，就和雲雨妳一樣，氣質動人呀。」

顧媛媛和白芷跟雲雨都是一般年紀，所以陪飲一杯。

喝過酒的雲雨小臉更紅了，她抿著嘴笑呵呵道：「我沒讀過書，不太明白……可是我家以前有棵桂花樹可香了，那時候我娘還給我做桂花糕吃，我喜歡桂花。」

窗外的雪落得疾而無聲，顧媛媛覺得鼻尖有點酸酸的。

接著輪到了白芷，白芷把竹筒舉起，仔細搖了許久後，小心翼翼地從中抽出一支籤子。

籤上是一朵芙蓉，上題「冰明玉潤天然色」。

鸝兒笑道：「白芷妹妹如同芙蓉一般冰清玉潔，有纖細之美；而這芙蓉花又常與鴛鴦一起作為圖案，更是象徵著夫貴妻榮呢，以後白芷妹妹絕對是個有福氣的！」

白芷羞紅了臉道：「鸝姊姊盡會拿妹妹尋開心。」

顧媛媛心裡咯噔一下，芙蓉花道的卻是個「愁」字，紅顏勝人多薄命，莫怨東風當自嗟。不過轉念一想，這就是個遊戲而已，難道抽中了什麼就當真是什麼了？到底是自己有些大驚小怪了。

幾輪酒喝下來，大家都有些微醺了。

這時候花鼓傳到了顧媛媛手裡，鸝兒替她舉著筒子道：「我倒要看看妳這丫頭能抽出個什麼來，莫不是天香國色的牡丹？」

顧媛媛笑著從中抽出一支，還未看清就被鸝兒伸手奪了過去。

「我瞅瞅……哎喲還別說，倒真是個好籤。」鸝兒把花籤舉起來給大家看。

那是一支海棠花籤，上面題著「偷來梨蕊三分白，借得梅花一縷香。」

鵲兒點頭道：「花中貴妃，溫婉賢淑，海棠可是解語花呢。」

顧媛媛心下也高興起來，想到那句「只恐夜深花睡去，故燒高燭照紅妝」。是不是待會兒也找株海棠叢睡上一睡？不過外面風雪交加，這一睡怕是長醉不復醒了，便打消了這個念頭。

窗外的雪花像千百隻蝴蝶紛紛撲向了窗牖，屋內的人都互相道著新年吉祥，三三兩兩的散去了。

鵲兒不放心雲煙和雲雨，就送她們回傲雪居；至於白芷更是醉得不省人事，由鸝兒負責送她回去。顧媛媛在一旁拍著小胸脯保證自己沒醉，一定能安安穩穩地回寫意居，鸝兒只得叮囑她路上慢些，大家這才散了宴。

顧媛媛小臉紅撲撲的，眼睛亮得驚人，看起來並沒有什麼醉態，其實不然，她酒量並不好，只是整個人越是醉，看起來就越發精神，此時這精神飽滿的模樣，就表示她腦子裡已經是一灘爛泥了。

顧媛媛小心翼翼地把剩下的半壺酒揣在懷裡，樂顛顛地走出院子。

雪花落在臉上帶著冰冷的觸感，她抽了抽凍得通紅的鼻子，從懷裡掏出酒壺灌了一口，辛辣的酒順著喉嚨滑到胃裡。她張開雙手，搖搖晃晃地在雪地上轉著圈，杏黃色的襖裙跟著掀起，像在雪地上綻開了一朵金盞花。

「微風搖庭樹，細雪下簾隙。縈空如霧轉，凝階似花積……」顧媛媛伸出手接著落下的雪花，口中唸道：「不行……我要回去備課了……」

突然，她看到前方出現一個身穿素白衣裳的人，結結巴巴地問著。「是……是誰在那邊……」

謝鈺本來心中煩悶，散了宴後讓母親先回去，自己獨自一人在庭院中看雪，剛走沒一會兒，見從後院出來一個小姑娘，跌跌撞撞的，一會兒癡癡地笑，一會兒口中唸唸有詞，他走近一聽，居然是在誦詩，只是這詩讀了一半他就被發現了。

顧媛媛朝那人走了過去，貼近打量了一會兒問：「你是哪個班的？」

謝鈺瞅著眼前這個一身酒味的小姑娘，總覺得在哪裡見過，只是一時想不起來，便問道：「妳是誰？」

顧媛媛不高興地皺起了眉，大著舌頭問：「沒……沒聽到老師問你嗎，你是哪……哪班的學生？都遲到了……你知不知道！」

「哪班的學生？這丫鬟是不是醉糊塗了……把自己當成了夫子？」謝鈺覺得自己猜得應該沒錯，方才這小姑娘還在誦詩。

「這位同學，你違紀了還不乖乖認錯？那老師問你，剛剛那首詩後面幾句是什麼？」顧媛媛板著臉問道。

謝鈺略沈吟了下，緩緩唸道：「微風搖庭樹，細雪下簾隙。縈空如霧轉，凝階似花積……這幾句詩寫得不錯，我也想知道後面是什麼。」

顧媛媛抱著小酒壺喝了一口，手朝自己胸口上撫了撫，給自己順順氣道：「罰你回去抄一百遍，明天早上交到我的辦公室，聽到沒有謝鈺同學？」說著，轉身搖搖晃晃地要走。

謝鈺覺得這丫鬟很有趣，攔著她問道：「妳知道我的名字？」

顧媛媛氣得腮幫子鼓了起來。「你不是叫謝鈺嗎，難道老師記錯了？謝鈺同學，你的任務很繁重哎，一百遍呢，快回家做作業去。」說著推開了攔在面前的謝鈺，頭也不回地走了。

謝鈺站在庭院裡，庭中一棵芭蕉上落滿了雪，隨著微風搖晃，簌簌落下。他合眼，抬起頭來，雪花落在臉上帶來一分涼意，彷彿驅散了心中的霧霾。

他唇邊揚起一抹笑意，輕聲道：「我想起妳是誰了。」

第八章

謝意瞪著眼前的一碟杏仁佛手，時不時地往門外看去，想到剛剛在晚宴上發生的事情，不禁感到一陣煩亂。

他不耐讀書大家都知道，為此謝望沒少生氣過，只礙著老祖宗的面不敢發作。早些年謝意有過一個武術師傅，專門教導他騎射，但是當下朝中重文輕武，所有人看來讀書走仕途才是正經，謝望見兒子對學術不上心，偏偏愛好持刀弄棒，一怒之下便把武術師傅給辭了。

謝意捏起一塊佛手隨意扔進嘴裡，看著外面的天色，暗想著這丫鬟怎麼還不回來？

想起顧媛媛，謝意沒了吃東西的心情。早先在宴上，謝望本著大過年的不要提不高興的事，比如兒子的學業；可是看到謝意埋頭就知道吃的樣子，氣不打一處來，又開始訓斥他平日裡不思讀書的事。按照以往的慣例，江氏必然會回護兒子，只是今日卻是遲遲沒有言語，就連謝意也疑惑地抬起頭，給母親遞去了疑問的眼神。

江氏指如蘭花，輕捏著湯匙道：「老爺說得是，意兒就要十歲了，總是到了該懂事的年紀，可是這般不學好，想來是身邊的下人不規矩，害得意兒誤了學業；若是身邊有些個知禮懂事的，倒也省心了。」

謝意挾了一塊溜蟹肉，聽到母親這樣說，回道：「這是個什麼話，我不願讀書還礙著身邊人了？」

江氏柳眉輕蹙，聲音越發親和。「聽說意兒身邊新來的那個丫鬟是個不懂規矩的，母親這也是為你好，過些個日子就把她打發到別院去，再給你尋幾個新的丫鬟。」

謝意覺得嘴裡的蟹肉沒了滋味，剛想說什麼，便聽到祖母道：「這說得可是阿鳶那丫鬟？我瞅著那丫鬟是個機靈的，照顧意哥兒也上心。」

江氏見老太君都這麼說了，也不敢再多嘴。

由於顧媛媛經常陪著謝意一起來跟老祖宗見安，陪著老人家聊天、打葉子牌，老太君對她倒是喜愛，話裡不免帶上幾分回護。

不過謝意知道母親既是動了這個念頭，自然不會干休。

桌角的燭檯噼啪爆了一聲，謝意回過神來，向外室的鸝兒問道：「阿鳶還沒回來嗎？」

鸝兒心下也有些擔憂，從一旁拿起了件兔毛斗篷披上道：「爺，奴婢出去看看。」

誰知才剛推開門，就見門外站著一個身穿杏黃襖、眼神晶亮的小姑娘，正是阿鳶。

鸝兒道：「妳這丫頭跑哪裡去了？瞅這一身寒氣，快進來。」

顧媛媛把手中酒壺最後一口酒飲盡，道：「我剛剛抓住個遲到的，罰他寫作業去了。」

鸝兒幫顧媛媛把被雪浸濕的外衣脫掉，遞給她一個玉手爐道：「快先暖暖，說得什麼東一句、西一句的，爺在裡面等妳許久了。」

顧媛媛點頭，搖晃著向裡屋走去，見謝意坐在桌前，便問道：「怎麼，找老師有什麼事嗎？」

謝意沒聽清她說什麼，皺了眉問：「這是喝了多少酒？瞅妳這一身味。」

顧媛媛坐到謝意對面，歪著小腦袋用手比劃著。「沒有喝多少……只喝了一丟丟。」

謝意瞧她這迷糊模樣，噗哧笑出了聲。「沒想到妳這丫鬟醉了是這副樣子。」

顧媛媛怒道：「誰醉了？才沒有呢。」

謝意把面前的一碟杏仁佛手推到她面前。「晚宴上見這點心吃來可口，想到妳向來喜歡這些小東西，就託人從廚房給妳備了一份。怎麼樣，爺待妳不錯吧？」

顧媛媛看著面前的杏仁佛手，白玉碟裡盛著金燦燦的點心，一股淡淡的香味縈鼻。

「阿鶯也喜歡這個，我回屋跟她一起吃。」顧媛媛端起碟子道。剛走了沒兩步又停下。

「是了，阿鶯不在府裡了，我居然忘了。」

謝意嘆了口氣沒說話。

顧媛媛捏起一塊點心。「這是第幾年了？第五還是第六……記不太清楚了。」

點心融入口中，香甜中帶著些甘澀。

「我親眼看著二姑娘把四爺推下去的，就算夫人最後執意要打死綠萼，我恐怕也不會說出來。」顧媛媛自言自語道。

謝意點頭。「我知道，這怪不得妳。」

顧媛媛先是小聲地笑了起來，接著笑得前俯後仰，半晌才歇了笑道：「可真是沒用呢……明明想要變得強大，卻沒有勇氣，想去改變自己的生活，卻沒有力量，只是看著自己一日一日的……越來越恭謹，越來越卑微……假裝自己什麼都不懂、不明白……」

擦了擦笑出的眼淚，顧媛媛又捏起一塊點心放進口中。

謝意平靜地看著顧媛媛，見她語無倫次，時哭時笑，最後倒在桌子上喃喃說些什麼。他貼近了些，聽見顧媛媛小聲道：「我想回家。」

燭火搖曳，蠟淚成滴。

謝意嘴唇抿成一條直線，許久才道：「休想。」

雞鳴破曉，下了一夜的雪也停了。

顧媛媛撐著沈沈的腦袋醒來，眼前白花花的，好一會兒才看清楚；可是入眼的並不是她床上的簾子，看了好一會兒，她才意識到這不是謝意臥室的外間嗎？平日都是大丫鬟鸝兒睡在這兒的，怎麼自己跑到這了？

「鳶丫頭醒了啊，先梳洗一下吧。」鸝兒掀開簾子，見顧媛媛醒了，輕聲道。

顧媛媛往裡屋看了一下，裡面沒什麼動靜，想必謝意還在睡著。她放低聲音道：「鸝姊，我怎麼在這啊？」

鸝兒給她遞去一條溫熱的帕子，搖頭道：「妳把昨晚上的事都忘了？」

顧媛媛心中一凜，支支吾吾道：「我……我不記得了……」

鸝兒湊近她耳朵小聲說：「妳呀，醉得一塌糊塗，拉著爺又哭又鬧的。」

顧媛媛驚道：「不可能！」

鸝兒忙捂住她的嘴，示意她別吵醒謝意，顧媛媛點點頭，把鸝兒的手拉下來，小聲道：

「我怎麼……這不可能……我……」

鸝兒瞪了她一眼。「如果不信，待會兒妳去問爺，我昨晚在外面也沒聽清。」

顧媛媛死命回憶著昨晚到底有沒有說了什麼不該說的，可是偏偏腦子跟過了水一樣，什麼都想不起來了。就這樣一路想一路洗漱，直到謝意醒了，喚她去伺候穿衣。

顧媛媛幫謝意穿好海藍色雲緞襖，替他套上羊皮勾藤米珠靴，替他在腰間繫上玉珮，邊假裝不經意地問：「聽鸝兒姊姊說，昨兒奴婢喝醉了，沒有擾了大爺休息吧……」

謝意漫不經心道：「倒是有點吵。」

顧媛媛老臉一紅，道：「那……那奴婢沒有說什麼胡話吧……」

謝意接過一旁沾了青鹽的柳枝刷了牙，半天才道：「沒有，自己一人在那吵吵嚷嚷半天，倒頭就睡了。」

顧媛媛懸著的一顆心這才落了下來，臉上帶了笑。「那就好，今兒個是大年初一，老太君還有夫人、老爺都等著爺呢，爺還是快些過去吧。」說著，替謝意披上了件大紅洋緞雲虎皮大氅。

見丫鬟小廝都隨謝意出門，顧媛媛也要回屋拿件外衣跟上，就見白芷站在自己屋外。

「妳怎麼來了？這大冷天的，快進屋來。」顧媛媛讓白芷進了屋裡，給她倒了杯熱茶。

白芷握著茶杯暖手道：「三爺讓我給妳帶個東西。」說著，將一疊紙遞上。

顧媛媛疑惑地接過，心道謝鈺平日不怎麼出門，自己跟他並沒有說過話，怎麼會託白芷專程給自己帶東西了？

她打開那疊紙，只見上面的字如行雲流水，端秀清新，工工整整地寫滿了「微風搖庭樹，細雪下簾隙。縈空如霧轉，凝階似花積」。

粗略一數，正好一百遍。

顧媛媛心中一驚，謝鈺怎麼會知道這首詩的？為什麼會寫了一百遍給自己送來？難道……昨天喝醉後遇到他了？

「阿鳶，這上面寫的是什麼啊？」白芷好奇地看著紙上的字，昨夜她喝醉後回去就直接睡了，今天早上謝鈺吩咐她把這疊紙交給顧媛媛，儘管路上偷看了好幾回，可她不識字，還是不知道上面寫了什麼。

顧媛媛滿心琢磨著昨晚到底說了什麼，聽到白芷問她，就扯了個謊道：「這個啊……昨兒個遇到三爺，忽然想起大爺說想看看三爺最近練的字，跟著臨摹一下……所以就跟三爺說了，沒想到讓妳這麼一大早就拿了來。」

白芷聽顧媛媛這樣說，才放下心來。「我當是怎麼回事呢，原來是這樣啊。既然給妳送到了，那我走了啊。」

顧媛媛送白芷出去後，拍著胸口想今後一定不敢再喝酒了！

如果說過年有什麼和平時不一樣的地方，那顧媛媛只能說身為丫鬟，除了工作更多更累以外，沒有什麼不同。每天被人呼來喚去，整日跟著鸝兒一起幫謝意打點出行的衣服、物什，跟著驢前馬後，忙裡忙外。

好在忙了一段時間後，漸漸清閒下來，迎來了上元節。

這一天可是所有人都期盼的好日子，謝府的僕人們白天做完手裡的活計，晚上都可以放假去街上玩，而平日不允許外出的閨閣小姐也可以結伴出來遊玩，可以說是一個未婚男女相會的好機會。

顧媛媛也約了白芷、雲煙和雲雨她們，入了夜一起去街上。

東風夜放花千樹，更吹落，星如雨。

家家戶戶張燈結綵，街上行人摩肩接踵，熙熙攘攘。處處歌舞奏樂，街心更是有八里之長的戲臺，舞龍的隊伍長兩、三里，十番鑼鼓，響徹全城，甚為壯觀。

不過最吸引人的，還是那滿街的五色燈彩，彩燈上描繪了各種美人圖，舞姿翩翩，鳥飛花放，龍騰魚躍，美不勝收。看得顧媛媛她們幾個眼花繚亂，那燈上還有各種燈謎，引得行人紛紛駐足。

顧媛媛認識的字並不多，靠著半矇半猜，竟是給她猜中了幾個，惹得雲煙她們連連叫好，歡喜得不行，連顧媛媛自己也不禁得意起來，跑著到處看宮燈，待回過神來的時候，才發現竟跟雲煙她們走散了。

「好！」一陣喝彩聲從前面傳來，顧媛媛想著這會兒人這麼多，怕是尋不到她們了，等會兒便直接回謝府好了，如此想著，便擠上前去看熱鬧。

原來是一群人圍著一個小姑娘，那小姑娘看起來不過十歲左右，卻生得極為漂亮，肌膚勝雪，髮如堆鴉，端的是明眸皓齒。

她身上穿著一件桃粉色繡蝶描金褙子，裡面是月白色撒花褶裙，耳上綴著一對淡粉色珍珠璫，腳下蹬著一雙金縷銀線繡鞋，小小年紀卻看得出一身貴氣，再看她周身幾個隨從，雖外表不起眼，卻一個個氣勢勝人，怕是哪家尊貴的小姐出來玩的。

這時賣花燈的小販嘴裡唱著。「左邊不出頭，右邊不出頭，不是不出頭，就是不出頭。」

那小姑娘唇角上揚，杏眼一轉，道：「是個林字，雙木林。對不對？」

那小販苦著臉，輕呵一聲。「哎喲，這小姐，又給猜對了。」

原來這個貴氣的小姑娘一連猜對了十幾個燈謎，引得周圍的人拍手直讚。小姑娘臉上帶著笑意，接過小販手上的花燈，隨手遞給身後的隨從後，轉身去看那攤上的下一個燈謎。

那小販一看，這還得了，忙用身子擋住那僅剩不多的花燈，口中道：「這小小姐，您高抬貴手，小的還要做生意討口飯吃咧！」

那小姑娘斂去笑意道：「是你說的，猜對了就送花燈，怎的又反悔？」

周圍的人跟著起鬨道：「就是，哪能說話不作數？」

小販額上冒汗，雙手合十求道：「小小姐，就給小的留幾盞燈賣吧！」

那小姑娘略微沈吟了一會兒。「那這樣，我再猜最後一個，若是沒猜中，就把剛剛的花燈全還給你可好？」

「那好，小小姐就猜猜這個燈謎吧……」小販從車後拿出一盞花燈來，那是一盞玲瓏剔透的八角宮燈，燈框是烏紅木，古色古香，用絲紗裹成。燈上繪著小童放鳶圖，幾個總角小童或仰或躺，嬉戲玩鬧，憨狀可掬，活靈活現，煞是可愛。天上放飛著紙鳶，燈中的燭火搖動，使畫上的紙鳶像是隨風飄動一般。

這倒真是一盞精緻的上等花燈，就連那漂亮的小姑娘都看得心下十分喜愛。

只見宮燈上寫著幾行燈謎。「白蛇過江，頭頂一輪紅日。烏龍上壁，身披萬點金光。」

這個燈謎似乎很難，小姑娘眉間蹙起，貝齒咬著下唇，思索了良久，最後小臉通紅，喃喃道：「我……我猜不出……」

那小販得意道：「既然沒人猜得出我的燈謎，那我可要把小小姐剛剛贏走的花燈都拿回來了。」

「白蛇過江，頭頂一輪紅日是油燈。烏龍上壁，身披萬點金光是秤桿。」人群中傳來一道清軟的聲音，眾人循聲看去，見又是一眉目清麗的小姑娘。

顧媛媛朝那花燈小販道：「這位小哥，我可是猜對了？」

小販原本算準了那位貴氣的小小姐儘管聰慧，但大戶人家的姑娘哪裡會猜得到油燈、秤桿這等百姓用的物什？

果不其然，問倒了那位小小姐，可顧媛媛不同，若是放到上一世，她可能還猜不出，可是身為一個處於底層的小丫鬟，自然也就猜得出來了。

小販儘管捨不得這盞宮燈，可周圍這麼多人看著，不得不忍著心痛，把宮燈給了顧媛媛。

顧媛媛是真心一眼便瞧上了這盞花燈，滿心歡喜地接過了，轉身正待要走，卻被人喊住。喊她的不是別人，正是那位漂亮的小小姐。

顧媛媛問道：「這位小姐喚我還有何事？」

小姑娘看著顧媛媛身上的穿著，倒不像是小門小戶的，可也算不得多貴氣，便問道：「妳是蘇州城哪家的姑娘？」

顧媛媛回了一禮道：「這位小姐，我不是什麼大門戶家的姑娘。看小姐聰慧，方才連猜對數十道燈謎，令人佩服不已；只是小姐矜貴，不曉得我們這些百姓平日用的物什也是情理之中，所以方才那燈謎教我猜去了，還請小姐莫怪。」

這一番話說得合情合理，既稱讚了這小姑娘，又解釋了燈謎的事情，總歸不會讓那小姐心生不滿，找岔子才對。

顧媛媛可不想招惹權貴家的小姐，畢竟伺候自己府裡的那幾隻，已經讓她覺得很頭疼了。

那小姑娘方才是有幾分不服氣，可人家都這麼說了，再抓著不放倒顯得自己器量太小。她見顧媛媛容貌生得漂亮，講起話來不卑不亢，不似家中姊姊那般傲氣凌人，又不似丫鬟或奴婢卑微小心，心中是有幾分歡喜，想要結交一番。

她正思量著該怎麼開口，誰料待回過神來時，竟是不見了人影，恁是怎麼也找不著了。

第九章

顧媛媛溜走之後，想著時間也差不多了，再玩一會兒就回謝府，若是太過貪玩，難免被有心人記下，反倒不好。

她見到一小攤販在賣河燈，思量了一下，買了一只。

秦河畔很是熱鬧，處處是私語的情人、相遊的才子，河上畫舫隱隱傳來動人的弦歌，上演著一幕幕繾綣的畫面，河面上星星點點漂著數不盡的河燈。

顧媛媛尋了一處人少的清淨地，將手裡的河燈小心拿出來，從口袋裡掏出火石，點燃了河燈芯裡的燭火，自言自語道：「你這小東西，可要爭氣點，好好替我把願望實現了才是，不要白白浪費我一錢銀子。」想到這不禁肉疼，這一盞小破燈平日最多值幾個銅板，現在瞅著過節，價格也漫天地漲。

「妳也忒為難這河燈了，它此時若是能說話，恐怕是不敢下水了。」

顧媛媛回過頭來一看，說話的居然是謝鈺。

謝鈺穿著一身暗青色衣裳，在黑夜裡並不是很顯眼，可偏生那副漂亮的臉蛋，總是令人看見就移不開目光。

顧媛媛福了一福道：「三爺怎麼自個兒出來了，這外面人多，身邊不帶個人總歸不妥當。」

謝鈺睫毛顫動了幾下道：「自己出來隨便轉轉，倒是那麼巧遇到了妳，我是有一事想要問妳。」

顧媛媛心中不住嘆氣，真想拔腿跑了，可偏生還得硬著頭皮面對謝鈺，仔細糊弄著好了。

「倒不知三爺有何事問奴婢？」

謝鈺唇角彎出一抹笑。「鳶姑娘對我那一百遍還滿意否？若是滿意了，能不能把後面的句子告訴我呢？」

顧媛媛睜大了眼睛，一臉困惑道：「這事我倒是想問三爺呢，為何給奴婢那一摞子紙來？奴婢又識不了幾個大字。」

謝鈺看著眼前這個丫鬟神情竟不似作偽，若不是自己記得清楚，還真要懷疑是不是除夕夜裡認錯了人。

顧媛媛打鐵趁熱道：「看來是三爺搞錯了，既然如此，奴婢就不在此打擾了，三爺還是早些回府得好，奴婢先行了。」

說著就要開溜，只是剛走沒兩步，就被謝鈺叫住。

「妳的河燈還沒放。」

顧媛媛這才記起手裡還有這個花了她一錢銀子的昂貴河燈，她重新走回到岸邊，小心翼翼地把它放到河裡，雙手合十，默默許了願。

一願前世家人康壽，二願今生爹娘常健，三願自己安平無憂。

好一會兒，顧媛媛才睜開眼睛，看見自己的小河燈已經緩緩向河心漂去。

據說河燈漂得越遠越穩妥，願望就越能夠實現。眼看自己的河燈就要漂向河心時，天公不作美，竟然打起雷來。

謝鈺漂亮的鳳目往遠處看去。「這是要下雨了。」

話音剛落下，這雨就大滴大滴的砸了下來，不一會兒，河面上的河燈就搖搖晃晃，幾欲傾倒。

顧媛媛雖心中有些不舒服，也只能安慰自己一個小河燈而已，怎麼作得了數。眼下最要緊的是趕緊回府，看這雨這般下著，不知會下到何時才停，現在的天氣又涼得很，這麼待著肯定要生病的，於是她對謝鈺道：「三爺，咱們還是快些跑回去吧！」

謝鈺皺起秀氣的眉毛說道：「君子之風範，言行律己，怎能在街市慌張竄跑？」

顧媛媛看著謝鈺漂亮的小臉上寫滿了不肯就範，只得嘆了口氣道：「三爺若是淋雨病倒了，反而會讓碧玉姨娘擔憂。」

謝鈺垂下小腦袋，顯然正在猶豫。眼看雨越下越大，顧媛媛顧不得等他思考完畢，道了聲「奴婢失禮了」，拽起謝鈺的手腕就撒腿開跑。

好在謝府離得不遠，在兩人全身濕透前，終於跑到了謝府門前。

顧媛媛扶著謝府偏門的紅漆柱子直喘，謝鈺先喘了一會兒，隨後居然笑了起來。

顧媛媛瞠目結舌，這糯米糰子不是淋傻了吧，笑什麼？

謝鈺止了笑，直起身來，對顧媛媛道：「我直到今天才知道在雨裡奔跑是件這麼痛快的事。」

顧媛媛抹了把額頭上的雨水，也猜得出謝鈺這不得寵的庶子平日恐怕過得不比自己好到哪裡去，偏生又是個悶不吭聲、凡事壓心底的性子，這一跑，倒是能讓他舒暢不少。

「三爺還是趕緊回去，換身乾淨的厚衣裳，莫要著涼。」顧媛媛也淋得狼狽，雨水順著她白淨的小臉滑到了下巴，眼睛裡卻猶若一汪清泉。

聞言，謝鈺點點頭。

「三爺您可算是回來了！碧玉姨娘擔心得緊呢！」這時一個小丫鬟舉著把半舊的油傘從裡面急急走來。

「哎呀，阿鳶妳也回來了，妳倒是去哪裡貪玩了？」來的丫鬟不是別人，正是謝鈺身旁的白芷。

「我自個兒隨便轉了轉，可不巧居然下雨，好在妳們都回來了。」顧媛媛道。

白芷見三爺和阿鳶都回來了，也鬆了口氣，走近一看，卻是嚇了一跳。「爺這是淋了雨？趕緊隨奴婢回去換衣裳吧！可不能站在門口吹了風！」

說著她把傘遞給謝鈺，催著他趕緊走。

顧媛媛心中鬱悶，明明自己也是個落湯雞，可這丫頭滿眼裡就只有自己的少爺……

謝鈺點頭向顧媛媛道：「妳也快些回去吧。」說罷便隨白芷往玉竹苑的方向走去。

顧媛媛跟門房借了把傘，連忙趕回寫意居。

回去之後，少不得又被謝意一通埋怨，無非就是質問顧媛媛跑哪玩去了，他又餓了云云。

顧媛媛看著謝意腮邊的肉一晃一晃的，額角不禁抽了抽。暗道這般飼養小籠包少爺的生活不知道哪年是個頭……

過了上元節，眾人的生活開始如以往按部就班地過。

謝意今年虛歲滿十歲，謝望說什麼也由不得長子再繼續這麼貪玩下去，訓誡了謝意一番後，給他制訂了文武雙修的計劃。

他請來江南素有武名的公良軍給謝意做武學師傅，每日卯時起床，學習騎射、劍術、拳法直至辰時。吃過早飯後，便去族學學習詩、書、禮、樂，直到酉時才能下學。

顧媛媛以為這麼安排，謝意一定會在老太君面前一哭二鬧，沒想到他居然欣然接受了，不過每日是睡眼惺忪地習武，再睡眼惺忪地上族學，不管是文還是武都沒上心，每天唯一清醒的時間就是吃飯的時候了。

對此，謝望無論怎麼發火都無濟於事，再加上老太君相護，最後也無可奈何了。

只是這就苦了顧媛媛，每天天還沒亮就要從被窩裡爬出來，伺候謝大少爺洗漱穿衣，然後按照謝大少爺的吩咐去小廚房張羅吃食。等謝意習完武，再伺候他用早飯，之後領著小食盒顛顛地跟著他去上族學。

謝意進了學堂後，他們這些隨侍的丫鬟和小廝就可以去歇歇了，可顧媛媛還要偷偷站在窗子下面聽夫子講課——即使她甘心當個丫鬟，不代表她願意做個文盲，所以每每陪謝意上學，她就坐在窗下聽講。

窗下是一小塊鬆軟的草坪，植著幾棵銀杏樹，陽光照射在顧媛媛身上，使得忙了一早上的她周身暖洋洋的，很是舒爽。鬆懈了下筋骨，聽著夫子在裡面講學，她把小臉貼過去，看到裡面坐著謝家的各位少爺們。

大多數的少爺們還是配合著夫子有一搭沒一搭的聽著課，只有謝意隨意翻了翻書後就開始呼呼大睡，當然也有幾個像謝鈺一般專心致志的人。

窗外的陽光灑在謝鈺那張如白玉般的小臉上，映得眼角那顆痣越發生動。顧媛媛看得不小心走了神，想到上元節之後，謝鈺雖遇過她幾次，卻再也沒提到那半首詩的事情，想必是把那事當作喝醉後的胡話了吧……

正想著，謝鈺似乎感覺到有人在看他一般，朝窗口處轉過頭來，嚇得顧媛媛趕緊把小腦袋縮了回去。

謝鈺只看見窗外晃著兩只烏油油的雙丫髻，髻頂上綴著一顆小小的月白色珠子，隨著夫子朗誦的聲音一擺一擺的，不用想就猜到了是誰。他看著窗外，眼神越發溫柔，待回過神來，見夫子正瞪著自己，不禁紅了臉，趕緊用心看書。

朗朗書聲從窗裡傳了出來，顧媛媛拿起小樹枝，在疏影斑駁的草地上一筆一劃地寫著字，望向遠處的花田，心中豁然開朗。

中午休息時間，謝意掐著點醒了過來，謝家子弟都去書房一旁的食肆間用餐，阿平早就趁著謝意上課時去了趟一品齋，買來了謝意最愛吃的菜，依次擺在謝意面前。有魷魚卷、荷葉雞、天香鮑魚、香鍋牛肉、一碗悶得噴香的碧梗米，以及四樣小點心——芝麻卷、金糕、奶白葡萄、雪山梅。

謝意雖然是個不折不扣的吃貨，可到底是權貴人家養出來的吃貨，儘管下筷如風，一直往嘴裡送著飯菜，可依舊身姿端正，看得出有極好的家教涵養，吃著飯時處處顯露出身為上等人家的優雅。

而吃起飯來同樣優雅的還有謝鈺，只不過他面前的菜色跟謝意的形成了鮮明的對比。一碗白米飯，面前只有兩樣小菜——一道黃澄澄的素炒雞蛋、一道綠油油的小青菜。

顧媛媛不禁咋舌，就算是她這樣的小丫鬟，午飯還有三素一葷呢。

起先謝意看不過去，常常拉謝鈺過來一同吃飯，都被謝鈺婉言謝絕了，說是若不把午飯吃完，恐怕碧玉姨娘會擔心，何況對他來說口腹之慾並不算什麼，他並不會覺得委屈。

到後來謝意就不管他了，盡情地滿足自己的口腹之慾。

「這不是夫子最近稱讚為草包的謝意嗎？真是久仰大名。」一個身著孔雀綠窄袖緞袍的少年走到謝意跟前，後面還跟著幾個族中子弟。

阿平皺眉，上前一步擋在謝意身側。謝意扒著碗裡的米飯，眼皮都沒有抬一下，顧媛媛也沒有抬頭，只專心地為謝意布菜。

那少年名叫謝卓，是今年入族學的，早就聽說謝家謝望這支出了個混吃等死的庸才，偏偏從小就封了爵，位分尊貴得緊，連自己的父親見了他都要恭恭敬敬地行禮。

他正是心高氣傲的年紀，怎麼能服氣？這幾日入學更是對這謝意看不過眼，每日都占著學堂最好的位置睡覺，上個學還帶著僕人、美婢，吃頓飯要擺滿一桌，生怕別人不知他家富貴無匹似的。

謝卓見謝意根本沒有搭理他的意思，不禁惱羞成怒，又道：「真是奇怪了，這山珍海味吃下去，怎麼就沒補到腦子上？真是可惜了謝公侯居然有你這樣的草包兒子。」

後面的子弟跟著哄笑起來，這是笑話謝意腦中空空，腹中草莽，可這樣說，卻是連謝望的臉都打了，就連謝鈺都頓了頓筷子，蹙了眉頭。

但謝意好似沒有聽見般，繼續吃著飯。

謝卓見話都說到這分上，謝意還是沒有動靜，想來是年紀小，也不過是個傻乎乎的小胖子罷了，便存了戲弄他的心思，乘機掀翻了桌上的荷葉雞。

雞塊順著桌子滾到了謝意腿上，油水沾在他冰藍色的羽緞袍上，顧媛媛趕緊從懷裡掏出錦帕，蹲下身子幫自家爺擦去腿上的油漬，接著站起身來看著眼前這幾個作死的少年。

謝意放下手中的筷子，從顧媛媛手中接過錦帕擦了擦手，狹長的眼睛瞇成了一條鋒利的線；可在轉向謝卓時，眼神裡的不悅全數不見了，只見他一臉平靜道：「最近沒聽說哪裡有新來的族胞，哦，不對……好像是有一個，前幾日有個遠支的哥哥來求祖母，說是要讓兒子來族學。如果沒猜錯的話，說的就是你吧……大姪子？」

謝卓臉色憋成了醬紅色，謝意說得沒錯，按輩分他應該喊謝意一聲叔叔，儘管謝意比他虛歲小了四歲。

謝卓怒道：「你這個小草包……」

「既然那位哥哥不會教導兒子，就由我來吧。」謝意肥肥的小身子往前一撲，抓過謝卓的左手。

謝卓見謝意衝自己過來，並沒有當回事，畢竟謝意年紀不大，能搞出什麼么蛾子？到時候就算自己「不小心」打了他幾下，大家也可以作證是謝意先動手的。

只是他腹中算盤還沒打完，頓時覺得手背一涼，劇痛從左手傳來。

眾人還沒看清怎麼回事，就聽見謝卓殺豬似的叫號，尖銳的聲音唬得在場的人驚住了，待低頭一看，一股涼氣從腳底直衝頭皮。

只見謝意方才吃飯時用的那雙尖尖的白玉箸，此時正插在謝卓的左手背上，筷子的尖頭生生釘在桌上，竟是把謝卓的手扎個對穿。

第十章

「啊！」一聲聲的驚叫從四周的謝族子弟們口中傳出來，大夥兒有的忙不迭地向外跑去，有的想向前看謝卓怎麼樣了，卻不敢動，直打哆嗦。

顧媛媛看了一眼就趕緊移開目光，她曉得謝意向來是個不好招惹的，卻沒想到小小年紀出手竟這樣狠辣。

謝意皺了皺眉，看著幾欲疼死的謝卓道：「大姪子，回了家就告訴你爹，不用來謝我了，畢竟都是一家人，說那麼多客氣話顯得外道。」說著，頭也不回地走出了食肆間。

顧媛媛邊收拾食盒邊對周圍的人道：「你們愣在這裡幹什麼，還不去請郎中來？」

眾子弟回過神來，才連忙去請郎中。

學堂外，謝意懶洋洋地坐在園中的亭子裡曬太陽，忽然用一隻手摸了摸自己肉乎乎的臉道：「剛剛沒吃飽，爺覺得自己消瘦了幾分。」

顧媛媛額角抽了抽。「爺，今兒個晚上是老爺檢查功課的日子，您又翹課不好吧？」

謝意道：「祥瑞閣昨兒個新出了金絲栗子糕……」

顧媛媛正色道：「爺，一品齋的八寶雞再晚點就賣完了，咱們這就走吧。」

謝府，福壽苑。

老太君將手中的檀木佛珠重重拍到案几上，怒道：「那謝卓算個什麼東西，也敢欺辱意哥兒?!」

前來稟告的下人大氣都不敢喘，看著老太君道：「那謝晉德那邊……」

老太君閉著雙眼，撥著手中的佛珠，冷冷道：「告訴謝晉德，意哥兒只是身為叔叔教導一下姪兒，若是他有什麼不滿，儘管來找老身理論。」

下人應了聲「是」便退下了。

案桌上精巧的焚香爐散著淡淡幽香，老太君身邊的大丫鬟玉琴掀開簾子道：「老太君，大少爺回來了。」

謝意進了屋，給老太君見禮。「祖母，意兒給您見安了。」

老太君忙示意孫子起身，拉到自己身邊，仔細瞅了幾圈，發現孫子安然無恙才道：「我的意哥兒，那個混小子沒有傷著你吧？」

謝意道：「祖母，意兒沒事。謝卓姪兒只是不小心推翻了我的飯碗，倒是意兒傷了姪兒。」

顧媛媛看著謝意一臉的真誠和後悔，狹長的眼睛還閃著點名為委屈的小光芒，簡直像極了一隻單純的大白兔。

若不是親眼看見謝意是怎麼收拾謝卓的，恐怕她也不敢相信這是同一個人。

老太君則是心疼得不行，她的寶貝孫兒被人罵成草包，又被潑了一身飯菜，居然隻字不提，還懊悔自己傷了那混小子。

謝意失落地垂下眼睛道：「父親大人知道了一定會生氣的。」

老太君板著臉道：「生什麼氣？要我看給謝卓那小子的教訓還算是輕了！」

謝意的小臉上這才重新有了光彩，讓顧媛媛將從祥瑞閣買的糕點給老太君端上，陪著老太君說話，哄得她老人家重新有了笑意。

三日後，謝晉德攜兒子謝卓親自上門賠不是，不過謝家老太君發話不見。

接連求見三次後，謝望方才看在同族情誼上收下了賠禮，這件事算是告了一個段落。

自那之後，族學裡再也無人敢招惹謝意，而顧媛媛依舊每日陪他過著上學、吃飯、翹課的日子。

新慶十四年，一場秋雨一場寒。

前兩年，鸝兒和鵲兒都許了外院的人家，如今顧媛媛升為大丫鬟，院裡分了兩個小丫鬟，一個是新月，一個是滿月。

新月是個活潑性子，跟阿鶯一個樣子，說到阿鶯，本來顧媛媛曾在謝意面前提起過，看看能不能讓她回府來。

謝意也安排人過去接，誰知道那丫頭居然羞答答地說不回來了，求謝意給個恩准，讓她許給莊子裡的一戶人家。原來阿鶯初到莊子時，生活上不能跟在謝府時比，心裡難過不已，好在莊裡的某家小夥子處處照顧她，時日久了，便相處出了感情。

謝意聽了，自然是准了，還命人備了份嫁妝過去。

這幾日，謝老太君不知怎的，染上了風寒。一開始時並未放在心上，只道是吃幾服藥就好了，誰知卻纏綿病榻起來。謝意每天下學都去探望祖母，帶些小玩意兒哄她老人家，可是老太君的精神狀況還是一天不如一天，謝望每日處理完公事也同謝善一起去看望老太君，江氏則是盡著身為長媳的本分，在老太君面前端茶侍藥。

近日來，謝意的食量變小了，顧媛媛儘量用心張羅些吃食給他送去，可依舊是漸漸消瘦下來，本來圓滾滾的臉如今卻看得出些許少年的輪廓。

九月中旬，今日老太君的精神很不錯，晌午用過飯後，還吃了大半碗的百合粥，玉琴和玉畫都是老太君身邊的得力大丫鬟，見老太君今兒身體不錯都寬心不少，陪著說了些話。

老太君向背後的靠墊挪了挪，看著給自己細細捏腿的大丫鬟玉琴道：「妳打小就跟著我，性子向來是個和軟的，想著多留妳兩年再給妳尋個好人家，沒想到倒是耽誤了妳……」

玉琴手一頓，忙低下頭掩飾泛紅的眼眶。「老太君說的是哪的話，奴婢說句踰矩的，打小就把老太君當奶奶看，當然一輩子伺候老太君。」

玉畫也跟著道：「可不是，別說玉琴姊姊了，我跟玉棋幾個也是打心底把老太君當奶奶看的。」

老太君拍拍玉琴的手道：「老身曉得妳們幾個孩子都是好的，但有些話老婆子還是要說的，妳們幾個都到了許人家的時候，給妳們每個人備了點嫁妝，不枉妳們跟我一場……」

玉琴哽咽道：「老太君！您說的是什麼話……快消停了這心思，待會兒老爺他們就該到了。」

不多時，謝望夫婦同謝意都到了，等兩府人口全到齊了，站滿一大屋子，老太君才逐個看了看，開口吩咐自己的後事。

按照老太君的意思，謝家所有子女，除了西府謝善家已經出嫁的大女兒外，每個人都分五千兩白銀做嫁娶銀錢；玉琴、玉棋、玉書、玉畫這幾個從小跟著她的丫鬟都置備一份嫁妝；老太君當年妝奩裡的頭面、首飾則分給謝妍和謝綺兩個姑娘；名下的田產和莊子則留給謝意。

謝望在一旁勸老太君寬心，說了一會兒話後，老太君覺得乏了，留下了謝意，讓其他人先回去。

老太君半倚在榻上道：「為丫頭，去把窗子開了，這屋裡怪悶的。」

玉琴嗔道：「開那窗子作甚，不敢再著了涼。」

顧媛媛依言開了半扇窗子道：「玉琴姊姊不礙事的，通通風是好的。」

謝意給老太君揉著肩。「祖母，別總是想些不著邊的，等祖母身體好些了，意兒再陪您去清禪寺上上香。」

老太君拉過孫子的手，半晌才道：「祖母有些話跟你說。」

謝意替老太君整了整身上的毯子道：「祖母要囑咐意兒什麼？」

「祖母知道我的意哥兒是個聰明的好孩子，這謝家以後就靠你了，不管最後怎麼樣，你祖父、祖母都不怪你。」老太君嘆了口氣，眼神裡透著慈愛，摸了摸謝意的頭道：「意哥兒不要怕，就放手去做吧。」

謝意只覺得鼻子一酸，強壓住淚意，道：「意兒一定不負祖母所託，照顧好弟弟、妹妹。」

又說了會兒話，謝意見老太君實在是困乏了，便告退了。

三日後，謝家老太君辭世，全府舉喪，皇帝還親自為乳母寫了祭文，以示哀悼。眾人忙了半個月，才稍稍輕省一些。

福壽苑內的早菊已經悄然綻開，故園三徑吐幽叢，一夜玄霜墜碧空，只是從前賞菊的老人卻已不在了。

玉琴抹去眼淚，隨意綰住滿頭烏黑的青絲，提起一盞風燈準備去內庫房那裡看看老太君屋裡的東西都清點得怎麼樣了，或是有沒有要幫忙的地方。

小時候她就沒了父母，後來到了謝府當丫鬟，她人小又不顯眼，總是被人瞧不上，老太君卻是真心疼惜她，如今老太君卻是去了……

外面的天色已經黑透了，玉琴攏了攏身上的衣服埋頭走著，卻見前面有個人影，待走近些，才看清是西府的二老爺謝善。

玉琴止了步子，微微欠身對謝善見了禮，直到謝善靠近，玉琴才聞到一股濃烈的酒氣，心中不禁氣惱。

老太君剛剛去世，身為親兒子的謝善居然在孝期內飲酒？

再說這謝善，儘管平日對老太君十分恭謹，實則是個沒什麼心的，總是覺得老母親是個偏心的，身為次子的他根本就沒得到應該屬於自己的東西，好處盡是被謝望得去了。

這幾日來，他惱於老太君當年陪嫁時那麼多寶貝都盡數分給了幾個小輩，根本提都沒提他，心下越是思量就越是不服氣，不小心就喝過了頭。方才去見謝望時，還因為飲酒又被罵了一頓，心中正是煩悶。

走在這小徑上，迎面提燈的侍女卻讓他腦子瞬間清醒。俗話說想要俏，一身孝。此時的玉琴一身素白色的輕綃長裙難掩玲瓏身段，烏黑的長髮隨意綰成髮髻垂在一側，因為老太君的離世，這幾日來並未睡好，臉色蒼白，方才的淚痕還隱約可見，看著十分惹人憐愛。

這一照面，便將那謝善的魂勾了七成去，見玉琴給他欠身見禮，忙不迭地伸手扶她，這一扶，玉琴的袖子卻向後褪去，露出纖細的皓腕和一截瑩白如玉的手臂，謝善腦子裡的那根弦卻綳斷開了。

玉琴又羞又惱，她萬萬沒想到謝善竟然會動手扶她，還拉住她的雙手不放，她忍著羞惱斥道：「謝二老爺，您這是幹什麼！」

佳人想喊卻壓著聲音嬌叱的模樣像是撓在心裡一般，惹得謝善癢得不行，口中道：「二老爺還能做什麼，只是和妳談談。來，跟二老爺講講，妳是誰身邊的丫鬟，怎的瞅著這般面熟呢？」

玉琴恨不得咬碎一口銀牙，低聲道：「二老爺，奴婢是老太君身邊的丫鬟，二老爺看在老太君的面上，快放開奴婢吧！」

謝善恍然大悟，原來是老太君身邊的，難怪瞅著眼熟。說起來這丫鬟，平日是一副清清冷冷的樣子，誰知道竟是這樣一個水靈靈的美人。這酒意一湧上，手不由自主地就摟了過去，也不管這裡是不是自己府上了。

玉琴本以為就算這謝善再怎麼混帳，看在老太君剛剛過世的分上，怎麼也會收斂些，誰料到卻是想也不想就撲了上來，她一時沒有防備，被摟個滿懷，驚得她正要喊人，卻被掩住了嘴。

幾片雲將月光遮得嚴嚴實實，風燈不知在什麼時候落了地，熄滅在一旁。樹影下，玉琴雙目怒睜，恨不得將身上之人千刀萬剮……

顧媛媛不知道自己是不是撞麻煩體質，可是偏偏謝意今天想看老太君平日讀的佛經，讓她去內庫房取，而偏偏她就走了這條路，偏偏撞上了這糟心事。她離得遠，看不清是誰，卻也看得出那兩具糾纏在一起的身體。

現在正是老太君的喪期，居然有人做出這等苟且之事，實在是太大膽了。秉著多一事不如少一事的原則，顧媛媛決定繞道走，誰知剛走出沒兩步就聽見那女子嗚咽的聲音，待仔細一看，才發現那女子顯然是被強迫的。

顧媛媛清咳了兩下，放大聲音道：「大爺可真是的，半夜要看什麼勞什子經書，害得我們跟著跑一趟！」

她猜想約莫是哪個小廝不懂規矩，做出這等喪盡天良的事，便故意講話嚇一嚇就好，若是真留然衝過去，指不定救不了別人還搭上了自己。

謝善這邊卻被這一聲響給驚醒了，他居然趁著酒勁在大哥府裡撒野，若是被人看到，哪裡還有臉見人？想著玉琴只是一個丫鬟，也沒膽子說出去，況且是這等事。

顧媛媛見那男的低頭溜走了，本想去看看那女子怎麼樣了，又想到畢竟是不光彩的事，此時過去難免讓那女子難堪。她見那女子低泣一會兒後就跌跌撞撞地走了，便鬆了口氣，也沒再去管。

黎明破曉，天邊泛起了魚肚白。

謝意這幾日因為服喪，沒有再跟武術師傅習武，也沒有去族學。

「阿鳶姊姊不好啦！」突然，門上的琉璃簾子被掀開，新月滿頭大汗的跑了進來。

顧媛媛剛剛替謝意穿好衣裳，正低頭為他繫上腰間的玉珮，見新月冒冒失失地跑進來，不禁嗔道：「瞅妳這滿頭汗的樣子，什麼事不能好好說？」

謝意因祖母去世，心中正低落，耐不得人吵嚷，見新月這般進來，微微皺了眉。

新月吐了吐舌頭，給謝意補了禮道：「大爺、阿鳶姊姊，出大事了！老太君房裡的玉琴姊姊她……她自縊了……」

這就像是一大塊石頭猛地投到了河裡，在顧媛媛心裡激起了大浪。

提起玉琴，謝府人人都嘆息，道上一句是個重情的好姑娘，竟隨老太君去了，只有少數人知道事情要複雜得多。

玉琴的屍體被放下來時，肩上分明有多處青紫的指痕，衣衫半褪，幾個婆子心中直嘆著作孽，這分明是被人輕薄了去，不過此時是老太君的孝期，哪敢再生是非，就瞞了實情。

顧媛媛經常隨著謝意去老太君那裡，對玉琴的死，心中也十分難過，那樣溫和的女子竟然走得這般無聲無息；除此之外，她心中亦是隱隱帶著些許不安……儘管不明白這不安來自於何處，或許是不願意去深思來自於何處……

顧媛媛失神地走在回寫意居的路上，前面有兩個小丫鬟在交頭接耳，待她走得近些，便聽到一個丫鬟說：「玉琴姊姊真是太可憐了……老太君給她備了嫁妝，結果她這一走，全便宜了那些親戚。」

另一個丫鬟疑惑道：「親戚？玉琴姊姊平日裡怎麼沒提過有親戚？」

「可不是嗎，從來都沒來看過玉琴姊姊，現在人沒了，反而冒出一堆遠房親戚來了。」

那丫鬟道：「玉琴姊姊好端端的怎麼會……唉，昨兒個說是去庫房那邊幫忙，結果庫房管事說根本就沒有去。今兒個早上卻是在老太君屋子裡……」

旁邊的丫鬟道：「可是福壽苑到庫房的路上發現了玉琴姊姊平日用的風燈啊……也不知怎的就丟在了那裡……」

「什麼風燈？丟在哪裡了？」顧媛媛強壓住心頭的慌張，走過去問道。

那丫鬟嚇了一跳，見是大少爺身邊的貼身丫鬟，才拍了拍胸口道：「玉琴姊姊的燈就落在福壽苑到內庫房的小路上，就是遊廊外的那幾株合歡樹下面……」

第十一章

晌午，寫意居。

一碟糖醋荷藕，一碟木耳筍乾，一碟芡汁茄子，謝意有一筷沒一筷地吃著。

因老太君的離世，謝意一直食素，原本胖嘟嘟的身體清瘦了幾圈。忽地，他把筷子一擱，嚇了新月一跳，滿月悄悄遞過去一個疑惑的眼神，小心問道：「爺這是……飯菜不合口味嗎，奴婢這就去廚房再找人做些別的吧。」

謝意皺著眉頭，手搭在桌上，食指輕叩著桌面道：「那丫頭是怎麼了？」

滿月這才了然。「原來是惦記鳶姊姊……」

新月向來是個心直口快的，忙搶著道：「可不是嘛，從福壽苑回來之後就魂不守舍的，連午飯也不吃，說是不舒服，自個兒回房發呆去了。要我說，肯定是因為鳶姊姊跟玉琴姑娘感情好，如今玉琴姑娘……因為難過所以才這樣的吧。」

謝意不以為然，這麼多年來他太瞭解顧媛媛了，看起來是個仁善和軟的，其實只要事不關己，就永遠站在一旁冷眼看著，就像是個看戲人，儘管會為了戲中的人喜怒哀樂，等戲落幕後就繼續過自己的生活。

今天他讓顧媛媛去福壽苑那邊看看怎麼回事，結果回來之後整個人就跟蔫了一樣，小臉蒼白說是不舒服，關在房裡不肯見人。平日都是顧媛媛在一旁候著他用飯，早就養成了習慣，今兒個不在身邊，就連飯都不是那個味了；再一想到她回來時那失魂落魄的神色，心下不安了起來。

一路想著，他不由自主走到了西廂，也不敲門就推開門邁了進去。

屋子裡的陳設很簡單，甚至有些不像是女兒家的閨房，清一色的淡色看得人心中通透。窗簾是月白色底繪蘭紗，窗下是一方梳妝檯，窗前掛著一串彩色貝殼的風鈴，是從前謝意隨手送她的。

此時正值正午，簾紗被捲起，顧媛媛坐在窗下發呆，不知道在想些什麼，陽光從窗外照射進來，落在她的臉上。

剛進府時，她還是個七、八歲的小丫頭，面黃肌瘦，如今幾年過去了，將養的膚色白皙細膩，本就清麗的容顏越發楚楚動人，纖長的睫毛半掩著翦水秋瞳，身上穿著月白色壓繡褙子及櫻草撒褶裙，身量雖然嬌小，卻已展露出少女的玲瓏有致。

一般丫鬟、小姐都以鉛粉敷面，她對那種不知道怎麼提煉出來的粉避之不及，所以整日素著一張臉，更顯得瑩白如玉，在陽光下幾近透明之色。

謝意有些愣神，自己身邊這個小丫鬟什麼時候已經出落得這樣秀麗了，奇特的是，這般樣貌十分不顯眼，站在人堆裡絕對發現不了，彷彿顧媛媛天生便有一種掩蓋自己光彩的特質般，就如一輪秋月，美麗又不刺眼。

顧媛媛好一會兒才發現身下的一大片暗影，能投射出這麼一大片影子的除了謝意也沒別人了。她回過神來，眼前的少年身量已經很高了，讓她得仰著臉才看得清楚。

「爺，用過飯了？」顧媛媛看著一直站著的謝意，開口詢問。

謝意點點頭，忽然不想問她上午的事情了。他從一旁拉過一個繡墩坐在她身旁，面前的銅鏡中映出兩人的影子，兩人並肩坐著，沒有一絲疏離感，看起來倒不似主僕。

謝意指了指妝檯上的紅木匣子道：「也沒少送妳，怎不見妳戴過？」

顧媛媛摸了摸頭，烏黑的長髮隨意綰了個雙垂環髻。「平日那麼忙，戴著那些怪礙事的。」謝意有時候出去會順手買些珠釵送她。

「好歹也是爺的貼身丫鬟，那麼寒酸，爺以後怎麼帶妳出去見人？」謝意不滿道。

顧媛媛噗哧一聲笑了。「是是是……以後出門奴婢就掛一頭，保證給爺長臉。」

這一笑，顧媛媛整個人像是活了起來，秋瞳裡溢滿一池瀲灩，在陽光下熠熠生輝。

謝意遲疑了一會兒，小聲道：「算了，還是什麼都不要戴了……」見顧媛媛望過來，他瞇了瞇狹長的眸子。「長得寒酸戴什麼也沒用。」

顧媛媛眉梢輕揚，伸出手去搔他癢，謝意打小就怕癢，不一會兒就敗下陣。

這麼鬧著，顧媛媛心裡總算是舒暢了許多，她伸手攏了攏亂了的髮絲，斂去笑低嘆了一聲，這才慢慢將玉琴的事說了一遍。

起初謝意臉色陰沈，待聽到最後，面上淡淡的反倒看不出情緒了，顧媛媛知道他是真動怒了。

原本想說當時她再走近些或許就能看到那個害死玉琴的男人，如果她去勸慰玉琴，或許玉琴也不會死去，只是這些話如今已毫無意義，與其追悔過去的失誤，不如記下這筆帳找到那個男人，讓玉琴得以安息。

「安心吧，這事交給我。」謝意起身看著顧媛媛烏亮亮的頭髮，伸手揉了揉。

顧媛媛驚訝得睜大眼睛，居然被一個小孩子揉腦袋了……儘管十五歲在這個年代已經算不小了，可在顧媛媛眼裡，謝意就是她從小看大的孩子。

「還傻愣著幹麼，爺快餓死了。」

顧媛媛道：「不是說吃過了嗎？」

謝意撇了撇嘴道：「沒吃飽唄，去幫爺做一份，有幾天沒吃妳做的飯了。」

顧媛媛只能認命地耷拉著腦袋去小廚房為謝大少爺做飯，她推開屋裡的門，見到滿月站在外面。

滿月見顧媛媛出來，過去問道：「鳶姊姊……大爺這午飯只吃了一半……」

「沒事了，妳把剩下的撤下去吧，我去小廚房再做一份。」顧媛媛揮手示意她下去。

滿月一愣，忙低頭掩住眼中的失落，應了聲是。

謝意命人私下挨個盤查，可謝府的人口眾多，查起來頗有些難度。

經過十幾天的調查後，當晚府裡外出的男子基本上都沒有經過那裡，其餘的幾個雖然有經過附近，但是也沒有查出有任何嫌疑。顧媛媛也挨個把那幾個家丁看過一遍，發現身形都不相似。

「會不會是外府的人？」顧媛媛問。

謝意搖了搖頭。「外府的人就算能進得了謝府，也走不到內院那裡。」

顧媛媛反覆思索著，謝府家僕眾多，會不會是漏掉了哪個人？

謝意道：「妳也別著急，總歸會查出來的。」

顧媛媛點頭，謝意既然這樣說了就一定會做到。

大戶人家總是這樣，即便是死了人也只會成為一段時間的談資。沒多久，大家就漸漸忘記了老太君身旁曾經有過那樣一個女子，每個人的生活都和從前一般。

以往謝意每天都會到老太君那裡見安，因江氏也會過去，就順便跟母親道聲安，可如今老太君不在了，謝意每日就要去梧桐苑跟母親見安。

對此，顧媛媛覺得十分不好受，每次到梧桐苑，就算是把頭低到胸前，也能感受到江氏的目光像是刀子一樣剜在自己身上。

今日，顧媛媛早早起床挑了件最不顯眼的灰色對襟襦裙，撈了條玄色的緞帶把頭髮綰成雙丫髻，這才到謝意房裡喚他起床。按理說鸝兒走後，她身為大丫鬟應該住在謝意房間的外間，但因為她習慣住在西廂，就沒特別搬動，直到後來新月和滿月分到這裡，才讓滿月在外間住下。

說起滿月，倒是個勤快的，對謝意是十二分的上心，雖不能說是照顧得面面俱到，倒也算是周全，只是性子過於小意了些。

顧媛媛過去時，滿月已經起身備好了洗漱的物什，只待她去將謝意叫醒。謝意是個有起床氣的，只有顧媛媛去叫他才行，若是換作旁人貿然喊醒他，就等著承受來自謝大少爺的怒火吧。

將謝意喚醒後，滿月這才上前伺候他洗漱，接著顧媛媛替他挑了件月白羽緞窄繡袍為他穿上，又在腰間配了塊岫岩玉。

謝意看了看一旁身著繡蝶褶裙的滿月，再看看顧媛媛，不禁皺眉道：「怎麼穿得跟隻灰老鼠一樣？」

顧媛媛熟練地邊替謝意梳髮，邊不在意地道：「爺真是的，一大早就這般損人。」

滿月在一旁道：「鳶姊姊顏色這般好，穿什麼都好看得緊。」

顧媛媛低頭笑道：「瞅這丫頭，我還當是個老實的，嘴這般不著調。」

兩人說笑了一會兒，待給謝意收拾妥當之後，用了些早點，方才出了門。

謝望平日忙於公務應酬，常常是早出晚歸，所以早上只有江氏待在梧桐苑。

江氏剛剛用完早飯，從丫鬟手中接過一杯獅峰龍井，面前站著碧玉和謝鈺正垂手見安。

江氏細細描繪過的紅唇壓在青瓷杯口，慢慢呷了口茶，許久後才神色淡淡地瞥了面前兩人一眼，微微點了頭，示意他們可以站在一旁了。

謝鈺也不多言，直起身走到一旁。十四歲的少年身量已十分高眺，寬肩窄腰，墨髮如潑，眉眼綺麗，眼角嫣紅的淚痣平添幾分奪人心魄的豔色，這一起身，惹得江氏房裡的丫鬟都愣了神。

江氏眼中閃過一絲厭惡，手中的青瓷杯不輕不重的往桌上一放，丫鬟們這才回過神來，雙頰通紅，低下頭不敢再看。

碧玉則是滿臉的憂容，無奈地看了眼兒子。得天獨厚的容顏在自己兒子身上並不是一件好事，看得碧玉每日心神惶惶，就怕再惹出什麼事端；而謝鈺神色平靜，看不出有什麼波瀾，似乎早就已經習慣了。

門前的琉璃簾被掀開，謝意從外面進來，見屋裡幾個丫鬟面紅耳赤，母親神色冰冷，再看到一旁的謝鈺，大概也就明白了。他這個三弟也不知像了誰去，容貌越發瑰麗，總是惹得母親怨氣不斷。

他打小對這個弟弟也算是親近，只是謝鈺向來一副清冷的模樣，久而久之他也失了親暱的心思，只是這般不鹹不淡地相處著。

江氏見兒子來了，忙將他喚到跟前噓寒問暖，正待開口，卻聽見外面傳來一聲嬌呵。

「萋官來晚了，還請夫人莫要責怪。」一個美豔婦人從外面走進，雖然身穿素服，卻依舊掩蓋不住滿身風韻。

江氏也不跟萋官講情面，冷冷地道：「就算從前是粗鄙戲子，好歹是進了我謝府的門，這般不守規矩成何體統？」

萋官掩唇一笑。「夫人說得是，萋官還真是該罰呢。」

不過她根本就不怕被罰，她向來是個天不怕地不怕的，只要自己心頭過得痛快，還管些有的沒的做什麼？況且就算是江氏管家，也不敢直接動用私刑，至於罰月錢，她也不在乎，打小什麼苦沒吃過，還怕手頭短缺嗎？至於禁足，那就更好了，省得她每日早起來這裡請安。

江氏也清楚萋官的性子，跟她置氣是一點用都沒有，只要晾著她翻不了天就行了，她揉了揉眉心道：「罷了，下回別遲了就行。」

萋官口中應著是，一雙張揚的鳳目在房間裡滴溜溜地打著轉，待轉到顧媛媛身上，似是發現了什麼有趣的事情般，眨著眼睛道：「意哥兒身邊這丫鬟看著挺機靈的，姨娘拿妙雲和妙玉跟你換換如何？」

顧媛媛心中一顫，卻依舊沒有抬頭，低眉順眼地站在謝意身後。

「萋官姨娘說笑了，意兒身邊的丫鬟最是普通不過，哪裡比得上姨娘身邊善於音律的妙雲和妙玉。」謝意隨口說道，只把萋官的話當作玩笑話一樣。

萋官掩袖笑道：「看來意哥兒對身邊這丫鬟可是看重得緊，罷了罷了，姨娘只是開個玩笑，哪會跟意哥兒搶寶貝去？」換丫鬟這一說本就是萋官故意這麼講的，果不其然，江氏神色變得難看得很，冰冷的視線掃過謝意身邊那個丫鬟。

得，能看到謝家人心中不痛快，她感覺痛快多了。

「既然意兒身邊沒有得力的，就讓青鸞和朱雀去你那邊吧。這兩個丫鬟在母親身邊伺候有一陣子了，是個稱手的。」江氏說道。

青鸞和朱雀心中一喜，面上卻不敢顯現，只低頭應了聲是。

這兩人是前兩年進府的，一直在江氏身邊伺候著，如今能到謝意這個謝家未來的繼承人面前做事，怎麼能不開心？這謝意正是十五、六歲的風發年紀，若是能入了眼收到房中……

那前景真是再好不過了。

謝意隨意看了眼面含喜色的青鸞和朱雀，兩人也是十五、六歲的年紀，一個個如同含苞待放的花朵兒般，展露少女的芬芳。

「謝過母親好意，只是祖母剛剛過世沒多久，意兒實在不想身邊有這麼多人吵嚷。」

江氏臉上透著不容拒絕之意。「母親知道近來你心中難過，所以才要多指些人手給你，省得有什麼照顧不周的。」說著，抬頭掃了一眼顧媛媛。「若是意兒覺得人多煩擾，就趕幾個出去。」

顧媛媛蹙緊了眉頭，若謝意此時再拒絕的話，恐怕就是她被掃地出門的下場了，以往她還有老太君護著，如今卻要處處小意。

謝意沈默了好一會兒，才點頭應允。

顧媛媛從梧桐苑裡先退了出來，直到出了正門，才鬆口氣直起身。自從老太君逝世後，江氏對她的不喜似乎更加直接了。

第十二章

「怎麼又偷跑了？」突然，一個有些沙啞的聲音響起。

顧媛媛回頭，原來是謝鈺。只見他一身素白，卻掩不住容顏的綺麗，無論看多少遍，每一眼都帶給人驚豔之感。

顧媛媛一邊在心裡感嘆這孩子是怎麼長的才會長出這副模樣，一邊道：「你知道的，裡面……」說著邊吐著舌頭，邊伸出手掌在自己脖子上比了個抹脖子的動作。

謝鈺被她這副模樣逗樂了，笑了起來，見顧媛媛傻愣愣的，伸出食指戳了一下她的腦袋道：「想什麼，又走神兒。」

顧媛媛咋舌。「嫣然一笑百媚生，滿園春花失顏色。」

謝鈺斂下笑容，神色帶了些許嘲弄。顧媛媛這才回過神來，發覺自己說錯了話，竟是哪壺不開提哪壺，忙道：「三爺怎麼也這麼早出來？白芷那丫頭呢？今天怎麼沒見到她？」

謝鈺道：「前兩日染了風寒，身體不大好，就讓她歇著了。」

「身體不好？可有什麼大礙？」顧媛媛忙問道。

「無礙，今天已經好了，我看她身體虛就沒讓她跟來。」

謝鈺邊說著邊從廣袖中取出一枝梅花道：「今天早上見院裡有一株早梅竟是開了花，故折了一枝來。」

顧媛媛接過梅花，這是一枝白梅，點點花瓣潔如白玉，吐著淡淡的芳香。「那奴婢就謝過三爺贈梅了。」

這時謝意從江氏屋裡出來，見顧媛媛正跟謝鈺在那裡嘀嘀咕咕不知在說些什麼，便問道：「三弟怎麼還沒回去？」

謝鈺道：「正待要回去呢。」

謝意掃了眼顧媛媛手中的白梅，道：「借你的書不必總是急著還，若是有用得著的，去我那裡拿就是。」

謝鈺應了聲，這才同謝意告了別。

顧媛媛疑惑道：「今兒個怎麼出來得這麼早？」

「翻來覆去還是那些話，聽得都能背下來了。」謝意挑了挑眉。「擎著枝梅花做什麼，給爺扔了，爺帶妳去祥瑞閣買梅花糕。」

顧媛媛嘴角抽搐了兩下。「一枝梅花哪裡又招惹你了？」

謝意不滿道：「讓妳扔了就趕快扔，囉嗦什麼？」

顧媛媛掩面嘆道：「爺就衝奴婢發火吧，反正爺又有新的丫鬟了，心裡頭哪還有奴婢的位置？」

「妳又不是不知道，誰稀罕那兩個丫鬟去。」謝意皺眉道。

顧媛媛乘機收好手中的梅花。「我看爺是稀罕到天上了，得了那兩個還不到半個時辰就看奴婢不順眼了。」

謝意伸手往顧媛媛那烏黑的秀髮上揉了兩把道：「瞎說什麼，爺哪裡看妳不順眼了？這不還帶妳去吃梅花糕？」

顧媛媛這才期期艾艾地應下，而被顧媛媛這般一攪和，梅花的事就被謝意忘到一邊了。

他讓阿平去備了馬車，又讓滿月和新月兩個丫鬟先回寫意居，正要帶顧媛媛出門時，卻遇到了謝妍。

「大哥這是要往哪裡去？」謝妍看到謝意，忙湊了過去。

對這個唯一的嫡親妹妹，謝意實在談不上十分喜歡，這小妮子從小就驕橫，偏生父母一直過於寵慣，這性子將來怕是要吃虧。

「出去隨便轉轉，妍兒怎麼現在才去母親那裡？」

謝妍雖然穿著素白衣裳，卻也看得出仔細裝扮過，身穿對襟墜玉妝緞撒花洋縐裙，腳上是一雙魚戲蓮圖銀線繡鞋，面上施著粉，頭上戴著步搖，額前貼著一朵梨花鈿。儘管相貌平平，依舊多了幾分華貴，只可惜年歲太小，如此裝扮看著實在不討喜。

謝妍仰著臉道：「不過是晚到會兒，母親才不會怪我。哥哥，前些日子林惠兒戴了一對紅玉翡翠滴珠耳璫可好看了，說是百合樓訂製的，只有那麼一對。哥哥今天出去幫妍兒捎帶一副好不好？要比她那副更珍貴才行！」

林惠兒是平時同謝妍往來的閨閣小姐，幾個小姑娘在一起無非就是互相比吃穿用度。在這方面，謝妍一直遙遙領先，只是但凡見著別人家姑娘有什麼好東西，她就一定要有更好的才行；若是見哪個小姊妹用了和自己相同的東西，就立刻回去把那同人家一樣的首飾物什砸了才解氣。

謝意沈了沈臉色道：「妍兒，祖母孝期未過，要什麼紅玉耳璫？」

謝妍面上不悅道：「若是祖母知道，也定會疼惜妍兒買給我的。」

謝意見妹妹毫不知悔，拿祖母來搪塞自己的虛榮心，不禁心中微惱。「妹妹若是沒事，還是多讀兩本書吧。」

謝意的意思是讓她看看書，學得識禮知書些，不過話聽到顧媛媛耳朵裡，就自動理解成了人醜就要多讀書，她一時沒忍住，竟是輕笑出聲。

謝妍聽大哥說這話，本來心中就嘔得要死，結果一旁那個灰撲撲的小丫鬟竟然笑話她，不禁怒火中燒，口中嚷道：「妳算個什麼東西，竟敢笑我?!」

顧媛媛笑出聲的時候就知道糟糕了，抬眼看見謝妍竟是一個耳光要抽過來，忙後退一步，下意識地用手中的東西一擋——

只見眼前花瓣翻飛，原來是手中的梅花花瓣，花枝略有些粗糙，在謝妍的掌心劃上了一道淺紅。

「妍兒！」謝意沒料到妹妹會直接動手，忙把顧媛媛拉到身後。

謝妍有些愣愣地看著手心的紅痕，她沒想到這個丫鬟居然敢躲開，還傷了自己；待反應過來後，她氣得臉色通紅，指尖哆嗦，指著顧媛媛道：「賤婢！妳這個賤婢！看我不打死妳！」

謝意皺眉道：「妍兒！看看妳現在哪有半分女兒家的樣子？」

謝妍本就姿色平平的面龐因怒氣而變得扭曲起來。「哥哥！你居然還護著這個賤婢？」

她一口一個賤婢，就算是脾氣再好的人也聽不下去了，顧媛媛知道按謝妍這個性子，就算她現在跪下認錯也沒用，既然如此，再忍氣吞聲也是白費。她索性抬起頭來，緩緩道：「可惜了，這般好的一枝梅花卻被辣手催了去。」

謝妍見那丫鬟居然還有膽子說話，狠狠瞪過去，這一看更是生氣，這丫鬟眼中非但沒有一絲恐懼，還神色從容，彷彿什麼事都沒有發生一般，再加之那一身不顯眼的衣裳掩不住的清麗面容，更是氣不打一處來。

憤怒和嫉妒一時交織在一起，湧上謝二小姐的腦袋。「下賤胚子，居然敢跟我這樣說話！」

說著，她伸手要去打第二個巴掌，只是手還沒落下，手腕便被謝意緊緊攥住。

謝意神色平靜，看著自己的妹妹道：「謝妍，當著我的面就敢動我的人，真當家裡沒規矩了是吧？妳一個未出閣的小姐，從哪裡學到這些粗鄙言語？這般氣度，連個粗使丫鬟都不如，以後出去別說是我謝家的人。」

謝妍耳朵尖都氣紅了，偏偏面對的是比自己還要橫行霸道的大哥，她哪裡說得過去？只得把一腔怒火全算在顧媛媛頭上，直跺腳道：「賤婢妳給我等著！」說罷便怒氣沖沖地走了。

謝意回過頭來看著顧媛媛。「妳平日不是最怕惹麻煩的，怎麼今日反而出言惹她？」

顧媛媛看了看手中的殘枝道：「奴婢哪有招惹二姑娘，只是這次奴婢怕是和二姑娘結下梁子了。」

「怕什麼，有爺在呢。」

顧媛媛嘆了口氣。「只怕二姑娘去梧桐苑在夫人面前說上一二……」

謝意拍了拍顧媛媛的腦袋。「妳是我身邊的人，就算是母親說什麼也作不得數。」

顧媛媛摸了摸自己的髮髻，還好沒有被謝意拍亂。

「走吧，說好帶妳去吃梅花糕的，悶在府裡也難受，今兒個不坐馬車了，陪爺走走吧。」說罷，見顧媛媛沒動，又問：「怎麼了？還在想剛剛的事？」

顧媛媛搖了搖頭。「奴婢不想吃梅花糕，要不奴婢去廚房給爺做幾道拿手的素菜，保證合爺口味。」

謝意知道顧媛媛向來是最愛吃那些細點心的，她此刻哪裡是不想吃，只是以往去祥瑞閣都是為祖母買糕點，怕他觸景傷情，心中難過罷了。他也不戳破，順著顧媛媛的心意道：「既然這樣，那就回寫意居，妳來做給爺吃。」

顧媛媛這才露出笑顏。「遵命。」

寫意居外頭，新月正站在門口急得轉圈，見大爺和鳶姊姊回來了，這才放下心來，連忙上前道：「爺，您快去屋裡看看吧，朱雀姑娘跟滿月姊姊吵起來了！」

若要顧媛媛說，她還真不信滿月能跟人吵起來，就她那個溫軟的性子，大聲跟她說句話都能把她唬得跟隻小兔子似的，現在居然還會吵架了？

直到進了屋後，顧媛媛才知道原來兔子急了也是會咬人的。

只見朱雀捂著手腕，上頭有一排細密的牙印，而滿月則像一隻小刺蝟，懷裡抱著一只繡枕，恨恨地看著朱雀和青鸞。

見到大爺他們來了，滿月一瞬間紅了眼眶，淚珠兒啪嗒啪嗒往下掉。

顧媛媛上前去，用手絹幫她擦去眼淚道：「這是怎麼了，有話好好說，怎的還哭上了？」

朱雀見是大爺回來了，忙伸出手把齒痕露給他看，滿臉委屈道：「爺，奴婢是奉了大夫人的命來爺身邊伺候的，這丫頭要是有什麼不滿，大可去找夫人理論，在這裡跟奴婢動完手，又裝作受了委屈的模樣是給誰看？您看我這手腕的傷，就是這丫頭咬的！」

謝意在一旁的椅子上坐下，看向滿月道：「跟爺仔細說清楚是怎麼回事。」

滿月哭哭啼啼講了半天，顧媛媛才搞清楚是什麼情況。原來朱雀自認為是大夫人派來的，本身就帶了三分倨傲，進了寫意居後，二話不說就把東西搬到了謝意臥室的外間，然後喝令滿月搬去別處。說來她也是看滿月一個小丫鬟，年齡不大，又是個軟弱的模樣，沒想到卻是怎麼說也不肯搬。

這下可把朱雀惹火了，她可是夫人親自指派來伺候謝意的丫鬟，這個小丫頭居然敢跟她爭搶，還不反了天了！氣得當下就拿了滿月的被褥趕她走，卻不想滿月一急，咬了她的手。

經過顧媛媛的複述，謝意這才明白。母親往自己身邊塞人，本來就讓他不喜，何況竟是這樣的脾性，因此看向朱雀的眼神也冷了三分。「滿月是得了我的准許住在外間的，妳又是得了誰的準話？剛進我的地盤就要把我的人攆了，倒是猖狂得很。」

朱雀見大爺不處置那個丫鬟，反而訓斥自己，面上不禁脹得通紅。「大爺怎麼能這麼說？是夫人讓奴婢來貼身伺候的！」

「少在這打著母親的幌子壓著爺，母親平日就是這麼管教妳們的？再多說一句，就哪來的回哪去！」謝意本就不喜歡潑辣多嘴的丫鬟在身邊，看著朱雀這副模樣更是心煩。

朱雀被這一通訓斥堵得啞口無言，一旁的青鸞見狀，忙道：「爺莫要生氣，朱雀姊姊不過是記著夫人的叮囑，想要好好照顧爺，才會急昏了頭和滿月妹妹爭搶了起來，到底也是為了爺好，就是心切了些。」

接著她又看向滿月。「滿月妹妹別哭了，這般哭下去莫不是要爺不清靜；雖然我們是剛調到爺身邊的，可是對爺是實心的，可不就是為了能給爺省點心，伺候周全了才好。」

謝意點頭道：「行了，收拾收拾吧，別都擠在這了，以後都安安靜靜地別鬧騰，爺不會虧了妳們去。」

顧媛媛若有所思地看了眼青鸞，這青鸞身段纖巧，眉眼溫婉，看起來一副乖巧溫順的模樣。方才那番說辭，話裡話外都是為了謝意好，怎麼聽都是個懂事的，可若是真這般想，在朱雀和滿月起衝突的時候，為何只在一旁看著，沒有半分勸阻的意思？

再則，那話裡看似在為朱雀和滿月開脫，實則是在暗指她倆一個吵吵嚷嚷，一個哭哭啼啼，都是惹人不清靜的……

顧媛媛只希望是自己想多了，那青鸞是無意的才好，她還想安安穩穩地在謝府做夠年歲呢。

謝意看了看顧媛媛，開口道：「滿月和新月兩人住西廂，朱雀和青鸞妳們去東廂。」

這句話讓幾個人皆是一怔，顧媛媛有些許不好的預感，果不其然，謝意又開口了。

「阿鳶去收拾下東西，搬到爺這裡來。」

滿月想說些什麼，張了張口，終是默默看了顧媛媛一眼，垂下了頭；而朱雀本就一肚子火，想發作又不敢，這下把怨懟都記在顧媛媛身上。

顧媛媛心中一萬個不願意，在她看來，居室是屬於她的最後一點私人空間，若是搬到謝意臥室外間，哪裡還有半分隱私可言？

不行，絕對不行，她必須要反抗。這般想著，正要開口回絕，就聽見謝意輕描淡寫地道：「若是不願意，就把妳調到二妹那裡。」

顧媛媛壓了壓心頭的幽怨，唇角帶笑說道：「……奴婢這就去收拾被褥搬來。」

謝意這才滿意地點點頭，命眾人下去收拾各自的東西。

第十三章

現下已是寒冬，顧媛媛正在謝意房裡為他鋪上被褥。

若說搬到謝意臥室的外間，唯一讓她滿意的就是屋子裡鋪著地龍，渾身暖呼呼的實在很舒服。

外面突然傳來敲門聲，她放下手中的活計拉開門，見是白芷站在外頭。

顧媛媛連忙將她拉進屋。「這大冷天的怎麼又跑來？今兒個聽說妳前兩日身子不好，正想著這幾天抽個時間去看妳。」

白芷鼻尖凍得紅紅的，搓了搓手道：「來得太晚了些，沒有擾了大爺休息吧？方才去西廂找妳，竟是滿月和新月在那兒，說是妳換到大爺這裡住了。」

顧媛媛往裡屋看了看道：「沒呢，大爺還沒睡下，什麼大事值得妳這麼冷還過來？」

白芷羞赧地笑了笑。「三爺說那幾本書看完了，明天想來找大爺再借幾本。三爺平日嗜書如命，晚上不看書就睡不著，我就想著也別等到明天了。」

顧媛媛搖搖頭道：「若是凍壞了，豈不是讓他心疼？」

白芷小臉通紅，喃喃道：「……我就是個小丫鬟，哪裡輪得到爺替奴婢心疼的……」

顧媛媛拉著她的手往裡屋走去。「誰說不心疼的，今兒個他還跟我說妳身子虛，讓妳好生休息來著。」

白芷這下連脖子根都紅了，眼裡藏不住欣喜，小聲追問著。「真的嗎？阿鳶莫不是妳騙我……」

顧媛媛點了點她的腦袋。「騙妳作甚？所以說要好好將養身體，別再讓人跟著擔心。走吧，去跟大爺見個安，再給妳尋書。」

白芷應下，到了裡屋跟謝意見了禮，顧媛媛則去書架上尋謝鈺想看的那幾本書。

謝意的書房就在臥室的一側，中間有門可以互通，裡面的藏書可謂是壯觀，滿滿的幾個書架子，只是這些書都是嶄新的，根本沒有被翻看過幾次。

顧媛媛不知道謝意是不是有收藏癖，每次都讓人買大批大批的書來，每本翻上幾次就隨意一丟。

為了找謝鈺想要的書，她挨個兒看過去，還真有些眼花。

「第二列書架第三排的最後一本。」謝意在臥室裡剝著瓜子餵鸚鵡阿松，阿松吃了瓜子後，高興地渾身抖毛，學著主人嚷嚷。「第三排！第三排！」

顧媛媛過去一看，果然在那裡，便拿了書交給白芷。

白芷得了書後忙向謝意道了謝，由顧媛媛送她出了門。

回來後，顧媛媛見阿松已經撐得站不住了，在架子上亂晃，便在阿松的食盅裡盛了些水道：「阿松再吃下去就要胖得飛不起來了。」

阿松嚷嚷。「要瓜子！要瓜子！」

謝意噗哧笑出聲來，丟了顆瓜子給他。

顧媛媛頓時覺得什麼樣的主人就會養出什麼樣的鳥，比如眼前這兩隻吃貨。忽然，她想到尋書的事，好奇問道：「爺怎麼知道三爺尋的那本書在那角落裡？奴婢看了好一會兒都沒找到呢。」

謝意漫不經心道：「這不是廢話嗎，爺自己的書還能不知道在哪？」

顧媛媛用濕帕子給謝意淨了手。「爺有看過那些書嗎？」

「妳怎麼知道爺沒看過？」謝意張開手臂，讓她替自己卸下衣裳。

顧媛媛又替謝意摘下額上的玉飾，替他散了頭髮，隨意搭著話。「爺哪一次不是翻一回就不看了？」

謝意笑了笑，沒有再說話。

不過一盞茶的工夫，顧媛媛就替謝意收拾妥當，這般快的速度也是多年練出來的。謝意舒舒服服地靠在榻上，伸手要去拿一旁的乾果，卻被顧媛媛一手拍掉了。

「當心壞牙。」

謝意臉色黑了黑，道：「怎麼還當爺是小孩子？」

顧媛媛在焚香爐裡撒了些許檀香，幽幽的香味傳了出來。「可不就還是孩子呢。」

話音未落，腦袋被不輕不重地拍了一下，顧媛媛不滿地抬起頭，見謝意一臉能好好整治她的表情，只能忍氣吞聲道：「是奴婢踰矩了。」

謝意嗤笑。「什麼踰矩不踰矩的，說得像妳何時守過規矩一樣。」

「奴婢何時不守規矩了？」顧媛媛瞪大了眼睛，滿心鬱悶。自從她來到這個世界後，就不斷提醒自己要守規矩，要遵守這個世界的法則，要安然無恙地活下去。不管是在鄉下做農女，還是在高門為奴婢，她向來秉持著這唯一的準則，若說她不講規矩，那倒真是假話了。

謝意看著顧媛媛那雙瀲灩秋瞳道：「妳這雙眼睛最不守規矩。」

說罷，他打著哈欠回裡屋睡了，只剩顧媛媛一個人傻愣愣地杵在那。剛剛謝意說的眼睛不守規矩是什麼意思？難道自己看了什麼不該看的？她慢慢回憶自己來到謝府後有沒有做過什麼出格的事，思索了半天，也沒想到自己究竟看了什麼。

待反應過來後，發現謝意早就自顧自的去睡了，這才伸手鋪好自己的褥子。

昨天她還是一個人住一間居室呢，現在連一點人權都沒了，不禁在心裡重重嘆了口氣。

她吹熄了燭火，抱起一旁的小白花睡下。小白花是顧媛媛幾年前親手縫製的玩偶兔子，曾換來謝意十萬分嫌棄的眼神，和一句「這是什麼東西？太醜了趕緊丟掉」。

不過顧媛媛覺得這是自己親手做的第一個玩偶，十分有意義，便留了下來。

屋裡暖呼呼的，她往被窩裡縮了縮，舒服地閉上了眼睛。

晚安，小白花。

隔日清晨，眾人一如既往地來到梧桐苑見安。

見過安後，眾人皆各自回自己的屋子，江氏淡淡看了眼青鸞和朱雀，兩人會意，留了下來。

江氏看著銅鏡裡自己的容顏，當年未出閣時，她也是京城裡頗具才名的小姐，初嫁到謝家時的場景還歷歷在目，一晃眼，竟是幾十年過去了。即使是精心保養，臉上也掩不住歲月的痕跡，看著眼角又多出的一道細紋，江氏淡淡地嘆了口氣。

青鸞上前去，細細替江氏揉捏肩膀道：「夫人有什麼好憂愁的，放眼整個江南，哪家的夫人不是眼巴巴地羨慕著您？」

江氏微微勾起唇角。「有什麼好羨慕的？」

青鸞眉眼柔順，輕聲細語道：「您是謝公侯的夫人，這一世的榮華已是多少人羨慕不來的，老爺待您又這般好，您夫妻兩人伉儷情深，不知令多少人眼紅呢。還有大少爺和二姑娘兩人對您這般貼心……」

前面的話聽得江氏甚是舒心，只是提到自己的兒女，臉上的悅色中又帶了些憂心。她又何嘗不知兒子不學無術，女兒驕縱蠻橫，可是她已是這般年歲，膝下只有這一兒一女，哪裡又捨得說上半句不是；況且丈夫每日忙於公務，雖有心管教，卻是分身乏術。江氏無奈地揉了揉眉心，抬眼見朱雀一臉欲言又止的模樣，這才想到留下這兩人的目的。

「說吧，意兒那邊怎麼回事？」江氏端起一旁的茶盞，吹開那泡得剛剛好的茶葉細細品著。

朱雀早就沈不住氣了，如同竹筒倒豆子一般，把昨兒個發生的事添油加醋的說了一遍。江氏面上沒有太大的反應，但是青鸞卻明顯感覺到江氏身上的怒意。

待朱雀說完，江氏問向青鸞。「可真是這般？」

「是，正如朱雀所說的這般。依奴婢看……」青鸞欲言又止。

「妳且說下去，妳倆是從我這出去的，有什麼不能跟我說的？」江氏道。

青鸞這才道：「依奴婢看，大爺似乎十分看重那個叫阿鳶的婢子，行為舉止間也……甚是親近……」

啪的一聲，江氏將白瓷茶盞重重地拍在了妝檯上，茶水從杯中濺了出來，潑到了她的手背上。

青鸞假裝露出驚慌的模樣，卻手腳麻利地上前用帕子給江氏擦了手道：「夫人莫要生氣，大爺向來是跟您最貼心的，您哪裡犯得著為了個丫鬟生氣。」

雖然不知道是什麼原因，但她一早就感覺到夫人對那個叫阿鳶的丫鬟很看不慣。昨日她曾細細觀察了下，那丫鬟不管從哪裡看都普普通通，可也明顯看得出大爺對那丫鬟的親近；若是日後想要入大爺房裡，這個丫鬟必然是個礙手的。

江氏平復了下心情，暗道青鸞這丫鬟說得是，自己哪裡犯得著為一個丫鬟生氣。從前是看在老太君的面子上不動她，現在要收拾她，還不是易如反掌，甚至根本用不著自己費心。

青鸞和朱雀這兩個丫鬟心裡那點小心思她也明白，畢竟意兒都已經年近十六，收一個懂事的丫鬟在身邊也是好的。朱雀雖然模樣生得嬌俏明豔，但性子過於浮躁，這般比起來，江氏看青鸞的眼神便多了幾分滿意。

「妳們心裡也清楚我讓妳倆去意兒那的原因，他身邊的人若是有些個不懂事的，妳們也該明白怎麼做。」該提點的話只要稍微提點一下就好了，江氏揮手命她倆回去。

另一頭，謝意閒著無事帶著阿平幾個人去跑馬場散心，顧媛媛見廚房那邊人手不夠，就幫著裴大娘出去採買東西，回來時順便給新月這丫頭捎了個小玩意兒，新月見了，欣喜得不得了，圍著顧媛媛轉個不停。

回到屋子，顧媛媛看到青鸞坐在院子裡繡花，陽光映出她臉上的寧靜與柔和，說來這青鸞的模樣並不是特別出挑，只是清秀而已，但自有一股溫婉氣度，若不是身上的裝扮顯示出丫鬟的身分，乍一看倒像是哪家的小姐一般。

朱雀在一旁倚著門站著，手中捏著個小荷包，裡面裝滿了香瓜子，纖巧的手指拈出一顆放進櫻桃小口中，上下嘴皮子一碰，瓜子皮輕巧地被吐出。

見到顧媛媛回來，朱雀白了她一眼，繼續自顧自的嗑著瓜子。

顧媛媛只當作沒看見，進屋裡去換衣裳，待會兒謝意就要回來了，她還要去廚房裡幫襯一下，給謝意準備晚飯。

只是一走進屋裡，她的床榻被褥上滿是瓜子殼。顧媛媛看了一眼自己顯然已經遭殃的床榻，抬手撫了撫有些亂了的頭髮，從一旁拿出衣裳換好。出來時，朱雀還在嗑瓜子，看向顧媛媛的眼神滿是挑釁，青鸞則恍若未見般依舊繡著花。

顧媛媛笑了笑道：「朱雀姊姊和青鸞姊姊平日可要當心了。」

青鸞繡花的手一頓，抬起頭來，滿眼的不解，道：「阿鳶妹妹這是何意？」

顧媛媛抿了抿唇，微微蹙了蹙眉尖。「也不知怎的，咱們這寫意居裡居然跑來了隻大老鼠。」

「老鼠？怎麼會有老鼠？」新月忙湊了過來問道。

顧媛媛拿起帕子輕掩住口鼻，眼神裡滿是嫌棄和鄙夷。「可不是嗎，不知從哪裡來的一隻髒兮兮的老鼠，居然在屋裡嗑瓜子，現在我那床上還都是瓜子殼呢！以後妳們也當心些，指不定那隻肥老鼠哪天就吃點什麼垃圾弄髒了被褥和衣物。」

「妳！妳罵誰是老鼠?!」朱雀氣得面色鐵青，指著她道。

顧媛媛故作驚訝，睜大眼睛道：「哎呀朱雀姊姊，妹妹說的是老鼠又不是說妳，妳這是氣個什麼勁？」

朱雀強壓下心頭的怒氣，狠狠瞪著顧媛媛，被她這樣指桑罵槐地說一通，偏生還不好發作。在她看來，這個叫阿鳶的丫頭就是個不起眼的軟弱相，隨便給她個下馬威，讓她識相點就行了，誰知竟是這般嘴利。

青鸞微微一笑道：「阿鳶妹妹說的是哪裡話，這是大爺的園子，平日是最乾淨不過，哪裡有什麼老鼠。」

顧媛媛嘆道：「但願吧，大爺每天所要的餐點甚多，是最愛乾淨的，若是讓他發現院子裡有些個什麼老鼠作祟，弄些果皮紙屑的，定是翻了這個院子也要找出來處置掉。」

朱雀心下一緊，如果顧媛媛真的在謝意跟前說起什麼老鼠，害得謝意大翻一通，最後曉得是自己做的，難免會留下不好的印象。

這可不行，她將來還打算靠著大爺過舒心日子的，這般想著，她不得不道：「阿鳶，妳莫要在大爺跟前說什麼老鼠，若是到時找不到，豈不是讓大爺以為妳這嘴是個亂講話的？」

顧媛媛狀似猶豫道：「可我那被褥被弄得滿是瓜子殼，怎麼能不跟大爺說起呢？好在今兒個是我的被褥，若明兒個是大爺床上出現什麼果屑……」

朱雀臉色鐵青，半晌才從牙縫裡擠出句話來。「瞅妳說的，這算得上什麼事，不過是打掃收整一下就好了。」

顧媛媛挑了挑眉梢道：「說得是，可是我要忙著幫大爺準備晚飯了，可沒時間收拾呢，待會兒大爺就回來了。」

朱雀見顧媛媛這副模樣，八成就是故意的，可又偏偏不敢多嘴，只得恨恨道：「哪裡的話，姊姊幫妳收拾就是了。」

顧媛媛眼中帶著三分歉意、七分嘲弄道：「如此那就煩勞朱雀姊姊了。」

新月歪著腦袋問：「阿鳶姊姊，真的沒有老鼠嗎？」

顧媛媛冷笑道：「誰知道呢？走，跟姊姊去廚房那邊幫忙去。」

「哎！」新月應下，蹦蹦跳跳地跟在顧媛媛身後。

見顧媛媛走遠了，朱雀才恨恨地跺了跺腳。「這丫頭……」

青鸞用針尖搔了下頭髮，淡淡說道：「何必給她找這點小麻煩，讓大爺聽到耳朵裡反而不好。」

朱雀嫣紅的唇瓣一撇。「那妳說怎麼辦？」

陽光映得院中的四季海棠格外動人，青鸞抿唇搖了搖頭，沒再說話。

她才不會去提點朱雀什麼，現在還不是時候，且看朱雀自己先折騰著，惹了大爺厭煩，才最好不過。

至於阿鳶那丫頭……若是絆腳石，就讓她化成齏粉好了。

見她這般不言不語，朱雀冷哼一聲，在她看來，青鸞這丫頭只是個會賣乖的，論姿色根本沒辦法跟自己比，自然也沒把她放在眼裡，便也懶得再去詢問她，料她也說不出個所以然。

第十四章

晚上謝意回來進了屋，便看到桌上已擺好了碗筷，中間架著一個小爐，上面煮著素鍋子，正騰騰的冒著熱氣。

朱雀扭著腰肢上前，替謝意解下披風道：「爺出去一天可是累了，趕緊坐下歇歇吧。」青鸞遞上熱帕子給謝意淨了手，又端了杯熱茶給他。謝意接過茶，飲了一口，頓覺渾身暖和起來，這才從懷裡掏出把小銀梳子，遞給一旁被青鸞和朱雀搶了活正好樂得清閒的顧媛媛。

顧媛媛伸手接來，見那梳子雖然做工粗糙了些，卻也是輕巧可愛。

朱雀滿臉不悅的道：「爺可是個偏心的，奴婢也在家等了爺一天，怎的就只送阿鳶梳子？」

謝意端著茶杯，並不理會朱雀，對顧媛媛道：「阿平讓我給妳的。」

顧媛媛笑了笑，將手裡的梳子還給謝意道：「給阿平哥說，他的心意阿鳶領了，這東西還是收回去吧。」阿平對她的心意，她也曉得三分，只是她還從未動過這方面的心思。

謝意臉上不顯，心裡卻覺得舒爽了些。「自己給他說清楚去。」

朱雀見自己誤會了謝意，面色微訕，轉而擠上前去為謝意布菜。

顧媛媛垂著腦袋，看著手裡的銀梳子微嘆一聲。拒絕一個十八歲的小男生這種事情，實在是太尷尬了。

顧媛媛在後園子裡轉了兩、三圈，抬頭看了看天色，此時正是晌午，陽光微暖，再看看四周，雖是隆冬，卻有四季常青的松柏林、芭蕉葉，點綴著梅花簇簇。

在這種景致下，就算是被拒絕的話，心情應該也不會太糟糕吧？正想著，忽然肩頭被拍了一下，原來是阿平來了。

「鳶兒找我可是有事？」阿平方正的臉上帶著欣喜。打從幾年前他就越發喜歡阿鳶這姑娘，在他看來，阿鳶人勤快，模樣好，性子又溫順可人，越瞅越順眼。

眼看著阿鳶也到了快要及笄的年紀，這就託大爺幫自己先送了支小銀梳子，也是想讓大爺幫忙撮合一下；卻不想昨天禮物才送出去，今天就有了回音，能不讓他高興嗎？

顧媛媛掏出懷裡的小銀梳子遞了過去。「阿平哥，這個你拿回去吧。」

阿平一怔。「這是送給妳的，哪有拿回去的道理？妳不喜歡這個？沒事，妳喜歡啥，我再買給妳。」

顧媛媛看著阿平的眼睛道：「不是不喜歡，而是我收不得。」

「為什麼收不得，鳶兒妳……妳這是什麼意思？」阿平有些急了。

顧媛媛沈默了會兒，抿唇緩緩道：「我斷不思量，你莫思量我。將你此時與我心，付與他人可。」說罷將梳子塞到了阿平手裡，頭也不回地走了。

阿平看著手裡的銀梳子，半晌才回過神來，哭喪著臉道：「這是什麼意思……」

顧媛媛剛回到院子裡，就見一人站在外面，仔細一看，竟是二姑娘身邊的寶蝶。

「哎喲，鳶姑娘可算是回來了，讓我好等。」寶蝶親熱地迎了上去，拉著顧媛媛的手說道。

「寶蝶姑娘今日是得閒來這玩嗎？那可真不巧，阿鳶這邊還忙著，招待不了寶蝶姑娘。新月和滿月兩人應該在裡面，我去喚她們出來陪妳說說話。」顧媛媛也不囉嗦，率先表示自己很忙，沒空。

寶蝶一肚子話硬生生憋在了喉嚨眼，只得厚著臉皮說下去。「這……聽說鳶姑娘花繡得最好，我們幾個想請姑娘去一趟，給我們繡個花樣子，姑娘不會拒絕吧？」

顧媛媛嘴角抽了抽，皮笑肉不笑地道：「寶蝶姑娘真是愛說笑，誰不知道我的女紅最拿不出手。」提起這點，顧媛媛只能說自己真的沒有這方面的天賦，她曾經把一朵牡丹生生繡成一顆番茄，被屋裡的姑娘嘲笑了一個月後就再也沒做過女紅了。

寶蝶臉上越發掛不住了，勉強笑了笑。「那姑娘就去幫忙描花樣子吧。」

顧媛媛索性直接往院裡去，看也不看她，道：「這會兒不得閒，改日吧。」

寶蝶伸手攔住了她。「鳶姑娘，我們二姑娘找妳有事。」

顧媛媛挑眉，終於直奔主題了嗎？

「二姑娘那裡還煩勞寶蝶姑娘知會一聲，阿鳶實在是忙得脫不開身。」開什麼玩笑，謝妍那小姑娘雖然年紀不大，卻心性暴戾，上次得罪了她，她哪裡還能私下去見她？

寶蝶沈了臉色道：「鳶姑娘說這話就太失禮了，我們二姑娘是什麼身分，這般推託豈不是太過怠慢了？」

顧媛媛點頭。「說得是，那就再代我跟二姑娘賠個不是。」

寶蝶氣結，還沒見過這般不識趣的。「鳶姑娘還是跟我走一趟吧！得罪了我們二姑娘，恐怕是不好過了。」

顧媛媛心道她已經得罪了，難不成還要自己送上門去？她微微給寶蝶施了一禮，直接推開她向院裡走去，不再理會。

寶蝶見顧媛媛這般軟硬不吃，急了起來，開口道：「都是為婢子的，鳶姑娘好歹體諒一下，若是請不到姑娘，我們幾個恐怕又要受罰。」

顧媛媛頓住腳步，嘆了口氣。

寶蝶見狀，只道是這事有了轉機，忙上前去懇求道：「鳶姑娘就當是心疼我們幾個，跟著走一趟吧。」

顧媛媛問：「我若是去了，那妳們幾個便不用受罰？」

寶蝶喃喃著。「這個……自然是的。」

顧媛媛問：「我若是去了，妳能保證二姑娘不會與我為難？」

寶蝶臉色有些白，一雙眼睛不敢再去看顧媛媛。「想必二姑娘……應該不會……」

「那就是說寶蝶姑娘也不敢保證我能安然無恙了。」顧媛媛臉上沒有什麼表情。

寶蝶咬了咬唇道：「鳶姑娘就幫幫我們……」

顧媛媛直接道：「既然這樣，那就恕阿鳶不能從命了。」

分明是平靜的語氣，寶蝶卻聽得出其中的堅定。一愣神的工夫，顧媛媛已大步走回了寫意居的院門。

寶蝶攥緊了手，明明看起來那般溫順的一個人，卻讓她感受到了一股冰冷……

顧媛媛覺得心情很是不好，如果可以的話，她真的很想吼一句「這么蛾子怎麼就那麼多！」

誰知才剛剛解決了寶蝶的「邀請」，又見到青鸞笑語盈盈地站在自己面前。

「青鸞姑娘有事？」顧媛媛慢吞吞地問著。

青鸞也明顯感覺到了顧媛媛的抗拒，柔聲道：「阿鳶妹妹，昨天朱雀著實太過分了些，妳且不要放在心裡。」

顧媛媛抬頭故作疑惑道：「姊姊這是什麼意思，朱雀姊姊她怎麼了？」

青鸞低頭一笑道：「妹妹在我面前又何必裝作不知道？朱雀她就是這個性子，以前在大夫人身邊時，也是有些蠻橫的，就連我也處處受她……」說到這，青鸞眼裡閃著些許淚光，掩唇道：「瞧我，說這些做什麼？」

顧媛媛神色帶著些驚訝，半晌才嘆氣道：「原來姊姊也受過朱雀的氣嗎？姊姊也莫要傷心了，這裡是大爺的地盤，她就算想要欺負人，也要看看大爺准不准。」

青鸞面帶感激。「我們也是一個園子裡的了，今後咱們姊妹倆好好相處，也不用怕了朱雀那丫頭去。」

顧媛媛點頭。「說得是，昨兒個我還當姊姊是同朱雀一樣的，如今看來是我想岔了。以後咱們姊妹一心，我倒要看看她還能搞出什麼么蛾子來。」

這般一來一往說了會兒體己話，顧媛媛才戀戀不捨地跟青鸞告了別，去廚房那邊忙著。

見顧媛媛走遠，青鸞才斂去了笑意，眼神中透出了不屑。

顧媛媛出了院子，也揉了揉笑僵的臉蛋。青鸞以為說她同樣受過朱雀的欺負，就能引起自己的共鳴，跟她交心站在同一個戰線了？可偏偏她早就對青鸞起了防範之心，哪裡會被這三言兩語哄騙了去？不過也慶幸青鸞敢這樣跟她講，讓她證實了心中的猜測。

外有二小姐，內有朱雀和青鸞兩人，顧媛媛格外懷念老太君沒去世前的輕鬆時光。

只是顧媛媛還不知，糟心的日子還在後頭。

「大爺，鳶姑娘這到底是什麼意思啊？」阿平苦著臉，雖然不是太明白，可是看著手裡被退還的銀梳子，也悟出了兩、三分。

謝意哈哈一笑，用最直白的方式道：「就是說人家對你沒意思，讓你另尋他人。」

儘管已經隱隱知道結果，可被謝意這般毫不留情的補刀，阿平覺得心中一痛，道：「大爺……您能不能不要笑得這麼開懷……」

謝意握拳微咳兩聲道：「大爺再給你尋個更好的姑娘。」

阿平不高興道：「哪裡還有比鳶兒更可心的姑娘？」

謝意嘴上不說，默默在心裡表示贊同，他們家阿鳶自然是最好的。

因府中有喪事，新慶十五年的新春過得比往年清冷了些。

由於青鸞和朱雀的到來，顧媛媛覺得平日的活計輕省了一大半。朱雀正是熱衷於表現自己的時候，謝意起身，她便去寬衣；謝意落坐，她便去揉腿；謝意咳一聲，她這邊茶已備好；謝意皺下眉頭，她便溫言解語。

她這模樣看得顧媛媛在一旁咋舌不已，這簡直是教科書式的貼身丫鬟，如果拋去那媚眼如絲的神態和矯揉造作的姿態外，可能會讓人更舒服些。

身為同行，顧媛媛覺得自愧弗如。

不過謝大少爺對於顧媛媛的清閒顯然很不高興，每次都給她遞去一個「敢閒著妳試試」的眼神。顧媛媛用腳趾頭思考也知道在得罪朱雀和得罪謝意之間應該選擇哪一個，每每去搶著伺候謝意，惹得朱雀火冒三丈，又不敢在謝意面前發作，只能將怒氣積壓在心底。

過了年後，開春時節，天氣漸漸回暖。

顧媛媛跪坐在馬車裡，時不時的向外探頭，馬車行駛在小徑上，兩旁的樹木紛紛向後而去。

「別看了，再過一會兒就到了。」謝意半撐在案几上閉目凝神。

顧媛媛湊過去，倒了杯茶遞到謝意唇邊道：「爺，這是去哪啊？」

謝意微微睜開眼睛，接過茶盞。「檀香寺。」

顧媛媛臉色由白轉青，半晌後實在忍不住了，開口問道：「讓我做這麼多肉食菜餚去寺院？」

出門前，謝意吩咐她做了好多菜裝到食盒裡，這麼多雞鴨魚肉敢情是往寺院送的？儘管顧媛媛不信佛，可畢竟是清修之地，這般也太無禮了。

謝意點頭道：「嗯，有人指名要的。」

顧媛媛驚愕，檀香寺向來頗負盛名，當年天子下江南時就曾在此拜過佛，香客往來絡繹不絕，就算是有客人想要食葷，也不會在寺院裡，究竟是誰這般肆意妄為？

前面就是檀香山山門，顧媛媛以為要下車了，卻發現馬車並未停下，而是繞過山門，一路往後面駛去。

「不是去檀香寺嗎？」顧媛媛疑惑。

「是，不過那人住在後面。」

住在山後？原來不是在寺院中嗎？顧媛媛好奇地支起窗子，窗外樹木鬱鬱蔥蔥，景色越發幽深。一抹抹快速倒退的綠色看得人興趣缺缺，外面的風有些冷，涼颼颼地灌進衣領裡，顧媛媛縮回腦袋，準備把窗子關上，身子往後一退，卻是撞上了謝意的胸膛。

謝意不知何時起身來到她身後，他一隻手撐住要被關上的窗子，另一隻手輕按在顧媛媛肩上，阻止她往後退。

「別動。」一股溫熱的氣息灌入她的耳朵，謝意接著道：「再看一會兒。」

顧媛媛雖不解，卻乖乖地看向窗外，馬車忽然轉過幾個彎，外面的樹木似乎與方才不一樣，越發青翠起來。

待轉過第四個彎時，滿眼的粉色映入眼簾，大片大片的桃林花團錦簇，像是漫天的粉色雲霧。馬車駛過落英繽紛，猶如駛在仙境一般，看得顧媛媛心臟撲通撲通亂跳。實在是太美了，一瞬間似乎只剩下眼前的桃花，連呼吸都忘了。

「這裡是桃花源嗎？」顧媛媛自言自語道。

謝意很滿意她此時的反應，鬆開了放在她肩上的手，重新回到軟榻上道：「桃花源？此名不錯，稍後可以跟空明商量一下。」

顧媛媛依舊沈醉在桃花林的美景中，沒有理會謝意說了些什麼。直到謝意提醒她到了，她才反應過來，整了下衣衫便提著食盒跟著下車。

下了車，顧媛媛才真正瞭解到如臨仙境的感覺，漫天的桃花和環繞的碧水中掩著彎彎的小橋，橋後直通一小院。她跟在謝意身後踏入院子，被院中百花怒放的場面晃了眼，明明山下還是微冷初春，此時院中卻溫暖和煦，幾間屋子窗明几淨，不知是何人住在此處。

這才是真正的世外桃源啊，顧媛媛嫉妒到淚流滿面。

「今日不見客，謝公子回吧。」一聲清和的聲音突然從屋裡傳來，透著幾分慵懶。

謝意回頭道：「阿鳶，妳看這院子裡的花，喜歡哪株就直接挖出來，栽寫意居去。」

顧媛媛愣了一下，隨即反應過來。「是，奴婢這就刨幾株出來。」說著假裝要動手刨花。

突然，眼前一晃，一襲青衫衣袂飛揚，一人就這樣活生生出現於眼前。「卿本佳人，奈何為賊？」

第十五章

一青衣小僧攔在顧媛媛面前，待顧媛媛看清後不禁心中稱奇，此人身量修長，面如冠玉，明明生了一雙桃花含情目，眼神中卻澄淨猶若赤子；若不是他剃髮僧衣，倒以為是哪家的翩翩公子。

「我又沒偷東西，何故稱賊？」顧媛媛道。

那青衣小僧薄唇含笑。「姑娘第一次來小僧院中就要盜我花去，怎的不能稱賊？」

顧媛媛覺得這個漂亮的小和尚煞是有趣。「花依然在此，又有誰看到是我要盜花？不然你且問問它。」說著指著一株牡丹。

那小僧竟真轉過身去詢問那朵牡丹。「牡丹啊牡丹，方才這位姑娘可是想要盜於你？」過了一會兒，小僧起身對顧媛媛道：「這牡丹說，是小僧誤會了姑娘，姑娘如此佳人，便是這牡丹也傾心於妳，願隨姑娘移居。」

顧媛媛小臉一紅，被這般漂亮的小和尚一本正經地稱讚為佳人，實在是太過羞愧，忙擺手道：「橘生淮南則為橘，生於淮北則為枳的道理我還是明白的，這般美麗的花隨我移居豈不是毀了它去？」

青衣小僧眸中帶了幾分笑意，一雙美目毫不掩飾地看向顧媛媛。

「怎的現在又見客了？」謝意不著痕跡地把自家丫鬟扯到身後，擋住了空明的視線。

空明拂袖，邊走回屋子邊說：「謝公子大駕，小僧有失遠迎，還請見諒。」口中說著見諒，卻哪裡看得出有歡迎的意思？

謝意不以為意，跟著進了屋。「少扯這些，你以為我今天來是做什麼的？」

空明看了看謝意，又看了看顧媛媛手中拿著的食盒，眼中滿是欣喜。「難道是……」

謝意點頭，示意顧媛媛把菜擺上。

掀開食盒，一股香味撲面而來，方才還頗有幾分禪意的空明，此時已經毫無形象，彷彿一隻餓狗般就差搖尾巴了。顧媛媛驚異，原來這還是個食肉的和尚。

空明雙手合掌，唸了一聲阿彌陀佛後就毫不客氣地開始動筷子。

謝意在一旁給顧媛媛介紹道：「這和尚法號空明，別看他這副樣子，卻是檀香寺住持大師的關門弟子，未來衣缽的繼承人。」

空明嚥下口中的炒墨魚絲，不滿道：「什麼叫我這副樣子……」

謝意笑著搖了搖頭。「怎麼樣？我有沒有誇大？」

空明桃花美目微微上揚，看著顧媛媛，笑意連連道：「沒有，當真沒有。」

謝意臉色一沈，翻手一掌向空明腦門拍去，只是這一掌必然是撲了空，下一秒小和尚便捧著碗坐到遠遠的一把椅子上。

顧媛媛面上平平，心裡其實早就嗷嗷亂吼了，這是什麼套路，武俠片嗎？這小和尚會瞬間移動？

空明搖頭。「暴躁，暴躁了啊。」說著小心翼翼地看了眼謝意，見他沒有再出手的意思，又顛顛地端著飯碗回到桌前。

一頓飯下來，顧媛媛在一旁瞧得真切，這兩人你來我往，雖然嘴上十分不對盤，實則關係很親密，彷彿是多年的老友一般。

空明意猶未盡地看著空盤子。「難得，真是難得。」

謝意道：「有什麼難的，只要你答應下來那件事，便讓阿鳶多給你做幾次飯。」

空明思索了一會兒道：「把阿鳶姑娘留下，我就答應。」

謝意微笑道：「滾。」

顧媛媛聽得迷糊，這兩人在說什麼，為何又扯到自己身上了？

空明看向顧媛媛道：「鳶姑娘以為小僧這裡如何？」

「世外桃源，美若仙境。」顧媛媛肯定地道。

空明循循善誘。「既然姑娘如此喜歡，不如就此留下來。」

顧媛媛面色平靜。「阿鳶為謝家奴。」

謝意心中一緊，皺眉道：「空明，我們是多年朋友，我便再問你一次，你應還是不應？」

空明搖頭。

謝意似乎早就料到了答案，只得嘆了口氣，將話題轉向別處。

「爺跟空明師父是多年好友？」顧媛媛小聲問道。

見謝意點頭，顧媛媛不解。「為何之前沒聽您說過，也沒見您來過這裡？」

空明在一旁接話。「小僧前幾年隨師父遠遊，剛剛回來，卻聽說謝公子身旁得一妙人，今日一見果然不同凡響。」

謝意輕咳一聲，遞給空明一個眼神，意思是你夠了，再亂說試試看。

空明回了一記過去，意思是嘿我偏要說，誰讓你整天跟我得瑟你家丫鬟的。

謝意又甩了個眼神過去，意思是我家阿鳶就是好，你服不服，不服來戰。

空明默默回了個無奈的眼神，意思是好好好，你家阿鳶啥都是好的，我服了還不行嗎……

謝意這才滿意地點頭。

顧媛媛感受不到兩人的戰爭，據說這小僧雖然年紀輕輕，卻是天生慧根，佛法精深。剛開始她還抱著懷疑的態度，不過在接下來的相處裡，才真正感覺到此語絕非妄言。

空明雖看起來散漫不堪，實則言行間卻是眼光獨特，見解高明，常常妙語連珠，讓人心下臣服。

轉眼天色將晚，謝意同空明告了別，乘車下山去。

臨走之前，空明忽然湊到顧媛媛耳邊說了句什麼，顧媛媛先是驚愕，隨後眼神複雜不已，緩緩給空明施了禮，隨謝意上了車。

銅鏡中映出一張嬌嫩明豔的臉龐，朱雀滿意地端詳著自己，伸出手來拔去頭上的珠釵，髮絲如墨般傾洩而下。她抓起一旁的檀玉梳一下下梳著秀髮，時不時朝鏡中勾動唇角，擺出一副撩人的模樣。

青鸞瞥了一眼朱雀，垂下的眸中滿是鄙夷，口中卻裝作不經意道：「大爺這幾日連連外出，都好晚才歸，也不知去了哪裡。」

朱雀手一頓，猛地攥緊了檀玉梳子。不管自己如何小意伺候，使出渾身解數，謝意也未曾留意過她一眼，偏生阿鳶那個丫頭，處處與自己作對。

從她來的那天起，就霸占了本來屬於她的床鋪，平日伺候大爺時跟自己搶著邀寵，眼下大爺每次出門都帶她在身側，當真是可惡至極！

啪的一聲，檀玉梳被狠狠地砸在地上，斷成兩截。

青鸞滿眼的可惜，撿起地上的梳子道：「砸它作甚，妳不是向來最喜愛這梳子的？」

朱雀美麗的臉孔因嫉妒而扭成一團，咬牙切齒道：「好個不識趣的丫鬟，我將來是什麼身分，她難道不明白？」

青鸞心中冷笑，朱雀這是當真以為自己日後必定就是謝意的房裡人了，但嘴上卻溫言勸解道：「快別生氣了，夫人的意思當然是很明白，可大爺是什麼身分，難免讓身邊人存了些非分之想。」

朱雀自認為自己是夫人看中的，當然就沒把自己算進非分之想的人裡，可是這話卻給她提了醒。青鸞說得對，阿鳶這等丫鬟必然是存了想要被收入房中的念頭，所以才這般跟自己作對，令人惱的是，大爺還對她格外偏寵。

青鸞又道：「阿鳶打小就跟在大爺身邊，多年的情分擺在那，大爺當然看重她，況且……她又是那般漂亮的模樣。」

朱雀頓覺心裡的怒火全都沖到了頭上，她的容顏向來讓她引以為傲，最是不能聽到別人當著自己的面說誰誰誰顏色好，而青鸞這三言兩語正是點在她的軟肋上，能不讓她憤怒嗎？

「夫人的意思妳我都懂，既然如此，就盡快除掉她。」朱雀眼中閃過一絲惡毒，手中的梳子被毫不留情地拋到牆角。

青鸞神色淡淡。「大爺最是護著她，又能如何？」

朱雀抿緊了唇。她怎麼知道能如何？

青鸞心底冷笑一聲，真是個蠢東西，也罷，若是能夠一次解決了阿鳶這個棘手的，朱雀還不是如同羔羊一般由著她收拾。這般想著，口中便提點道：「妳可聽說過夫人身邊的流蘇？」

「流蘇？」朱雀面帶疑惑，接著似乎回想起了什麼，心下了然。

青鸞臉上是一成不變的微笑，見朱雀懂了就不再多嘴。

月上柳梢，東廂門外一個做丫鬟打扮的姑娘神色驚恐，掩著唇一步步輕聲退開，跌跌撞撞地向自己所住的西廂跑去……

嘎吱一聲，門被推開，新月正坐在窗前擺弄顧媛媛從集市上帶給她的小玩意兒，抬頭見是滿月回來了，好奇道：「怎麼了？跑得跟見了鬼似的，這可不像妳。」

滿月臉色蒼白，坐在床榻上，半晌沒有言語。

新月好奇地走了過去。「這是怎麼啦？看妳這一頭汗。」

滿月抬眸，眼中一片驚慌，張了張口想說些什麼。

新月疑惑。「出什麼事了嗎？」

盡快除掉阿鳶姊姊嗎……盡快除掉……待回過神來，滿月捂住劇烈跳動的心口，勉強扯出一個笑容。「沒事……」

過了些天，寫意居主廂這裡，謝意在一旁逗弄阿松，燭火晃晃下，顧媛媛坐在床沿打絡子。

「打那小東西做什麼，怪傷眼睛的。」謝意看了一眼後說道。

顧媛媛手指靈活地勾結纏繞。「是空明小師父要的，說是要個扇墜子。」

「他一個和尚用什麼扇子？」謝意拋出一顆松子，阿松張口就叼住，吞下後道：「還要！還要！」

顧媛媛接話道：「空明師父倒不像一般的和尚。」

謝意嗤笑。「妳可莫要被他那副外表騙了，他在江南的紅粉知己可真是不少，多少人削尖了腦袋想給他送墜子。」

顧媛媛微微詫異，隨後笑了笑，沒有回答。

謝意湊過去撥弄顧媛媛手裡的絡子。「阿鳶，第一次帶妳見空明那天，他最後跟妳說了什麼？」

「別動，都弄散了。」顧媛媛把手中的絡子往回拽了拽。「也不是不可以說的，但是作為交換，爺也跟阿鳶說說，爺是求空明師父做什麼事？」

謝意似乎覺得無趣，靠在榻上閉目不語。

顧媛媛也不在意，儘管很好奇，但畢竟是人家的秘密，不想說就算了。

其實空明當時只是問了她一句話，他說：「阿鳶姑娘，妳是從何處來？」

空明為什麼會這樣問，是知道什麼還是只是單純地詢問一句，或是故弄玄虛，那就不得而知了。

顧媛媛掩唇打了個哈欠，揉揉眼睛。

「睏了就早點去睡，那小東西又不急著一時給他。」謝意在一旁道。

顧媛媛點點頭。「馬上就好了，爺明兒個不是還要去空明師父那裡嗎，一道給他送去。」

謝意嘆了口氣，低聲道：「空明那個餵不熟的白眼狼。」

顧媛媛似乎早就習慣兩人之間互相的詆毀。「恐怕是爺的要求超過了空明師父的底線吧。」

謝意靠在榻上，面色平靜，掩在廣袖中的手不知不覺攥緊了。

第十六章

初春時節正是踏青的好天氣，謝意邀請空明一起遊玩，短短半個月下來，顧媛媛竟是玩遍了蘇州一帶的美景，好不自在。

碧湖中央漂著一艘精緻的船舫，烏木船身打磨得很光滑，四周船簷精細雕刻著古樸的花紋，船上覆著厚厚的煙霧紫紗幔，隱約可見裡頭佳人姿態聘婷，絲竹之樂緩緩飄揚。

顧媛媛淨了手，用素白的指尖將袖口捲上一截，露出瑩瑩皓腕，接著執起一旁的紫砂壺，細細點在茶盞間。

水溫煞是剛好，這般倒下去，立刻在茶盞中堆砌如雪，捲起茶葉，一股清香撲面而來。

「鳶姑娘這點茶的功夫是越發精湛了。」空明唇角含笑，一雙桃花含情目毫不掩飾地流連在顧媛媛身上。

顧媛媛彎唇一笑，大大方方道：「哪裡，阿鳶泡茶的手藝還不如空明師父十之一二。」

這話並非謙遜，空明確實泡得一手好茶，近日來顧媛媛跟著他學習茶藝之道，頗得收穫。

空明手中摺扇一打，扇下綴著的正是顧媛媛打的絡子，他看著眼前的顧媛媛，身著映月白暗花紋褙子，抹胸朧紗袘地裙襯得身段玲瓏嬌美，及膝墨髮半綰於身側，映出纖長脖頸。

這半個月來，遠離了謝府各路人馬的煩擾，觀山遊水，顧媛媛不用每日低眉順眼，小心翼翼，不僅眼界開闊了許多，就連心胸也豁然開朗，神色裡少了卑躬屈膝之意，多了平和悠然之感。

「鳶姑娘近日容顏越發清美，讓小僧看了不禁心揪揪然也。」這話聽起來似乎有些調戲的意味了。

謝意一個茶盞朝空明腦袋上砸過去，空明修長的手指一晃，穩穩接住，茶盞中的水一滴未灑。「出家人不打誑語，謝公子何必動怒？」

謝意冷笑。「再多嘴一句，信不信我這就命人把你扔進湖裡。」

空明輕挑眉梢，攏了扇子。

顧媛媛看這兩人又開始了，不禁搖了搖頭，起身撩開紗幔。外面天色正好，湖上船隻三三兩兩。

「若是到了夏天蓮花綻開的時節，這碧湖會更美。」謝意不知何時來到了身後。

顧媛媛深深吸了口氣，鼻腔裡充盈著湖上的清涼味道。「多可惜，明兒個就要回去了。」

謝意偏頭看向她。「怎麼?不想回去了?」

顧媛媛看著遠方的水天一色，毫不掩飾道：「不想回去，多想就此寄情於山水間。」

謝意眸色中帶了幾分意味深長。

顧媛媛走了幾步，忽地彎下腰來褪去一雙繡鞋，再行幾尺，扯下緞襪，赤足踏在船板上。此舉對於未出閣的女子來說，確是有些沒規沒矩了，但謝意倒不覺得有什麼，只是這船上還有別的男人在，怎能容阿鳶這般放肆，便想開口喚她回來，誰知顧媛媛一路向前走去，竟是提起羅裙小跑起來，三兩下便踏上了船舷。

「阿鳶，妳幹什麼？」謝意凝眉喚道。

顧媛媛轉頭笑了笑。「怎麼辦呢爺，阿鳶不想回去呢。」

謝意沈聲道：「爺不是說了下次再帶妳來——」話未說完，只聽得撲通一聲，顧媛媛就在他眼前直接跳了下去。

「阿鳶！」謝意喊道，可湖上碧波蕩漾，哪裡還有半分人影？

空明聞聲出來，還沒看清怎麼回事，就見謝意要跳下水去，連忙伸手拉住了他。「發生什麼事了，你要趕著往水裡跳？」

謝意甩開他，再欲跳下去救人，就見湖面上冒出了一顆小腦袋。

顧媛媛抹了把臉上的水，朝謝意揮揮手。

空明喊道：「鳶姑娘是要暢游碧湖嗎？可要小僧陪妳一起？」

顧媛媛喊道：「爺和空明師父不用擔心，水裡挺冷的，不要下來。」

謝意心中好氣又好笑，拂袖回到船中。

顧媛媛在湖中暢快地游了幾圈，見空明在船上似笑非笑地看著她，朝空明咧嘴一笑，露出一排潔白的牙齒。

「鳶姑娘快上來吧，待久了怕是會著涼。」說著空明朝顧媛媛伸出手去。

顧媛媛也不推辭，順勢上了船，濕透的衣衫貼在身上，水珠順著墨黑的髮絲往下滴。誰知才剛站穩，紗幔裡飛出一件袍子蓋在了頭上，顧媛媛拿下頭上的衣裳，是一件石青色平金雲鶴紋袍，顯然是謝意身上的那件。

「愣著幹什麼，還不披上？」謝意走了出來，語氣不善。

顧媛媛哦了聲應下，把袍子披上，又接過一條帕子，跪坐在船邊擦著濕漉漉的頭髮。

空明坐到謝意對面嘆道：「這樣的女子，你又如何將她束於高閣？」

謝意飲了口茶緩緩道：「我的人何須你費心。」

這個距離，顧媛媛剛好聽不到兩人的談話，便也不知他們在說些什麼……

清晨，寫意居。

朱雀細細描繪了精緻的遠山眉，從妝檯中拿出一個八寶珍珠盒打開，沾了些胭脂，均勻地塗抹在臉上，接著又將墨髮高高綰作鴉髻，把最珍愛的一套頭面拿了出來，小心地戴上，這才滿意地看著鏡中人。

接著她轉頭看了看一旁的青鸞，依舊一副清淡溫婉的模樣。

朱雀不動聲色的從鼻腔中冷哼一聲。「今兒個大爺就回來了呢。」

青鸞點頭。「可不是，這都出去大半個月了。」

朱雀把玩著一綹頭髮，故意道：「大爺要回來，妳也不好生打扮打扮？」

青鸞勾唇一笑。「有什麼好打扮的，左右不過是這個樣子，倒是朱雀妳今天才是好生漂亮。」

朱雀聽她這樣說，心中高興，面上卻是清傲的模樣。「爺今天剛回來，必定累得緊，我們可要仔細伺候著。」
青鸞眼中帶著譏諷，聲音卻越發溫柔。「阿鳶怕是也要回來了……」
朱雀冷冷道：「那個小賤蹄子……」話還未說完，院外就傳來聲響，原來是謝意他們回來了。
顧媛媛看著寫意居，心道還是要回來的啊，這半個月來倒是讓她把心都玩野了，方才看著謝府的大門，心中竟是生出一股抗拒，強烈到不能自已。
多想就此離開，多想過著終老於山水的日子，可當謝意看向她時，她還是斂去了那些肆意妄為的想法，向現實低下了頭。
踏進了謝府的門，她仍為謝家奴。
「爺您回來了！」一聲甜膩膩的嬌啼傳入耳畔，激得眾人一個哆嗦。
只見朱雀從園中迎來，一身茜色雅繡百蝶裙顯得格外招搖，陽光映得頭面熠熠生輝，精緻的臉上帶著三分幽怨、七分嬌嗔。隨著她的靠近，一身濃郁的香料味撲面而來。
謝意皺眉。「老太君才過世不久，穿得如此張揚成何體統？換了去！」
朱雀美麗的面龐瞬間僵住，一顆火熱的心猶如置於寒九天裡，拔涼拔涼的。
「爺，您回來了。廂中水已備好，爺先去洗洗塵吧。」青鸞一身淡青色細緞羅裙，清雅的模樣與朱雀形成了鮮明的對比，讓人看得舒爽了許多。
謝意點頭進了院中，顧媛媛看了眼青鸞，恰好對方也看向她，兩人互相頷首見了禮，一起跟在謝意身後。

朱雀走在最後頭，修剪光滑的指甲深深掐進了掌心……

青鸞放慢了步子，湊到了顧媛媛身邊，柔聲含笑道：「今兒個早上還在念叨你們何時回來，可不轉眼你們就到了。」

顧媛媛面上帶笑。

「多虧了姊姊日日在寫意居中打理了。」

青鸞眉眼帶了幾分嗔意。

「說的是哪裡話，都是姊姊分內的事；倒是阿鳶妹妹這些日子來一直在大爺身邊伺候著，定是累壞了吧？」

顧媛媛搖頭。「怎麼會，一如姊姊說的那般，都是分內的事罷了。」

青鸞親熱地拉起顧媛媛的手。「好些日子不見，姊姊可是想妳，等一下多陪姊姊說會兒話。」

顧媛媛不著痕跡地抽出手。「待會兒怕是要伺候爺洗塵，還要去廚房裡侍弄飯菜，怕是不得閒。」

青鸞沒想到顧媛媛會直接拒絕，轉念又道：「真是辛苦妹妹了，剛回來就這般忙活，等一下姊姊幫妳去打下手，妳可莫嫌棄才好。」

話已說到這分上，哪裡還容得了她拒絕，顧媛媛只得勉強點頭應下。

謝意卻是回頭道：「妳也累了，今天就歇歇，讓她們幾個忙活吧。」

顧媛媛應著，走到西廂裡換衣裳。

新月好久沒見到顧媛媛，見到她回來便高興地繞著她直打轉，惹得顧媛媛哭笑不得。

「阿鳶姊姊，有沒有給新月帶好玩的？」新月水汪汪的眼睛裡閃著期待，像極了一隻小狗，看得顧媛媛心都變得軟綿綿的。她點了點她的小鼻子道：「瞅妳這針眼兒大的出息，就知道要那些小玩意兒。」

新月鼓起兩腮道：「阿鳶姊姊我可想妳了，妳出門前可是說好會給新月帶好玩的。」

顧媛媛故意逗她。「這可怎麼辦，一忙起來居然把這事給忘了。」說著雙手一攤。

新月彷彿霜打了茄子一樣，耷拉著腦袋，上前環住顧媛媛的脖子，整個人吊在她身上委屈道：「阿鳶姊姊怎麼能這樣……」

滿月上前要將新月拉下來。「快別纏著了，阿鳶姊姊剛回來，讓她歇會兒。」

顧媛媛擺擺手道：「不礙事的。」說著就像變戲法般從袖中掏出一個漂亮的貝殼小螺號在新月眼前晃了晃。

新月畢竟是孩子心性，見了小玩意兒就高興得不得了，一連說了十幾聲謝謝姊姊，接過去愛不釋手。

「小沒良心的，見了小玩意兒眼裡就立刻沒有姊姊了？」顧媛媛嗔道。

新月忙解釋道：「才沒有呢！阿鳶姊姊這趟出去變得有些不一樣了。」

顧媛媛疑惑。「哪裡不一樣了？」

新月歪著小腦袋思索了會兒道：「說不上來……好像……好像變得更漂亮了。」

顧媛媛噗哧笑出聲來。「我看是妳這丫頭話裡變得更會討巧了。」

滿月愣愣地看著顧媛媛笑意連連的樣子，阿鳶這趟出去的確變得有些不同，或許新月說得不錯，確實是變得更漂亮了，分明五官還和從前一般無二，只是周身氣度已經截然不同。

新月纏著顧媛媛說話，顧媛媛就挑了幾段出去遊玩的事情講給她聽，聽得新月和滿月兩人都入了神。

「原來外面這麼好玩啊，下次阿鳶姊姊能不能幫我求求爺，帶上我一起去？」新月道。

顧媛媛說起前些日子也是滿心的不捨，再看向這四角屋牆，心中也不禁染上幾分壓抑，口中胡亂應著。

滿月聽顧媛媛這般說也不禁心生嚮往，慢慢在心中化作些許心酸，即便是爺再出門，哪裡會帶上她們幾個，爺看重的只有阿鳶一個罷了。

顧媛媛擦了把臉，脫下身上的盤金繡褶蓮裙，這裙子是在外面時謝意買給她的，精湛的繡工，上等的用料，只可惜在府中穿太過惹眼了，便將裙子摺好，壓在箱子最底端。

她從上面挑出一件深灰青色的細布交襟裙隨意換上，又摘下腕上的鏤花青玉鐲、耳上的明月翡翠璫，及額前的琉金簪花，打散了頭髮，重新編成雙環髻，對著鏡子照了照，普普通通剛剛好，她要的就是這個效果。

新月在一旁吃著顧媛媛帶回來的點心，嘴角還掛著碎屑道：「阿鳶姊姊，幹麼換衣服啊，剛剛多好看。」

「這樣不好嗎？」顧媛媛反問。

新月猶豫了一下，歪著頭道：「也很好……可是方才那樣更漂亮。」

顧媛媛彎唇一笑，揉了揉新月的腦袋。

「妳太小了還不懂。」

新月扭過頭去。

「我才不小呢，明年要十歲了。」

「好好好，我們新月也是大姑娘了。」顧媛媛失笑，對普通人家來說，十歲的女孩子的確已經不小了，再過幾年就能嫁人了。

這個時代的女孩子十五、六歲就能夠成親，拖到雙十還未嫁的姑娘，都算得上是大齡剩女了。不過嫁人這檔事，目前還不在顧媛媛的計劃內，能好好養活自己就不錯了，她實在不想以後還要拉家帶口地在社會底層掙扎。

「對了，再過幾日就是夫人的壽辰，不過今年好像沒有戲班子了。」新月口中嚼著糕點，含糊不清說道。

距離老太君過世也不久，確實不宜大肆招請戲班子，估計這壽宴只會小辦吧？

是夜，寫意居東廂，朱雀沈著臉摘下滿頭的首飾，早上的愉悅心情早就無影無蹤了。

她怨，為何爺出去沒帶上她？她妒，憑什麼阿鳶那丫頭就能得到爺的偏愛？她恨，那些本該屬於她的東西此時全被阿鳶占據了，再加上青鸞有意無意的挑撥，早已將她的憤怒激到了最高點。

「阿鳶妳也該騰出地方了。」朱雀唇邊扯出一個輕蔑的笑，彷彿已經看到了顧媛媛被趕出門的場景。

青鸞推門進來，看到朱雀這副表情，大概能猜到一二。經過她的提點，朱雀已經清楚該怎麼做了，只不過朱雀還是不夠狠，一心想的只有趕走阿鳶，再順理成章的攀上大爺。不過這對青鸞來說已經夠了，能夠順利趕走阿鳶是再好不過，若是事情敗露，與她也無任何干係。

第十七章

顧媛媛猜想得不錯，這次江氏的壽辰宴沒有像往年般大肆操辦，但仍然有各路夫人、太太攜自家如花似玉的女兒赴宴。名義上是來祝賀生辰，實則是來讓女兒露露臉，畢竟若是能被謝公侯的夫人瞧上，那可真是天大的榮幸。

謝家只有一個嫡子，儘管毫無建樹，那前途依舊是光明一片，誰家女兒能嫁過去，身分地位自不必說，光是那滔天富貴都讓人紅了眼。

那些江南貴女們一大早就被拉起來好生打扮了一番，在千叮嚀、萬囑咐中到了謝府，本來心中也是有幾分納悶，自家已是江南富足的大門大戶，謝府何德何能讓家中這般重視？不過在看到謝府大門的時候，這種念頭已然全消；再踏進謝府，滿心只剩震撼。

跟謝府一比，自己家中簡直就像間灰撲撲的茅草房，在這般強烈的對比下，哪家小姐還不卯足了勁要展現一下自己？可是現實是殘酷的，競爭對手老早就在謝府晃悠了，各家小姐一個個鬥豔爭芳，看起來好不熱鬧。

對於這種場面，江氏雖然高興，卻又很無奈。那些平日往來的夫人、太太們話中明裡暗裡暗示著她們的意圖，奈何她只有那麼一個兒子，所以只能故作不知，含含糊糊的跟著東拉西扯。

江氏面上笑得客氣，實則心裡也是不屑的。儘管來赴宴的女眷中確實有幾家姑娘的家世條件勉強能與謝府稱得上門當戶對，可畢竟是自己唯一的寶貝兒子，做母親的心中卻是瞧哪家的女兒都配不上自家兒子。

不過謝家大少爺謝意卻遲遲未露面，因為此時的寫意居，沈默得有些詭異——

「那可真要好好找找，莫非讓哪個手腳不乾淨的拿了去？」朱雀故作驚慌，眼中的得意卻是掩都掩不住。

顧媛媛不語，再次往鏡檯的各個錦盒中翻找。

盤螭瓔珞玉珮為宮廷內造，乃當年的御賜之物，也是謝望給江氏小定時的禮。後來江氏把盤螭瓔珞玉珮給了謝意，由於過於珍貴，平日只是小心存放，只有生辰壽宴或是一些大場合才會拿出來佩戴。

可今日顧媛媛去金玉錦盒中拿玉珮時，發現這個價值連城的寶貝不見了。

顧媛媛向來小心謹慎，這些珍貴的貼身飾物一直由她來保管，她相信自己記得沒錯，就是放在這個金玉錦盒中，無奈反覆找了三、五遍，真的找不著那玉珮。

它又沒有長腳，自然不可能是自己跑掉了，謝府四周的看守更是嚴謹，不可能有外人來偷盜，就算有人溜進來，這一室的奇珍異寶不拿，能準確地找到錦盒中的玉珮也是不可能的，如此只有一種可能性，有內賊。

只是顧媛媛還未言語，朱雀就興致勃勃地衝過來問是不是丟東西了，她自然不會傻乎乎的直接告訴朱雀丟了什麼，未料滿月卻在一旁說盤螭瓔珞玉珮不見了。

顧媛媛抬頭看了她一眼，這一眼讓滿月心頭咯噔了下。

她跟了大爺也兩年有餘，自然知道大爺在這種日子裡要佩戴的玉珮是什麼，只是這丟失盤螭瓔珞玉珮的事件，讓她心中意外卻又不意外。

滿月的話點出了丟失的物品，朱雀這才說要好好找找，怕是有人手腳不乾淨；而朱雀此話一出，一時間滿室沈默，在場的每個人心下想法各異。

新月是真心著急，朱雀則是滿心的得意。

青鸞沒想到朱雀一出手就是那般重要的玉珮，倒也讓她略微吃驚，心中一番思量，蹙起眉尖，滿臉擔憂的道：「那不是夫人給大爺的玉珮嗎，這般貴重怎麼會找不到？鳶妹妹莫急，再好生找找。」

新月也跟著道：「是啊阿鳶姊姊，是不是記錯放的位置了？我來幫妳一起找。」

顧媛媛一直沒有開口，只是緩緩掃視了眾人。她看得很緩慢，每個人都盯上五、六秒，把各人的神色都看了一遍。

滿月最先沈不住氣，目光閃躲，小聲喃喃道：「阿鳶姊姊……妳……妳在看什麼……大爺在裡面等著呢，咱們一起再找找吧……」

顧媛媛面色平靜道：「不用找了，有人拿了。」

新月向來心直口快。「誰拿了？快點拿出來啊，大爺這就要去前面赴宴了！」

顧媛媛揉了揉眉心，無奈道：「新月，盤螭瓔珞玉珮是被人偷了。」

朱雀沒有如預想般看到顧媛媛驚慌失措的表情，心中滿是不快，不過她也不擔憂，丟失盤螭瓔珞玉珮還不是最大的罪過，好戲還在後頭呢。

這時謝意從內屋出來，見自己院裡的丫鬟都在這裡。

香霧從桌上九蟒鼎焚香爐裡冉冉飄出，映得每個人臉上陰晴不定。謝意廣袖一拂，隨意坐於榻上，半靠著身後的錦團軟墊。

朱雀先一步上前。「爺不得了了，那盤螭瓔珞玉珮被偷了！」

說完她小心地看著謝意的臉色，卻失望地發現謝意臉上沒有絲毫的動容。她心下不痛快，繼續道：「這寫意居平日外人哪能輕易進來，依奴婢看……八成是出了內賊吧。」

謝意方才在屋裡也聽出個七七八八，瞟了朱雀一眼後，看向顧媛媛道：「阿鳶，妳說呢？」

顧媛媛神色從容。「朱雀說得是。」

新月驚訝道：「怎麼可能，誰敢偷那麼寶貝的玉珮？」

謝意狹長的眸子裡看不出喜怒。「阿鳶，盤螭瓔珞玉珮是妳負責看管，由妳來處理吧。」

朱雀一聽，慌了起來，忙道：「爺！這可不行，萬一有人做賊喊抓賊呢？」

顧媛媛冷笑道：「這話是何意思，若是盤螭瓔珞玉珮丟失，我豈不是也要受罰？難不成還是我自己偷了？」

「那可說不定，也許是有些人迷了心竅。」朱雀就不信她還能得意到幾時。

顧媛媛微微挑眉。「看來的確是有人迷了心竅吧。」

謝意並不言語，任由朱雀帶著幾個人在寫意居裡四處翻找，待翻到顧媛媛的床榻時，只聽得滿月呀的叫了一聲，捂住自己的嘴，神色驚恐。

只見那床榻被褥之下，靜靜地躺著盤螭瓔珞玉珮。

顧媛媛長嘆一聲，閉上了眼睛，果然招不在新，管用就行。

青鸞聲音微顫，滿眼的不可置信。「鳶妹妹?這……這盤螭瓔珞玉珮怎麼會在妳床褥之下?」

顧媛媛偏過頭去，淡淡道：「難道妳不知道?」

青鸞一怔，眉間微蹙，面帶疑惑道：「我?我怎麼會知道……」

朱雀忍了一個早上，終於可以爆發出來，她恨恨道：「好妳個丫頭，居然偷大爺的盤螭瓔珞玉珮!現在人贓俱獲，還有什麼好狡辯的?!」

新月急得滿頭大汗。「爺!不可能是阿鳶姊姊偷的，這玉珮本就歸阿鳶姊姊管，她怎麼會自己偷呢?」

滿月回過神來，也跟著求情。「爺……阿鳶姊姊不會偷東西的……」

顧媛媛沈默。沒錯，這盤螭瓔珞玉珮若不是偷的，怎麼會在自己這裡?她又不傻，自然猜得到幾分，尤其朱雀那副模樣，臉上恨不得寫滿「就是我做的，妳沒有證據又能怎樣?」

至於青鸞自然也是清楚的，唯一讓她感到意外的是滿月……這個小姑娘居然還有這種心思，不過現在的當務之急是怎麼解決自己的處境。

顧媛媛面上無波，實則腦中正飛快地運轉著。說來到底是自己太過大意，以為只要小心翼翼不去出頭，就能在這謝府中安然度日，可卻不知自己早已成了別人的眼中釘。就算謝意相信這盤螭瓔珞玉珮不是自己拿的，這麼多人看著，又怎麼躲得了眾人眾說紛紜？況且現在也沒有任何證據能說明是朱雀陷害她的。

顧媛媛苦笑，如果按言情小說路數來講，這時候謝大少爺應該挺身而出，邪魅狷狂的微微一笑道：「這是我送的。」

莫說顧媛媛清楚謝意雖然對自己好，可也只是相處多年的情分而已，退一萬步來說，就算謝意真的維護自己至此，可任誰都清楚，這盤螭瓔珞玉珮象徵著什麼？這玉珮是謝望當年給江氏下的小定，給的是謝家少夫人，謝意未來的髮妻。這一言下去，自己定是要被安上「惑亂媚主」的名頭，拖出去被亂棍打死。

顧媛媛搖了搖頭，不管朱雀設這一計時有沒有考慮這麼多，此時的她卻是被逼到了無路可走。

青鸞顯然也思量清楚，心頭一鬆，知道此計萬無一失。

朱雀見謝意遲遲不開口，有些急了。「阿鳶妳這般默不作聲，怕是已經無話可說了吧？」

謝意似乎有些倦了，手肘支在案上，撐著頭，神色如常道：「滿月，給爺把盤螭瓔珞玉珮拿來。」

滿月聽了，雙手將盤螭瓔珞玉珮給謝意遞了過去。

謝意看著手中的玉珮，這盤螭瓔珞玉珮出於當世雕刻大家易元魁之手，所用為最上乘的藍田暖玉，上雕一千零八刀，無任何偏差，可以說是易大師最得意的雕刻作品之一。

只是……可惜了……

「這玉珮，是我給阿鳶的。」

此話一出，眾人皆是一驚，就連顧媛媛都愣住了，心臟似乎要跳出了胸口。

難道要按劇本走了嗎？若真如此，恐怕自己才真是難逃一劫，不過好在接下來的話讓顧媛媛鬆了口氣。

「前些日子我拿來把玩時不小心磕了個小缺口，讓阿鳶拿去修補，八成是她放到床褥下面後給忘記了，才這般虛驚一場。」謝意繼續道。

朱雀愣住，謝意居然這樣護著阿鳶這丫頭，一時間怒氣與嫉妒湧上，她不顧一切大喊道：「爺！您怎能這樣護著她?!那玉珮分明好好的，您這般說豈不是不明是非，顛倒黑白！」

謝意神態從容，聲音卻很冰冷。「哦？妳不信？那妳過來看看。」

謝意輕笑，把手中的玉珮向前伸去。朱雀彷彿受了蠱惑般向謝意走去，下意識接過他手中的玉珮，誰知指尖才剛碰到，還沒拿穩，謝意就鬆開了手。

啪的一聲，這世間最為名貴的絕世玉珮在地上碎裂成數瓣。

屋中所有人都驚住了，就連顧媛媛都傻了眼，大腦空白，呆呆地站在原地。

「失手打碎了盤螭瓔珞玉珮？」

謝意的聲音響起，才喚醒了已經忘了思考的眾人。

朱雀好一會兒才緩過神來，撲通跪下，卻不知道該說些什麼。還能說什麼呢，這可是當世至寶盤螭瓔珞玉珮啊！如今卻在地上碎成這般模樣……

顧媛媛也反應了過來，心中五味雜陳，既是心疼又是感激。感激的是謝意為了護她，居然眼都不眨一下的摔了這塊寶貝；心疼的是這可是價值連城的玉珮啊，這敗家孩子！

「爺……奴婢……奴婢不是故意的……不對，這玉珮不是奴婢摔壞的！」朱雀跪在地上，語無倫次地喊道。

謝意看著地上的玉珮。「嗯？不是妳摔壞的，那是誰？」

朱雀愣住了，不是自己摔壞的還能是誰？眾人都看得清楚，玉珮是謝意交到她手上的那一刻掉落在地的，不管是不是自己摔壞的，它都只能是自己摔壞的！

朱雀雙腿一軟，坐在地上，過了半晌才邊哭喊著邊磕頭。「爺，求求您饒了奴婢這回，奴婢不是有心的，求您饒了奴婢吧！」

朱雀嬌花般的臉上沒了往日的神采，恐懼占據了她的心臟和大腦，那盤螭瓔珞玉珮是何等的貴重，就是十個她也抵不過玉珮其中一角。她的頭砰砰砰磕在地上，轉眼間已是青紫一片，嘴上哭著道：「爺……奴婢真的是無心的……分明是……是阿鳶偷盜玉珮在先！」

謝意狹長的眸子帶著些許凌厲。這個朱雀當他是傻還是瞎，真以為這點小伎倆就能騙得過他？「阿鳶，妳來說她該如何處置。」

朱雀面色如土，哭吼道：「爺……您不能這樣……是夫人讓奴婢來爺身邊的，她算什麼！有什麼資格處置我！」

謝意輕笑。「那照妳這般說，就由母親去處置好了。」

聞言，朱雀一顆心如墜冰窖，連哭都忘了，江氏面上和善溫婉，其實是個殺伐決斷的，不然也不會鎮得住謝府這偌大後宅。謝望膝下只有兩子，卻從未有過側室，妾室也只有兩個而已，這在高門大戶裡已經是罕見，而這靠的就是江氏的心機手段。

這樣的一個女人，又何嘗是個善茬？盤螭瓔珞玉珮是江氏的小定禮，毀於自己手中，那她必然躲不過被杖殺的下場。

謝意不再理會朱雀，起身準備去前廳。

「爺求您饒奴婢一命！」朱雀上前抱住謝意的大腿不肯撒手。「若是被送到夫人那裡，奴婢就再無活路了！」

謝意掙開朱雀，看向顧媛媛道：「妳說呢？」

顧媛媛一愣，謝意雖然不喜朱雀，但也知道把朱雀送去江氏那裡的下場，既是又重新這般問她，自然是想要留朱雀一命了。於是她順著謝意道：「朱雀也是無心之過，爺就饒她一回，打發出去就是了。」

雖然朱雀對她的陷害她不是不惱，但若是讓她選擇交由江氏杖殺，她也不一定狠得下這個心。

謝意點頭，吩咐人把朱雀賣出府。大清早的這場鬧劇總算是收了場，他這才想起要趕去前廳給母親慶賀生辰。

青鸞看著謝意和顧媛媛的背影沈默不語。

對她來說，她反倒希望朱雀被江氏杖殺，平日朱雀招搖的嘴臉讓她早就厭惡得緊，不過此刻讓她感到難受的是，謝意居然這般維護阿鳶那丫頭，為此不惜砸碎玉珮，這倒是出乎她意料之外，同樣也更堅定要除掉阿鳶的決心……

她今後的榮華富貴，絕不容許任何人奪走！

第十八章

謝府的亭臺樓閣之間，點綴著生機勃勃的翠竹和奇花異草，丫鬟和僕人們往來匆匆，見到謝意等人時紛紛行禮。

顧媛媛看著手中碎成三瓣的玉珮，嘆了口氣。

「心疼成這個樣子？」走在前面的謝意忽然回頭道。

顧媛媛點點頭。「據說這是世間難尋的珍品……」

謝意笑了笑。「找玉匠試著修補一下吧。」

顧媛媛默默地看著謝意，沒有言語。

謝意伸手拍了拍她的腦袋。「怎麼了，這是被爺感動得說不出話了？」說著看了眼顧媛媛手中的玉珮又道：「這麼感動的話，就賠爺一個玉珮好了。」

顧媛媛嚥了嚥口水，緊張道：「爺……這個不是我摔壞的……」

謝意挑了挑眉，看著她。

顧媛媛低下頭小聲道：「那個太貴……奴婢賠不起……」

謝意道：「隨便賠給爺別的玉珮，妳又不是沒有月錢，怎麼賠不起了？」

顧媛媛鬱悶了，謝意要什麼樣的上等玉珮沒有，不說別的，光是寫意居裡放著的玉珮，都夠他一天佩戴一塊，還一個月不會重複；儘管心中這樣想，但嘴裡還是應著。

謝意這才滿意地點頭，轉過身繼續向前廳走去。
「爺……」顧媛媛聲音小小的，飄到了謝意耳朵裡。
「嗯？」
「呃……謝謝你。」顧媛媛低頭小聲道，不知怎麼的，竟是有幾分不好意思。
謝意似乎並未放在心上，只淡淡地應了一聲。
今日的壽宴設在寶相廳，但此時還未至晌午，主人與眾賓客夫人們都在韶華園裡賞花談心。
「姑娘，快別亂逛了，這是謝公侯府，夫人待會兒找不到姑娘會著急的！」一個丫鬟皺著眉頭，跟在自家小姐屁股後頭抱怨道。
走在前面被稱作姑娘的少女回頭笑道：「茴香妳怕什麼，咱們就在這裡偷偷轉一轉，那邊什麼夫人、姊姊們都擠一塊兒瞎樂呵，無趣至極。」
這少女墨髮烏瞳，肌膚賽雪，這般一笑端的是明眸皓齒，煞是可人；身上穿著墜珍珠疊紗粉霞茜裙，頸上戴著赤金鳳尾流蘇瓔珞圈，頗為貴氣。
「我的好姑娘，咱們不敢再走遠了……」茴香話音還未落，就聽自家姑娘哎喲大叫了一聲，嚇得她連忙上前。「姑娘怎麼了?!」
林瑞雪面色慘白，緊咬著下唇，額頭上沁出了細密的汗珠。「唔……沒事……好像扭到腳了……」

「這……這怎麼辦……」茴香急得團團轉，要去攙扶自家小姐起身，奈何她身量還沒有小姐高，哪裡扶得起來？

「看妳急什麼……先把我扶到那邊的石墩上……」林瑞雪又好氣又好笑，自己還沒怎麼樣，茴香反而先哭了起來。

茴香含著淚，試著把小姐扶到石墩上，奈何林瑞雪的腳使不上力，幾次都沒能扶過去，反而扯動扭傷處，疼得更厲害了。

林瑞雪打小也是嬌生慣養的大小姐，這樣折騰哪裡受得住，眼淚不停地掉。

謝鈺在此時正巧路過，看見這主僕兩人眼淚汪汪地坐在地上，便走上前看有什麼能幫忙的。

茴香見一個男子迎面走來，忙羞澀地低下頭去，接著又想起現在哪裡是害羞的時候，趕忙起身去求助，走近一看，卻是愣住了。

她雖是大戶人家的丫鬟，但也不識得幾個字，對於面前的男子，她除了美，就想不到別的形容詞了。不對……或許這就是所謂的國色天香？茴香耳朵尖紅紅的，失神地想著。

「這位小姐可有什麼需要幫忙的？」謝鈺見這丫鬟怔怔的，便直接開口詢問。

茴香連忙回過神來，紅著臉囁嚅道：「公子……我家姑娘扭了腳……」

謝鈺見那少女坐在地上，明明疼得臉蛋都白了，卻死咬著牙，淚珠在眼眶打轉。

好要強的小姑娘。他這般想著，上前詢問道：「小姐現在感覺怎麼樣？」

林瑞雪此時正疼得緊，見有陌生男子前來詢問，不禁又急又惱。「我沒事！」

謝鈺嘆了口氣。「可真是不巧，謝府這條小路上人甚少，若是小姐這樣耗下去，怕是要等到天黑了。前面有小亭子，不如由在下送小姐過去，再讓妳身旁這位姑娘知會家眷來接怎樣？」

謝鈺也正準備去前廳給江氏祝賀生辰，這才猜想這位眼生的姑娘怕是哪家來賀壽的夫人的明珠吧。雖然他知道江氏一點也不想見到他，可若是真的不去，反而更讓江氏在心頭埋怨。

林瑞雪方才只是懊惱陌生男子見到自己這副失態的模樣，見這位公子言談間斯文有禮，又生得這般……這般驚為天人……

*真是的，好生不知羞，怎麼可以去評斷陌生男子的相貌？*林瑞雪恨恨地唾棄了自己兩句。

謝鈺見這位小姑娘臉色忽白忽青，便重新遞去一個詢問的眼神。奈何這小姑娘傻傻地看著自己發起呆來，好似忘了扭傷帶來的痛楚。

謝鈺無奈道：「如此……在下失禮了，還請小姐見諒。」說著打橫將林瑞雪抱起，往前面的小亭子走去。

到了亭子，謝鈺立即把林瑞雪放到凳子上，舉止間並無一絲輕薄之意。

「在下去給小姐找個大夫瞧瞧吧，委屈小姐先在這裡待一會兒。」

謝鈺轉身要走，卻被林瑞雪喊住。

「那個……你是謝家的人？」林瑞雪支支吾吾地問。

「是。」謝鈺點頭。
林瑞雪又好奇地問：「那你是……謝家的公子？」
謝鈺失笑，一時間不知如何回答，最後只得無奈地點點頭。
林瑞雪神色中帶了些許欣喜。「那你叫什麼……」話剛落，她便悔得恨不得咬下自己的舌頭，怎麼能問男子的名諱呢？
謝鈺見這小姑娘臉紅得跟蘋果似的，也不回答，只說要去請大夫過來，若真的傷到骨頭就麻煩了。
林瑞雪看著謝鈺的背影出神，看來這就是母親口中說的謝家公子謝意了……
不多時，林瑞雪的母親吳氏帶著大夫急匆匆趕來，心疼地一口一個心肝兒的叫著，好在大夫檢查過後說並無大礙，稍微休息幾天即可，這才放下心來。
吳氏的丈夫正是官居兩江總督的林鶴，而林瑞雪則是林鶴最小的嫡女，同樣也是家中最受寵愛的女兒。
林瑞雪一邊心不在焉地安慰母親，一邊四處張望，卻未發現「謝意」的身影，心中不無失望。
這時江氏也跟著趕來道：「瑞雪，這是怎麼了，好端端的怎麼會傷著？」
林瑞雪低下頭，本來是為了給江氏賀壽的，結果因為貪玩傷了自己又出了醜，害她不免羞愧。「回謝夫人……瑞雪無礙……」
江氏笑了笑道：「無事就好，前幾年見到妳的時候還是個小姑娘，一眨眼都這麼大了，像個大姑娘一樣會害羞了。」

說笑了幾句，吳氏便先行告退帶女兒回府休養，江氏也不多話，命人將她們好生送出府去。

馬車疾馳在路上，兩邊的景象紛紛往後倒去。

吳氏見女兒打從謝府出來就魂不守舍的，不由得擔心道：「瑞雪，是不是傷處疼了？」

林瑞雪回過神來，忙搖了搖頭。「沒……沒有呢……」

吳氏這才稍稍放心。「妳也真是的，太淘氣了些，一眨眼就跑不見了……」

林瑞雪想起了什麼，紅著臉想詢問謝意的事情，卻想到自己這般迫不及待實在是太不知羞，便忍耐了下來。

百合樓是全蘇州城中最大的珠玉首飾店鋪，不僅有著當下最為時興的貴重飾品，更有著全城手藝最優秀的玉匠師傅。

「暴殄天物啊！這實在是暴殄天物啊！」玉匠陳師傅捧著盤螭瓔珞玉珮，心疼地直不起腰來。

顧媛媛輕咳兩聲，卻見那陳師傅狠狠向自己看過來……她無奈，只得低下頭等陳師傅先平復好心情，誰知陳師傅這一嘆息就沒完沒了，硬是跺著腳嚷嚷了一上午，只差沒把摔壞玉珮的人抓來打一頓出出氣了。

顧媛媛苦笑道：「陳師傅……您這也看了大半天，這玉珮能不能修補？」

陳師傅用力一瞪，說道：「這些高門子弟哪裡真正懂得每塊玉的可貴……」接著又是一番滔滔不絕，從玉的開採講到最後的雕刻……

顧媛媛扶額。「陳師傅，您定要盡力將這玉珮修補好……待修好之後，謝公侯府上會命人來取，奴婢就先行告退，不煩擾陳師傅了。」

說罷顧媛媛就要遁逃，誰知一回身卻撞上了百合樓的掌櫃。

顧媛媛忙跟掌櫃告了罪，掌櫃略略回了一禮後，便急切地朝陳師傅問道：「陳師傅，那個玲瓏點翠藤花冠笄可完工了？」

陳師傅聽到這話，心情稍微好了些許，取出一個香檀木鏤空寶匣。

顧媛媛有些好奇，刻意放慢了腳步，看向那個做工十分精巧的匣子。

只見陳師傅從一旁拿起一塊乾淨的巾帕先仔細淨了手，這才小心翼翼地打開匣子。

那匣子中鋪著暗紫色金絲絨布，擺放著一只用翡翠雕琢的冠笄，冠笄的流線打磨得非常光滑，上面精心雕刻著藤花紋，襯得整個冠笄看起來精美至極。

「怎麼樣？這可是耗費了老夫半年的心血雕刻而成的。」陳師傅得意地說，想了想覺得太不厚道，又補充道：「當然這也多虧了江南最有名氣的珠寶師連天大師畫的樣式圖紙。」

「陳師傅這雙手真是巧奪天工，如此那玉珮便有勞陳師傅費心了。」顧媛媛從那冠笄上移開目光，笑盈盈說道。

從陳師傅那裡出來後，便是百合樓的外廳，廳中擺放著各式的珠釵玉飾。

顧媛媛頓住腳步，摸了摸懷裡的小錦袋，那是她辛辛苦苦攢下來的銀錢，她在手中反覆掂了掂，一咬牙，轉過頭來向一旁百合樓的小夥計道：「我想挑個玉珮，有沒有……嗯……便宜又大塊的……」

小夥計立刻推薦了幾款，全都價值不菲，顧媛媛選了許久，最後終於決定好了。出了百合樓，她看著手心裡的玉珮，這玉珮成色相當不錯，雕工也算精細，只是比起謝意平日所佩戴的，簡直就像個頑石一樣不值一提。顧媛媛肉疼得捏了捏空扁扁的錦袋，心道若是謝意敢表現出一丁點嫌棄的樣子，她就馬上順勢討要過來，再賣出去換回自己的小金庫！

第十九章

寫意居東廂，青鸞將桃紅色的花細細搗碎，將花瓣碾成花汁，她神情十分專注，彷彿眼中只看得見這些花瓣一般，纖弱的手腕握著搗杵認真地碾磨。

滿月坐在她對面，雙手絞在衣袖中，不敢正視青鸞的眼睛。

「來，伸出手。」青鸞溫柔笑道。

滿月不由自主地伸出手去，青鸞的指尖微涼，觸到她手指時激得她一個哆嗦。

青鸞笑意盈盈，將方才磨好的桃紅花碎屑用小鑷子挾起，仔細鋪在滿月的指甲上。「待過個三、五天，滿月妹妹的指甲就會呈現漂亮的桃紅色了。我還在裡面加了些許香料，指甲上會散發淡淡幽香。」

滿月看著被包好的指甲，小聲道：「謝謝青鸞姊姊……」

青鸞抿唇一笑。「說什麼謝不謝的……咱們都是自家姊妹，以後還要互相幫襯不是？」

滿月點頭不語。

青鸞神色越發柔和，似要滴出水來。「滿月妹妹是知道朱雀為什麼被大爺趕走吧？」

滿月心頭一緊，驚恐地抬起頭看了青鸞一眼，又忙低下道：「朱雀姊姊……她太過不小心，打碎了大爺的玉珮。」

青鸞用搗杵隨意的在石碗中磨著，石頭相磨的低沈聲響似乎也碾在滿月心間一般。

「朱雀妄想用玉珮陷害阿鳶的事，滿月妹妹不是在窗外聽到了嗎？還是說妹妹好生健忘呢？」

滿月猛地攥緊了手，張了張口，卻不知如何解釋，一張小臉煞白。

青鸞嗔怪地看了滿月一眼，從一旁的盒子裡取出一只白銀纏絲雙扣鐲給她戴在腕上，用指尖細細描繪著鐲子上的紋路。「看妳驚成這副樣子，姊姊還會吃了妳不成？」

滿月努力不讓自己發抖。「青鸞姊姊……」

青鸞掩唇一笑。「其實滿月妹妹十分喜歡大爺吧。」這是個陳述句，簡簡單單地說出了滿月的心事。

「青鸞姊姊……滿月只是婢子，哪能有這般妄想……大爺待滿月好，滿月只想終生在大爺身旁侍奉左右。」滿月眼中蓄滿了淚水，她想起剛到府中在二姑娘身邊伺候時，整日被二姑娘動輒打罵，身上常常青一塊、紫一塊的。

她還記得那天大爺去二姑娘那裡，見她手臂上不小心露出的傷痕，訓斥了二姑娘一通後便讓她來到寫意居伺候。

那是第一個肯憐惜她的人啊……

青鸞掏出手絹，為她擦去眼淚。「傻丫頭，快別哭了。咱們這些為婢的都想要侍奉大爺左右，可是……未必能如願呢。」

滿月神色悲戚。「青鸞姊姊，滿月不求榮華，不慕地位，只是想在大爺身邊而已。」

青鸞平靜道：「如何能在大爺身旁？咱們府中多少婢女，還不是等到容顏褪去放出府隨便尋個人家嫁了？妳且數數看，未來還有多少年月在這謝府裡，這些所剩無幾的年歲中，大爺又會看妳幾眼？大爺眼中啊……只看得到阿鳶一個不是嗎？」

青鸞所說的這些，滿月又何嘗不知？

青鸞淡淡道：「即便是一直伺候在大爺左右，待日後大爺迎娶了正妻，又哪裡會留妳？」

滿月神色頹唐，喃喃道：「那我該怎麼辦……」

青鸞右手撫上滿月的臉龐。「滿月妹妹，我們所能做的就是讓大爺在未娶妻前看到妳……讓他知道身邊還有這樣一位好姑娘一心一意的為他。」

滿月神色怔怔。

青鸞溫柔的嗓音中充滿了誘惑。「為什麼會看不到妳呢……因為啊，有人擋在妳面前呢。」

滿月從東廂出來時，才發覺外面的陽光有些刺眼，她用力抹去眼底的淚，緊緊握住左手腕的鐲子。

顧媛媛恰巧也在這時從外面回來，滿月一見到她，臉上掛起微笑。「阿鳶姊姊，妳回來了啊。」

顧媛媛點點頭，自從上次發生朱雀那件事後，她便對這個丫頭有些許生疏了，雖面上與往日無異，心裡到底有些失望。

滿月如往常般靦覥地笑了笑，不再言語。

黎明破曉，天邊泛起魚肚白。

顧媛媛打了個哈欠，揉揉惺忪睡眼，晃悠悠地走到梳妝檯前。只見模糊不清的銅鏡中映出自己的容顏，神色憔悴，面上消瘦，她伸出猶如枯枝般的手撫上自己的眼角，那裡依稀看得到歲月留下的細紋。

她唇邊浮起一絲苦笑，真是糟糕啊，這般模樣彷彿是祥林嫂一樣，只有眼睛轉動的瞬間，才看得出是個活物。

「姨娘……」一道軟綿的童聲響起，顧媛媛抬眼望去，一個「小糰子」站在不遠處，那小糰子約莫四、五歲的模樣，臉蛋雪白，唇瓣櫻粉，一雙略微上挑的細長眸子黑白分明，看起來頗為漂亮。可是他為什麼叫自己姨娘？

眼前一晃，又出現一個女人，那女人拉住小糰子的手，朝自己溫柔道：「阿鳶妹妹，少夫人說以後這孩子就由她養在身邊，妳啊……就別記掛了。」說著要帶小糰子離開。

顧媛媛心頭一痛，喊道：「青鸞！把孩子給我留下！」

可她得到的卻只有青鸞輕蔑的一笑。

忽然，眼前又出現一個衣著華美的女人，冷冷地看著她道：「做下人就要有做下人的樣子，妳在奢望什麼呢？不知天高地厚的東西。」

顧媛媛跪在地上，右手抵住心口，想藉此來壓抑那傳來的痛楚。是了，自己已經嫁與別人為妾，就連孩子都已經被人奪走了，這般的生活不是自己當初選擇的嗎……只是究竟嫁與了誰？為什麼她想不起來了？

「阿鳶？」一個低沈的男聲在耳邊響起。

顧媛媛猛地抬頭——

是謝意。

一滴汗從額前悄悄滑落在髮鬢裡，顧媛媛驚魂未定地看著頭頂的帳子。

「作惡夢了？」

顧媛媛轉了轉眼睛，外面天色還未亮，謝意坐在一旁，身上披著一件玄色緞袍，黑色的長髮沒有束起，垂散在腰間。

隨著年齡的增長，當年那個圓滾滾的小胖子早已長成了高眺的少年，原本的包子臉也不見蹤影，五官清晰深刻了起來，細看之下，與謝鈺倒真有幾分相似。

與謝鈺的美豔比起來，謝意是一種截然不同的英朗，多年未變的是那雙狹長上挑的眸子，帶著三分散漫、七分凌厲，分明是不同的感覺，卻毫不違和地融合在同一雙眼睛裡。

上挑的細長眸子……顧媛媛不由自主地往角落縮了縮，用力抓緊了小白花。

謝意嗤笑。「那個醜布偶還沒扔？」

顧媛媛爭辯道：「小白花才不醜……」不對，現在還討論什麼小白花……她再次往角落裡縮了縮。「爺這麼早起來……做什麼？」

謝意答非所問。「剛才夢到什麼了？」

顧媛媛回憶起剛才的夢，一時間羞憤不已，她居然會夢到嫁給了謝意，更悲慘的是嫁給謝意為妾後，先是被新來的少夫人打壓，又被青鸞奪走了小糰子……想到那小糰子，顧媛媛偷偷瞧了謝意一眼，難怪那糰子長得那麼面熟，竟跟謝意小時候有七分相似。

這麼說來那小糰子是自己跟謝意的孩子？顧媛媛臉色一陣青一陣白……一定是最近睡得不好，魔怔了才會夢到這不著邊的事情。

謝意隨手撈起顧媛媛的一綹長髮，在手裡揉捏著玩。若是平常，顧媛媛必然不以為意，只是眼下剛剛夢到那般古怪的事情，實在是輕鬆不起來，便揪回自己的頭髮道：「沒有夢到什麼。爺這是睡不著了？」

謝意一臉睏倦道：「妳看爺像是睡不著的模樣？」

顧媛媛努力扯出個笑容。「那是爺餓了？天快亮了，奴婢這就去廚房給您備早飯。」

謝意臉色黑了黑。「爺難道除了吃就沒別的事要早起了嗎？」

顧媛媛一怔，心道不然還能為了什麼？

謝意起身坐在一旁的妝檯前，指了指地上的繡團，示意顧媛媛坐在上頭。

顧媛媛心頭疑惑，但還是乖巧地過去，端正地跪坐在那。

謝意坐在顧媛媛身後，順手又勾起她一綹頭髮道：「玉珮呢？」

顧媛媛愣了一下，忙道：「哦，百合樓的陳師傅還在修補，說過兩天就好了，爺要是著急的話，奴婢今兒個再去催催？」

謝意面色一沈，鬆開顧媛媛的頭髮道：「誰說盤螭珮了，爺說的是妳要賠給爺的那塊。」

顧媛媛揉了揉被抓疼的頭髮，忙不迭地從妝檯下抽出一個小盒子，恭敬地遞給謝意。「爺，這是奴婢花光了所有的積蓄買的玉珮，儘管不是很好，但也是奴婢的一番心意，爺莫要嫌棄才好。」所有的積蓄五個字被顧媛媛說得特別用力。

謝意這才滿意地點了點頭，接過那紅木盒子，打開一看，盒中靜靜躺著一塊玉珮，選用的是精品和闐玉，上面雕刻著並蒂雙蓮。

謝意看了看這並蒂蓮玉珮，十分滿意，指著玉珮問道：「這玉絡子可是妳親手結的？」

顧媛媛搖了搖頭。「不是，買來時就已經做好的。」

謝意皺了下眉道：「重新做一個，把這個換掉。」

顧媛媛猶豫道：「爺，這個挺好看的，奴婢做的可不比這個。」

謝意不悅道：「不行，這個要換掉。」

「好……奴婢馬上就重新做一個……」顧媛媛應下，就要起身，卻被謝意按下。

「先別忙，坐好。」

顧媛媛只得再次坐下。接著謝意從一旁取出一把牛角玉梳來，把顧媛媛披散在前面的長髮攏到身後。

不知道是不是因為氣候環境的緣故，還是因為常年食用綠色無污染、無農藥食品，顧媛媛覺得這頭頭髮的髮質十分好，烏黑亮澤，濃密滑順。

謝意拿起梳子，仔細梳理顧媛媛這一頭垂落在地的墨髮。

顧媛媛渾身僵硬，一動也不敢動。儘管以往她與謝意兩人感情向來親厚，卻不曾做過這般親密的事情，她為謝意不知梳過多少次頭髮，可這樣讓主子為她梳髮還是第一次。

「爺……你這是……」顧媛媛試探地問。

「別說話。」謝意的聲音裡聽不出喜怒。

主子說不能說話，那她就不說話。顧媛媛閉上嘴，忐忑地看著銅鏡裡的自己。

謝意將那及膝長髮梳順後，試圖將其挽起，只是明顯動作十分生疏，髮髻不是散了就是歪了。對此謝意似乎並不氣餒，一次次的嘗試，直到將長髮整齊地綰上。

顧媛媛已經不知道該說什麼了，難道是大少爺一時興起，凌晨把自己叫起來梳著頭髮玩？這八成又是個蠢夢吧，顧媛媛想著，使勁咬了下舌尖，疼痛惹得她倒抽一口氣。

謝意頓住動作，問道：「怎麼，扯疼了？」

顧媛媛連忙搖頭。「沒有沒有……」

謝意這才從身後取出一個檀木鏤空寶匣，匣子傳來暗暗幽香。

顧媛媛滿心疑惑，這匣子似乎在哪裡見過？

當匣子打開後，顧媛媛終於想起在哪裡見過這匣子了，那香檀木匣中擺放的赫然是百合樓裡見到的玲瓏點翠藤花冠笄。

玲瓏點翠藤花冠笄散發著如暖玉般的光澤，映出顧媛媛眼中的失神。

謝意用修長的手指取出冠笄，在顧媛媛茫然的眼神下，為她戴在頭上。

「阿鳶，今天是妳的及笄禮。」

第二十章

「阿鳶姊姊！」

新月的聲音讓顧媛媛回過神來。「姊姊這幾天是怎麼了？總是走神兒呢。」

謝意在一旁輕笑出聲，顧媛媛臉上有些許躁熱，一本正經地反駁道：「哪有……我剛剛是在想事情……」

新月湊過去問：「阿鳶姊姊在想什麼？」

顧媛媛硬著頭皮跟新月東拉西扯，試圖掩飾自己的失態。新月聽得迷糊，但本著阿鳶姊姊說的絕對是有道理的宗旨，認真地聽著顧媛媛瞎扯。

謝意眼中的笑意越發濃烈，直到顧媛媛自己都編不下去，尋個藉口可恥地遁逃了。

從屋中逃出來，顧媛媛這才鬆了口氣，下意識地摸了摸頭上的玲瓏點翠藤花冠笄，想到當時的情景，心頭一陣恍然。

那天早上黎明破曉之際，天邊浮起了一道銀線，她回過頭去，見謝意笑得溫柔。

今天是妳的及笄禮。

這句話彷彿一顆玉石投入顧媛媛心間，漾起層層漣漪；即便是過了幾日，漣漪已經平息，可那顆玉石卻是在心口不斷地打磨著，提醒著那一刻真切存在的心悸。

顧媛媛不由自主地伸手掩住心口，感受到心臟的跳動。謝意是她從小看到大的孩子，此時她卻已摸不透他的想法了。

若只是主僕情誼，這玲瓏點翠藤花冠笄真的太過貴重了些。那日陳師傅的話還言猶在耳，圖紙出於江南連天大師之手，又是蘇州城最有名的玉匠陳師傅雕琢半年而成。陳師傅手藝之精湛，名滿江南，若非是尊貴如謝公侯府這般，哪裡夠資格尋他耗時半年精雕細刻？

再說那連天大師，他所出手的圖紙更是千金難求，且這人有一個要求，但凡出於他手的飾物圖紙，只能做出一件飾品，完工即要毀去圖紙，不可有第二件一模一樣的飾物。

如此這玲瓏點翠藤花冠笄不僅僅是精美華貴，還是世間獨一無二之品。謝意究竟在想什麼才會送她此物？若只是昂貴倒也無妨，但顯然這是頗費一番心意而成的。

顧媛媛想到那個古怪的夢，大晌午的打了個激靈，不敢再深思下去。

「阿鳶，這是要出去嗎？」阿平有事要去稟報謝意，剛剛進門就見顧媛媛站在樹下發呆。

那日他被顧媛媛毫不留情地拒絕，又遭謝意直白補刀，著實讓他再見顧媛媛時尷尬得緊，可顧媛媛待他如平常一般溫和有禮，這才稍微寬心了些。

顧媛媛回過神來，朝阿平笑了笑道：「正要去廚房那邊看看。阿平哥是要去尋大爺？」

阿平點頭道：「可不，有些事去跟大爺知會一聲。」

顧媛媛應著。「那阿鳶先去忙了，阿平哥也快些進去吧，大爺在裡面呢。」

阿平應下，見顧媛媛轉身去了廚房那邊，看著她頭上那只漂亮的冠笄，心頭略有些不是滋味。

顧媛媛才剛走出幾步，見青鸞在前面正盯著她看，微微點了下頭，算是打了招呼，青鸞也笑盈盈地福了一禮。

阿平向謝意稟報完事情之後從屋裡出來，見到青鸞正在院中縫補衣物。青鸞的女紅很是不錯，自從到了寫意居，那些縫縫補補、穿針引線的活都落在了她這裡，她也整日一副怡然自得的樣子，搬著小杌子坐在院子裡忙活著。

見阿平出來，青鸞笑著過去招呼一聲。「阿平哥，這是剛從爺那兒出來？」

阿平對這個溫婉的姑娘也很是喜歡，便應道：「可不是，青鸞姑娘這是又忙著繡什麼呢？」

青鸞抿唇笑道：「隨便繡幾個花樣子罷了，若是阿平哥有什麼需要縫補的儘管來找青鸞就是，青鸞手藝雖不好，卻也能稍稍幫襯著些許。」

阿平心裡越發覺得這姑娘溫順可人，便道：「哪裡煩勞得上青鸞姑娘，這外面日頭挺大，青鸞姑娘別坐太久了。」

青鸞神色柔和。「多謝阿平哥關照，若是阿平哥不嫌棄的話，便不要這般姑娘姑娘的叫了。」

阿平抓了抓腦袋道：「那……青鸞妹子？」

青鸞這才換上開心的笑顏。「是了，阿平哥這樣喚青鸞才對。」

兩人笑著說了一會兒話，阿平這才跟青鸞告了別。

看著阿平的背影，青鸞笑得意味深長，一不留神，針頭刺入手指，一滴血珠從指尖滲出，染紅了方才繡好的花樣子。青鸞面上沒有絲毫表情，輕輕將指尖送入唇中，一股鐵鏽般的生澀味道在唇間漫開。

阿鳶啊……妳且再開心幾日吧……

梧桐苑中，謝望半躺在軟榻上，墨玉等丫鬟在一旁打扇，江氏則細細地為他按揉太陽穴。

謝望長舒一口氣，身子更放鬆了些。「這兩年我越發忙得緊，家裡的事倒是勞妳總費心著。」

江氏柔聲道：「哪裡的話，左右不過咱自己家的這些事，有什麼好費心的？倒是意兒和妍兒……讓人操心不少。」

謝望皺眉道：「妳不要總是慣著他們倆，孩子都這般大了，還這般無所事事，像什麼話？」

江氏手上一頓，慢慢道：「妍兒那裡，我託母親尋兩個從宮中出來的教習嬤嬤來好生教導一番，待過幾年，自然要為她找個最好的婆家。」

謝望不悅道：「必然要學得知書達禮些，莫讓她總是這般驕橫，我謝家出來的女兒怎能這種氣度。」

江氏應下，又道：「至於意兒，到底是孩子心性，若是早些成家，自然就明白了。」

謝望半睜開眼睛道：「這話說得也有理，是已經有可心的人選了？」

成家立業，先成家後立業，只有成了家，男兒的心性才能定下來。謝望這般想著，或許應該先操心一下兒子的婚姻大事才好。

江氏說道：「二哥在信裡說姝兒年前病了一場，大夫建議尋個溫潤的地方養著，我想將她接過來，夫君意下如何？」

謝望回想了一番，妻子江氏的二哥江睿現今任職工部侍郎，而江氏口中的姝兒則是江睿的嫡長女江雨姝。

江氏接著猶豫道：「姝兒到底是自家的姑娘，容貌品性自是沒得說。只可惜這丫頭打小身體就不好……」

謝望微微搖頭，自己的獨子怎能娶一個病秧子？

江氏忽然又道：「那兩江總督林鶴家的姑娘倒是不錯，可惜失了些穩重。」

謝望似乎是想起了些什麼，對江氏道：「意兒的婚事暫且擱下，怕是要有些別的安排。」

江氏疑惑地看向丈夫，半晌驚道：「難道是……三皇子那裡有什麼想法？」

謝望點點頭。「似乎是……這個說不準。」

江氏欲言又止，謝望雖不會將朝堂之事帶到後宅之中，可私底下人情走禮方面都是要經過她手的，她深知每年往三皇子府上走的人情禮要比別家足足翻十倍有餘。

即便江氏只是個足不出戶的婦人，可到底是出身名門官宦之家，多少也猜得出幾分；若是真如她猜測這般，三皇子日後想要將女兒下嫁謝府，真不知該喜還是該憂。

如果以後真有個郡主做兒媳該怎麼辦呢？若是仗著身分尊貴而目無尊長，豈不是讓人頭疼？江氏出神地想著。

謝望輕笑道：「看妳，又不知想哪裡去了，這事情還沒定下來，待日後再想吧。」

江氏回過神來，低頭笑了笑。「也是……是我想多了些。」想起二哥家的姝兒，又帶了幾分捨不得，到底是自己的親姪女，總是疼惜的。只是現在看來，怕是沒有那個緣分了。

而此時的謝意還不知道母親正在盤算著自己的婚事，他看著手中的帳本，臉色越發陰沈。

管帳的管家江全小心翼翼地道：「爺……這帳目都是和幾個管事一起核對數遍，夫人也是過了目的，絕不會出錯，可是有什麼不妥？」

謝意眼中淬滿了冰冷，卻在合上帳本的那刻消失殆盡。他回道：「帳目清楚，無任何不妥。」

江全這才舒了口氣，他不知道大少爺今兒個為何忽然跑來要看近幾年的帳目？

謝意臉上換了笑容道：「全叔，我不過是一時好奇，便來翻查翻查，此事便不用知會母親了。」

江全忙道：「哎，爺說得是。若是爺以後有什麼帳目想要查找的，便來尋老奴就是。」

謝意遞給阿平一個眼神，阿平會意，上前在江全手心裡塞了一個小金錁子。

「哎喲爺這是做什麼，有什麼能幫到爺的還不是老奴分內的事，爺是主子，老奴家世代都是謝家的人……」

謝意揮手打斷道：「全叔說的哪裡話，您也是打小看著我長大的不是，不過是我的一點小心意而已，今後怕是還有煩勞到全叔的地方。」

江全連忙應下，心中甚是開懷，謝意可是謝家未來的家主，若是能看重自己那真是再好不過了。如此想著，便認真記下謝意吩咐的事情。

出了內庫房的門，外面的陽光正好，謝意覺得一陣眩暈，站了一會兒，這才舒緩了些。

阿平在一旁道：「爺看了一天的帳目，是不是累了？要不回去歇歇吧？」

謝意沈思一會兒才緩緩應下。

阿松在金絲架上跳來跳去，試圖引起主人的注意，但顯然效果不佳，謝意並沒有餵牠的想法，斂下的眼睛裡看不出神色。

滿月在一旁擦拭杯盞，時不時地望向謝意那邊。她此時心中正是萬般糾結，想起青鸞找她說的那番話，心就撲通跳個不停。

她出神地想著，一只翠玉杯盞不小心從手上掉落，杯盞破裂的清脆聲不僅讓滿月嚇了一大跳，同時也讓謝意回過神來。

「爺……」滿月急忙開口告罪，話還未出口就被謝意揮手打斷。

滿月愣愣地看著謝意，見他嘆了一口氣後站起身來。

滿月忍不住詢問道：「爺這是要出門？」

謝意並未言語。

正巧顧媛媛在這時進門來，身後跟著新月等人，手中皆拿著食盒，看來是剛從廚房那裡回來。

見謝意要出去，顧媛媛詫異道：「爺這是要去哪？天都黑了。」這飯菜才剛端來，謝意便要出門，不知這晚飯是擺還是不擺了？

「去一趟梧桐苑，飯菜先收下去吧。」謝意道。

晚上外頭有些許涼意，顧媛媛從一旁拿出一件墨綠暗藤花紋披風給謝意繫上。

「要在夫人那邊用飯嗎？」她邊問著，邊轉身尋了風燈準備燃上，怕回來的時候天已經黑透了。

謝意揮揮手道：「別忙了，我自個兒去一趟；若是回來得晚點，妳們就先歇下吧。」

顧媛媛等人應下，謝意這才獨自出門，前往梧桐苑。

梧桐苑這裡，謝望與江氏正用著晚飯，見謝意進來，江氏忙高興地拉過兒子。「意兒怎麼來了，吃過晚飯了沒？」

謝意搖了搖頭，給父親、母親見安。

墨玉連忙再添置一副碗筷，江氏則吩咐人多煮兩道謝意愛吃的菜。

「手怎麼這麼涼，哪裡不舒服嗎？」江氏擔憂地問。

謝意笑了笑，安慰道：「沒有，許是來得急了點吧。」

「是有事尋你母親說？」謝望問道。

謝意看著父親。「不，是有事與父親說。」

謝望有些詫異，問道：「何事？」

謝意接過墨玉遞來的碗筷道：「等父親用過飯再談。」

謝意的無所事事一直讓謝望感到頭疼，平時謝望面對謝意也很是嚴厲，父子兩人交談的機會並不多，今日謝意主動尋來說是有事相商，頗讓謝望感到意外。

江氏則不覺稀奇，在她看來，兒子長大了與父親有話說是很正常，她只是不住地往兒子碗裡挾菜，想到前日裡謝望所說關於兒子婚事的問題，她也不覺頭疼，若是將來謝家真要迎娶一位郡主，那現在意兒身邊恐怕不能再收房裡人才是，否則等到郡主進門產生芥蒂那可就不好了。

她剛開始很看好青鸞和朱雀那兩個丫頭，沒想到朱雀竟是這般不穩重，摔壞了她的小定禮，待她知道的時候已經被意兒下令賣出府了；而青鸞這丫頭秉性和順，留她在謝意身邊也放心不少，只是這幾日還是要抽空提點一下，讓她穩重著些，莫再動那些心思。

用過飯後，謝意隨父親去了書房。

謝望坐在書案前，道出了自己的疑問。「是何事來尋為父？」

謝意也不拐彎子，直接問道：「每年的人情走禮可是由父親安排的？」

謝望疑惑道：「自然是你母親備下的，我哪裡有時間去挨個盤查禮單。」

謝意接著問：「三皇子府上的禮不是父親示意的嗎？」

謝望一愣，沒想到兒子居然會問這個。「意兒查過帳目？」

「今日清點了一次。」謝意道。

謝望端起一旁的茶盞，說不清心裡頭是什麼滋味，思索了會兒才道：「為何要去查帳目？」

謝意神色中不見平日的散漫。「為了證實心中的一個疑問。」

謝望握著茶杯的手緊了緊。「什麼疑問？」

謝意正色道：「這疑問從三年前開始，父親何時在朝堂中站了隊。」

謝望心下震驚，他與三皇子的來往自然是在私下進行，江南這一帶到底天高皇帝遠，想要發現並不容易，沒想到他這看起來不務正業的兒子竟是心中一片清明嗎？還是說他從來未能看透自己的孩子？

再抬頭看向謝意時，謝望的眼神一片複雜。

謝意並未言語，只等父親給出一個明確的答案。

「意兒料想得不錯，確實是三皇子。」謝望緩緩道。

謝意心頭一緊，本來如置冰窟的心猛然沈到了底，半晌嘆氣道：「父親在官場多年，何故要如此糊塗……」

謝望聽了這話，微微皺了眉。「放肆，何言為父糊塗！」

謝意閉上眼睛平復了下心情，復又睜開眼道：「父親就這麼斷定太子失寵？三皇子必然就是日後的天子？我們謝家三代經營江南，靠的是什麼，難道父親忘了？」

謝望雖心頭微怒，但也清楚兒子的顧慮。「我謝家在江南能有如今之勢自然靠的是皇恩眷顧，但若想讓我謝家能福澤延綿，庇佑子孫後代，自然要將眼光放得長遠。」

謝意苦笑。「父親當真是為了謝家的今後？」

謝望道：「那是自然。」

謝意冷冷道：「我們謝家三朝臣，當今皇上待謝家的不可謂不厚。這偌大的江南官場，哪個不是以父親馬首是瞻？這樣還不夠嗎？這些年來父親先是管運官鹽，從中謀取多少私扣，父親可還記得清楚？然而父親又一手掌控江南織造，即便是這樣還不足以滿足父親，這兩年連茶園都收入掌下，父親是覺得我謝家這樹還不夠大嗎？」

不待父親說話，謝意又繼續道：「父親當真是看好三皇子？還是被握住了把柄不得不依靠三皇子？這幾年下來，恐怕那些私扣都送給了三皇子吧。」

被兒子這般毫不留情的戳破，謝望不知該震驚還是該憤怒。他將茶盞重重拍在桌上，濺出的茶水浸濕了一旁的一幅書法。那紙上赫然寫著四個字「淡泊明志」，是前朝著名書法大師的筆韻，此時上面的字跡被茶水暈染得模糊，黑糊糊的一團，看起來甚是嘲諷。

謝望深深吸了口氣，緩緩道：「如此說來，這麼多年你都已看得明白？」若不是用這種方式和話題與兒子談論國事，他是不是該驕傲？

謝意眸中一片清明。「父親，三皇子不是我謝家最好的歸宿，現在抽身或許還來得及。」

謝望冷笑道：「抽身？我偌大族中，又該如何自處？」

謝意勸道：「自是釜底抽薪。」

謝望猛地起身，重重甩了下袖子，怒道：「不孝子！你這是要毀了謝家！」

謝意也站起身來，緊聲道：「父親心中也是清楚的，只是捨不得這萬般榮華與權勢，依附於三皇子不僅僅是受制於他，更是父親斷不去的妄念。謝家在江南經營這麼多年，虧得祖父的赫赫戰功和祖母撫育照養之恩，令我族能在這江南生生不息，屹立多年而不倒，父親這般獨攬江南財之命脈。

「可若是現下得天子忌憚，謝家當如何？即便如父親所願，三皇子一承大統，父親難道連兔死狗烹的道理都不明白嗎？更不必說父親與三皇子勾結，待日後太子登基之時，便是我謝家滅門之日——」

一記悶聲響起，一只青花金砂茶盞碎落在地上。

血順著額角滑落，謝意覺得眼前的視線也被染得模糊起來，入眼是一片暗紅。

「滾！滾出去！」謝望手指顫抖，指著兒子吼道。

謝意雙手抱拳，置於身前，腰背挺得筆直，行了個禮。「父親且好生想想吧。」言罷，便頭也不回地出了門。

謝望看著兒子遠去的背影，這才無力地跌坐在籐椅上，胸膛劇烈地起伏著，許久才平靜下來。

他閉上眼睛，心頭思緒萬千……

第二十一章

寫意居裡，燭火搖曳。

顧媛媛撐著腦袋坐在床邊，眼睛不由自主地合上，睏得直點頭。

謝意還沒回來，她便讓新月幾個先去睡下，她自己守著就好，只是這般等著等著，卻是打起了瞌睡。

又是一陣睏意襲來，顧媛媛差點沒從床邊滾下去。

「不是說了，睏就先睡下。」謝意的聲音傳入耳裡。

顧媛媛迷迷糊糊地應著，抬眼一看卻愣住了，趕緊起身湊近看了看，才發現不是自己眼花，這才急忙道：「爺這是怎麼了，怎麼傷到了？」

謝意坐下不語。

顧媛媛也不再追問，掏出手絹按在謝意額頭上。「爺自己先按著，奴婢去打些熱水來。」

謝意接過手絹，看顧媛媛忙前忙後的，又是打水又是找傷藥。

顧媛媛邊忙邊思量，謝意這傷從何而來？出去時還好好的，難不成是撞上樹了？

「爺先忍著點。」顧媛媛用溫熱的巾帕給謝意擦拭頭上的血跡，邊擦邊輕聲問道：「疼嗎？奴婢再輕些，爺若是覺得疼就知會奴婢一聲。」

謝意不發一語，任由顧媛媛擦拭著。巾帕從額頭擦到眼簾，謝意閉上眼睛，按住那握住巾帕的手。顧媛媛一怔，還沒反應過來，便被謝意攬入懷中。

她下意識想要掙開，一隻手卻按住了她的腦袋，悶悶的聲音從頭頂傳來。「只一會兒。」

顧媛媛心中一聲嘆息，不再動作，任由謝意將下巴擱在她的肩上。她不知道謝意出去時發生了什麼事，但卻能真切感受到此時謝意的疲憊；或許她不能為這少年分憂，但願能為他平添一絲慰藉。

顧媛媛忽然想起了程程，那個她剛剛來到這個世界便被爹娘塞給自己照顧的弟弟，以及那些年整天揹著娃、生火做飯的日子。細細一想，來到謝府居然已經快七年了，現在程程也應該長高了吧？是不是還像從前那麼調皮？或許也會像此時的謝意一般受到一些委屈？想到這裡，顧媛媛覺得鼻子有些酸，將頭埋得更深了些。

燭火微晃，兩人就這般靜靜坐在一起，沒有主、沒有僕，有的只是兩個各懷心事的人。滿月披著一件黛青色褙子，散開的頭髮遮住了她的眼睛，看不出此時的神色。她輕輕合上主廂的門，緩步退了出去。

園中明月皎皎，滿月的衣袖掃到一旁的海棠，驚起一片暗香。

薄悠悠一件羅紗衫，寒凜凜不能暖胸膛。眉戚戚抬頭天空望，眼忪忪滿眼是悲傷。氣悶悶有話無處說，孤零零身靠欄杆上。

滿月指尖蒼白，桃色的蔻丹微微用力，掐折下一旁的海棠花。

「野花本無傷人刺，奈何公子碎玉邢……」滿月抬頭時已是淚眼盈盈。

五月五日，正是端午。要以五彩絲繫臂，這五彩即是紅、黃、藍、白、黑五種顏色，名長命縷，又名續命縷、辟兵繒，辟兵及鬼，令人不病瘟。

顧媛媛和新月正把五彩絲編成五色絲帶，而滿月與青鸞則在一旁將菖蒲、艾葉、榴花、蒜頭、龍船花、榕枝編成艾人，懸於門上以驅魔驅鬼，招攬百福。

顧媛媛看著手中編好的五色絲帶，色彩鮮亮，模樣精巧，很是好看。她滿意地點點頭，瞄了謝意一眼，悄悄挪了過去。

謝意冷笑。「到一邊去，別打爺的主意。」

顧媛媛一本正經道：「長命縷可避鬼魅及兵災，還能祛病瘟，爺怎麼能不戴著？」

謝意冷哼一聲。「妳們幾個小姑娘戴著玩去吧。」

顧媛媛輕嘆，語氣中充滿了落寞。「爺終是長大了，以往哪年不是奴婢親手給爺繫長命縷……如今倒是不耐煩了。」

謝意見自家丫鬟一臉人生真是寂寞如雪的神態，也於心不忍起來，彆扭地伸出一隻手。

顧媛媛忍著笑，將手中的長命縷仔仔細細地繞上謝意的手腕，故意打了個蝴蝶結。

謝意放下袖子，掩住羞恥的蝴蝶結，見顧媛媛滿眼笑意，只得無奈地由她玩去。

滿月看著這兩人有些出神，不知在想些什麼。

「滿月妹妹，咱們去前面拿些雄黃酒吧。」青鸞唇角的笑容別有深意。

滿月回過神來應下，跟著青鸞一起往前院走去。

顧媛媛也跟著起身，撣了撣身上的彩線絮子道：「我去大廚房拿些粽葉，咱們在小廚房自個兒包些粽子。」

這話一出，新月一臉的欣喜，就連謝意眼睛都亮堂了許多。

這時候的粽子基本上都是「清水粽子」，即是一斤粽葉和三斤米，什麼餡兒都不放，單單用糯米和粽葉包的粽子。這種粽子要用文火蒸煮上一個時辰，粽葉的清香就越能滲進糯米裡，待出了鍋，咬上一口，真可謂清香醉人。

只是顧媛媛特愛甜食，有一年在包粽子時加了玫瑰、紅豆、桂花、紅棗進去，使得粽子更加香甜。她見謝意也愛吃，便琢磨著做個肉粽給他，這下可真是徹底征服了謝意的胃。

顧媛媛做的肉粽糯而不爛、肥而不膩、肉嫩味香、鹹甜適中，若用筷子分成四塊，塊塊見肉，倒真是對了謝意的胃口。

所以聽顧媛媛說要在小廚房自個兒包粽子，謝意與新月都一副歡喜雀躍的模樣。

顧媛媛好笑地看著這兩隻饞貓，去前院取粽葉。

謝府的食材一般都存放在大廚房裡，要用些什麼只消去大廚房拿取就行，不過每位主子院子裡都備有小廚房，平日也不用總到大廚房來。

寫意居小廚房的掌勺師傅是蘇州名廚李師傅，顧媛媛平日也是跟著他打下手。她偶爾會提出一些提議，李師傅立即便能融會貫通，令顧媛媛直感佩服，到底是專業的，她這業餘的完全沒法比。

而大廚房則是負責平常的宴會以及一些大的節日，同樣也提供各個院裡的食材需要，像今天端午節，顧媛媛就必須去大廚房中領粽葉。

顧媛媛才剛過去，便見裴大娘正站在屋外跟一個夥計說著話。

「大娘，忙著吶。」顧媛媛過去打招呼。

裴大娘見是顧媛媛，連忙應道：「哎，姑娘來了啊。」

平時大廚房忙不過來的時候，顧媛媛會來幫把手，也常常隨裴大娘她們去採買些東西，因此裴大娘對這位姑娘向來極是歡喜的。

「鳶姑娘是來領粽葉的吧？已經都備好了……」歡喜顧媛媛的不只有裴大娘，還有裴大娘的兒子大牛。

「哎，可不是嗎。大牛哥今兒個得閒了？好些日子沒見了。」顧媛媛笑盈盈地道。

大牛是外院的夥計，平日忙起來很少有時間能夠到內院來，但若是能抽出空，便會在廚房給裴大娘幫忙，一來二去倒也算是跟顧媛媛相熟。

在那些外院的漢子們看來，內院裡的姑娘個個生得如小青蔥一般，水汪汪、嬌滴滴又香噴噴的，見了他們下巴都抬天上去了。顧媛媛是內院大爺身邊的貼身丫鬟，是相當主貴的身分，模樣這麼好又平易近人，著實難得。

大牛從屋裡拿了粽葉出來，那粽葉顯然是精挑細選過的，片片三、四釐米寬，嫩綠嫩綠的，頗為新鮮。

顧媛媛接過粽葉，笑著跟大牛道了謝。

大牛有點不好意思地撓了撓頭道：「不用謝，鳶姑娘要是嫌不夠再來取就是。」

顧媛媛掂了掂手上的粽葉。「夠了，裴大娘、大牛哥，你們忙著，我就先回去了。」

見兩人應下，顧媛媛這才轉身離開。

「還一直瞅啥，人都走遠了。」裴大娘往兒子後腦勺上輕拍了下。

大牛揉揉腦袋，不好意思的嘿嘿一笑。

裴大娘搖了搖頭道：「這倒真是個好姑娘，可惜到底是大爺身邊的紅人，咱家不一定搆得著。」

大牛抽了抽鼻子道：「哪有啥搆不著的，就算是大爺也不能攔著人家嫁人不是……」

「小子說什麼呢……可不能編排主子是非。」裴大娘沈聲道。

大牛不滿地嘟囔。「又沒扯謊不是，那鳶姑娘早晚都要嫁人的……」

另一頭，顧媛媛剛剛出門就碰上了同樣來拿粽葉的白芷。

白芷今兒個身穿一件桂子綠齊胸襦裙，映得身形嫋嫋，典型一副江南女子的溫婉模樣。

顧媛媛招呼道：「白芷，這是去廚房拿粽葉？」

白芷見了，笑道：「可不，看妳也是剛從廚房那兒回來的吧？」

顧媛媛應著，把手上的粽葉分了一半給白芷。「拿這些吧。」

白芷一怔，也不推辭，苦笑道：「那我就收下了，妳那裡可還夠？」

碧玉再怎麼不受寵也是主子，平日的用度雖不會在明面上剋扣許多，可私下裡動動手腳，類似給些不新鮮的粽葉這種事還是時常發生。往昔老太君還在時，還不算太明目張膽，可府裡的下人們誰不知道，碧玉這檔事可算是江氏心頭的一根刺，現在府中上下都是江氏做主，一個個還不是衝著討好夫人的洞子盡往裡鑽，反正壓榨碧玉那房也不會被江氏責罵，謝望更是不管不問。

顧媛媛道：「打廚房那裡拿得多，自然是夠的。我等下包點粽子，也給妳那送去些。」

白芷笑著應下。

「那我便先回了，大爺那還等著。」顧媛媛道。

兩人道了別，她這才趕回去。

偏廂裡，青鸞將手中的青釉琉璃酒壺放到桌上，見滿月進來，示意她將門關好。接著青鸞走到窗邊瞄了眼，見外面沒有人，這才緊緊合上窗子，從懷裡取出一個褐色的小紙包。

「這是什麼？」滿月問道。

青鸞小心地打開紙包，將裡面細細的白色粉末倒入青釉琉璃酒壺中，仔細搖晃均勻，這才笑著回答。「不過是用鳳茄花碾成的粉罷了，讓人喝了能多睡會兒。」

滿月微微蹙起眉，問道：「這是要做什麼？」

青鸞抿唇柔柔一笑，湊到滿月耳邊細細說來。

最初滿月眸中帶著震驚和恐懼，最終慢慢平靜下來，開口問道：「真的能夠萬無一失嗎？」

青鸞搖了搖頭。「這世間的事成與不成哪裡說得準？只看妳肯下多少功夫了。」

滿月不語。

青鸞偏過頭去問：「怎麼？怕了嗎？若是後悔還來得及。」

「有什麼可怕的，左右不過這樣子，再怎樣也好過這般熬著。」滿月猶豫道。「只是這法子似乎不妥。阿鳶姊姊待我向來不錯，我斷不能這般害她，妳且斷了這個念頭吧。」

青鸞冷笑道：「傻丫頭，妳以為就妳會為她好？別在這裝什麼姊妹情深了，我今兒個就把話明白告訴妳。大爺對她的偏寵妳還不知道吧？夫人幾年前就看她不順眼了，私底下大爺護了她不知多少回，妳當這點小伎倆就能讓她丟了性命去？別糊塗了，就算妳捨得，大爺還捨不得呢，最多不過是打發出去罷了。再說了，我們這不也為她找了個好歸宿嗎，也算是妳還她一分情不是？」

滿月到底涉世未深，青鸞這連哄帶諷的幾句話讓她轉了心思，許久才點點頭。

青鸞這才提醒道：「既是下了決心，就仔細著點。」

滿月看著那青釉琉璃酒壺出神，而青鸞也不催她，這時候別人說什麼都沒有用，只待她自己狠下心來想個透澈方才可以。

到了下午，大夥兒大致都忙得差不多了，謝意等人去江氏那裡問安。

青鸞來到前院，見屋裡有人，便站在院中道：「阿平哥可在裡面？」

阿平聽到有人喚他，出來一看，見是青鸞，忙過去招呼道：「在呢，是青鸞妹子來了啊。」

青鸞笑道：「阿平哥，今兒個沒跟大爺出去啊？」

「可不，今兒是端午，大爺准咱幾個歇歇。剛跟哥幾個吃過午飯，就回來歇會兒。青鸞妹子有事找我？」阿平道。

「哎，想著今天是端午，特地給阿平哥送壺雄黃酒來。」青鸞將手中的青釉琉璃酒壺遞了過去。

阿平心頭一暖，接過酒壺道：「真是有勞青鸞妹子費心了。」

青鸞搖了搖頭。「哪裡的話，阿平哥這麼說可就見外了。這酒開了封，怕是不好放，阿平哥等下試試對不對味兒，若是喜歡，青鸞再給阿平哥送一些來。」

阿平忙道：「青鸞妹子送的酒哪有不好的道理？等下我便嚐嚐看。」

青鸞溫柔笑著，提醒道：「那阿平哥可要當心些，這酒烈著，只怕阿平哥飲上一杯便醉得不省人事了呢。」

阿平見青鸞這麼說，不覺有些被拂了面子，怎能讓姑娘瞧不起？「青鸞妹子太小看我了，妳阿平哥可是人稱千杯不倒的！」

青鸞眼中帶著懷疑，故意道：「可真是這般？那妹子我可要看看，阿平哥飲不飲得了三杯了。」

阿平一聽這話，轉身去屋裡拿來杯子，當場飲了三杯，這才道：「青鸞妹子，這酒真是好酒，只是沒有妳說的這般烈，別說三杯，便是三十杯，阿平哥也喝得。」

「阿平哥還真是好酒量，不過這酒後勁可大著呢。」青鸞笑著回道。

阿平擺擺手。「不怕，這點量在妳阿平哥看來算不得什麼。」

青鸞將髮絲綰到耳後，面上含笑。「那阿平哥先歇著吧，青鸞就去忙了。」

阿平應下，想要送青鸞出去，剛動身子就覺得一陣頭暈目眩，眼前的青鸞也突然多了好幾個。

「阿平哥？阿平哥你醉了，我扶你去休息……」

顧媛媛沒有跟隨謝意一同去梧桐苑，而是留在小廚房裡煮粽子，新月則在一旁幫忙打下手。

「後來呢？白娘娘有沒有喝下那杯雄黃酒？」新月著急地問道。

顧媛媛倒了杯茶，一邊看著鍋底的火，一邊繼續給新月講故事。「後來啊，白素貞就喝了那杯雄黃酒。」

新月驚訝地張大嘴巴，急切道：「然後呢？」

「雄黃酒是驅避蛇蟲的，而白素貞是蛇妖，哪裡是能碰得的？這三杯酒下了肚，便有些抑制不住地要化成蛇身。」顧媛媛繼續講。「許仙不過是一介凡夫俗子，見自己如花似玉的娘子忽然化作一條巨大的白蛇，便嚇死過去。白素貞醒來時，許仙漸漸冰涼的身軀讓白素貞悲慟不已，待聽到小青說是自己的真身將許仙嚇死，更是令她生不如死；可再悲亦無用，為今之計，只有上天庭盜仙丹，以挽回許仙之命。」

新月見顧媛媛講到精彩之處卻突然停下，不禁著急起來，繼續追問道：「之後又怎樣了？」

顧媛媛放下茶杯起身道：「之後……粽子煮好了，先撈粽子，等下再給妳講故事。」

新月沒有聽到後續，不滿地噘起小嘴，但一想到有粽子吃，又重新開懷起來。

「阿鳶姊姊？」滿月從外面走了進來。

顧媛媛抬頭。「嗯？來了啊，正好粽子煮好了，來幫忙瀝瀝水。」

滿月上去搭把手，慢慢道：「阿鳶姊姊……阿平哥那似乎有事找妳。」

在說這話之前，她也掙扎過、恐懼過，可當話出口時，卻是整顆心都平靜下來。

顧媛媛忙得連頭都沒抬一下，隨口問了句。「哦？什麼事？」

滿月手上忙著，漫不經心地回道：「我不太清楚……」

「那行吧，我去看看，正好把粽子給他送去幾個。」顧媛媛將瀝好水的粽子包了幾個後便捧著紙包往外走去。

滿月在心底吁了口氣。

顧媛媛來到安靜的小院中，朝屋裡問道：「阿平哥在嗎？」

阿平打小就是謝意的貼身小廝，人也機敏，謝意很信任他。阿平住的地方就在寫意居的偏側，距離不遠，同阿平一起住的還有林英、林傑兩兄弟，這兩兄弟從小便被安排在謝意身旁當護衛，平時負責緊跟在謝意身側保護他，此時院中只有阿平一個人在。

屋裡沒有回音。

顧媛媛有些納悶，那屋中的門分明是虛掩的，怎麼會沒有人在，難道是阿平出去了忘記關門？還是沒有聽到？

顧媛媛又走近了些，再次問道：「阿平哥在裡面嗎？」

即便是大白天，自己一個大姑娘這般隨便進去男子的屋裡，跟人同屋說話也是不妥，但顧媛媛詢問了兩、三次，裡面還是沒有人應聲，便想著或許是阿平不在，有什麼事出去了吧。

看了看手上的粽子，顧媛媛決定給阿平擱屋裡桌上去，等他回來自然就看到了。這般想著便上前去，輕推開門，屋內如同料想的一般，真的沒有人在。

顧媛媛踏進屋，把粽子放到桌上，才剛低下頭來，餘光就瞄見身後有一道影子向她而來。

難道是阿平回來了？顧媛媛才剛想著，便被那人從身後用一方帕子掩住口鼻。

顧媛媛心頭一驚，忙屏住呼吸卻已是來不及，她伸手握住那人的手臂，狠狠地抓了上去。

身後的人力氣似乎不是很大，顧媛媛眼看便能掙脫時，頭卻越發昏沈起來。

身體似乎越來越無力，眼皮沈得張不開，顧媛媛用僅剩的一絲清明在心底一遍遍告誡自己不能睡，然而意識漸漸渙散，最終頹然倒在地上。

她聽見耳邊傳來一聲輕笑，接著眼前一片黑暗。

青鸞沒有鬆開手上的帕子，而是將那沾滿了鳳茄花粉的手帕繼續壓在顧媛媛口鼻上，好一會兒才罷手。

手臂上赫然被顧媛媛抓出一條血痕，青鸞皺了眉頭，放下袖子掩住抓痕，冷冷掃了眼地上的顧媛媛。

「乖乖上路便是了，何苦還要掙扎？到頭來結果不都一樣嗎？」青鸞輕聲在顧媛媛耳邊道。

顧媛媛此時並非意識全無，就像是墜在黑暗中，辨不清方向，聽到耳邊的輕語，她努力想要睜開眼睛，卻是無用。

青鸞將顧媛媛扶起，拖到床邊，掀開被子，床上躺著的人正是阿平，早就醉得不省人事。

「妳啊，可莫要怪我。」青鸞將顧媛媛放在阿平身旁。「我與妳本無怨，奈何妳留的不是地方。」

青鸞的指尖劃過顧媛媛蹙緊的眉頭，接著劃過她的面龐，再劃過她的唇邊，低低一笑。

「自古紅顏多薄命，大概便是這個說法吧，妳說呢？」

她抬起手抽掉顧媛媛頭上綰髮的玉釵，烏油油的長髮傾洩而下。

「其實我也不是盡數哄那丫頭，妳啊，倒是真有幾分活下去的可能。」青鸞指尖順著顧媛媛的胸口滑到腰間。「看大爺疼妳那勁頭，或許會留妳一命吧。」

她褪去顧媛媛外面穿著的青緞掐花長褙子。「只是即便如此，大爺斷不會再要一個沒了清白的女子，妳且斷了這念頭吧。」

顧媛媛感到身上一涼，裡面穿著的抹胸裙也被褪去，模模糊糊間，恐懼感襲上心頭。

「阿平從前也是歡喜妳的，若妳這次大難不死……今後就好生過日子吧。」青鸞柔聲道。

冷汗從顧媛媛額角沁出，恍惚間聽到起身的聲響。

「等一下便看妳的造化了……」

這是顧媛媛聽到的最後一句話。

門似乎被推開，接著又被合上，最後一絲清明，也沈淪在無邊的黑暗中……

第二十二章

因為是端午，今天謝府裡頗為熱鬧，孫氏也帶著謝遊和謝綺來給謝望夫妻道個安。

謝望夫妻也很歡喜，一個詢問著謝遊的功課，另一個拉著謝綺說著話；謝意則在一旁坐著，有一搭沒一搭的跟謝鈺閒聊。

謝鈺思考了一會兒，猶豫道：「大哥……我有一事相商。」

謝意略有些詫異，他這個弟弟性子向來清冷，寧願自己吃苦也不肯跟人開口，今天這般吞吞吐吐究竟為何？

「哦？何事？」謝意問道。

謝鈺低聲道：「大哥，過些年我想參加科舉鄉試。」

謝意一怔，像他們這樣的門第，極少有子弟走科舉這條路，誰家的老爹不是早就給兒子們鋪好了一條康莊大道？等他們到了年紀，便在朝中託關係尋個差事，若是老老實實考科舉，要多少年才熬得出頭？即便是取得極好的成績，也拿不准會落到外省任職。

思量了一番後，謝意道：「老三，這事且不忙，你年齡尚且還小，若是有心走仕途，便在朝中尋個輕省的官職，好過這般苦熬。」

謝鈺搖了搖頭。「大哥，科舉之事我心意已決。三弟自幼時起便為這一刻準備，只是思來想去，還是要知會大哥一聲。」

謝鈺從小便想著終有一日要憑藉自己的努力闖出一片天，為母親不再這般卑躬屈膝、不再受苦，所以考科舉的念頭早在他腦海中醞釀多年。

謝意皺了皺眉，老三打小聰慧用功，什麼都好，讓他比較憂心的是謝鈺今後的官場仕途，他這弟弟為人太過守禮而不知變通，性情又偏向清冷，不適合官場逢迎，只是這畢竟是謝鈺自己所選擇的道路，謝意也不好再多阻止，只得道：「也罷，既然你已經決定了，那便好生復習功課吧；若是缺什麼書籍來我這尋就是，待過段日子，我看能不能將司徒先生請到府裡做客，到時候與你指點一二也是好的。」

謝鈺深知司徒先生才名滿江南，便開口應下，給謝意道了謝。

謝意擺擺手道：「都是一家兄弟，何談謝不謝的。」

謝鈺執意要道謝，雖不得父親關注，也不被江氏所喜，可謝意對他向來是不錯的。

謝意抬頭，對上了堂上謝望的目光，他微微頷首，向父親示了禮，謝望這才收回視線。

距離兒子跟他攤牌已經過去些許時日，可兒子的話還時時在耳。之後他思索良久，覺得兒子畢竟年少輕狂，待日後心智成熟些，再由他提點一下，必定能明白。

其實當日他雖氣惱兒子所言，但更滿意於兒子這般穎悟絕倫，只要兒子不是庸才，那便什麼都好說……想到這裡，謝望心裡舒坦了些，臉上也有了笑意。

前院這般熱熱鬧鬧地過了大半天，此時的顧媛媛卻是如置冰窖般心涼。

不知過了多久，她實在是很想就此睡去，可是心底一直有個聲音喚她趕緊起來。

她彷彿作了一個很長的夢，一會兒夢到自己坐在門檻剝毛豆，等爹娘回家；一會兒又夢到阿鸞哭著跟自己說不想離開謝府；一會兒又夢見新月和滿月纏著自己講故事……

最後她夢到謝意將玲瓏點翠藤花冠笄戴在自己頭上，然後對自己說了句話……

究竟說了什麼……顧媛媛聽不清。

黑暗中晃過一個人影，看不清面龐，卻能聽到那個人說：阿鳶，妳去死吧……去死吧……

不行！不能坐以待斃！顧媛媛咬緊牙關，使勁睜開眼睛，只是那眼簾猶如千斤重，任她怎麼集中注意力都難以睜開。

她努力攢足力氣，上下牙齒用力一咬，一股腥甜在唇舌中漫開……

當謝意回到寫意居時，天色已經快要黑了。

新月正出神地盯著盤子裡的幾個粽子，見謝意回來了，忙過去見了禮。

「爺回來了啊。」青鸞笑著迎上去，給謝意倒了杯茶。

謝意看了看桌上的粽子道：「阿鳶呢？去哪忙了？」

新月疑惑道：「下午的時候說是給阿平哥送粽子，到現在還沒回來。」

謝意點點頭，並未在意。

青鸞跟滿月對視一眼，沈吟道：「那可是有好幾個時辰了，不會出什麼事吧？」

新月道：「那我去找找阿鳶姊姊！」

「我跟妳一起去。」滿月也跟著道。

青鸞悄悄遞給滿月一個眼神，見兩人出去了，這才重新給謝意剝粽子。

粽子是剛剛熱好的，打開仔細包裹好的粽葉，一陣清香撲鼻而來。青鸞將剝好的粽子盛在白瓷碟中，取出一旁的象牙箸，將其分成四瓣，瓣瓣見肉，看起來十分可口。

謝意接過象牙箸，挾起一塊送入口中，一股肉香混著糯米入了腹，只留嫩香，卻無油膩，一如每年端午一樣的味道。

突然，謝意放下了筷子。

「怎麼了爺，不合口味嗎？」青鸞問道。

謝意還沒回答，便見新月急匆匆地衝進來道：「爺，找了一圈都沒見著阿鳶姊姊！」

滿月跟著道：「或許是阿鳶姊姊去哪了，沒來得及說一聲。天也快黑了，大概過一會兒就回來了。」

謝意看了看天色，略微遲疑了下。畢竟阿鳶平日若是去了哪裡，斷沒有不打聲招呼的時候。

青鸞猶疑道：「這……今日奴婢給阿平哥去送雄黃酒，不多時他便說有事要尋阿鳶，打那時起便沒再見到她了……」

「是這樣沒錯，阿鳶姊姊連白娘子跟許仙的故事都還沒講完，就去給阿平哥送粽子了。」新月道。

滿月似乎想起了什麼，跟著道：「方才找阿鳶姊姊的時候路過阿平哥的屋子，見門似乎是虛掩的，不如我們去問問阿平哥，或許他知道阿鳶姊姊去了哪裡。」

謝意皺了皺眉，一個大活人怎麼也丟不了，只是這般不知去了哪著實令人擔心，加上青鸞、滿月等人三番兩次提起阿平，更令謝意心頭不舒服。

阿平歡喜阿鳶的事他不是不知，只是阿鳶向來極有分寸，不會做出格的事情，他也看在眼裡，心知兩人並無私情。

只是送粽子送了半天，還把人送沒影了是怎麼回事？

謝意看著白瓷碟中的粽子，瞬間沒了胃口，揉了揉眉心道：「也罷，爺親自去問問好了。」

這番話著實令青鸞驚喜，她本是想多找幾個人去阿平那裡，這麼多人在的話，便是顧媛有十張嘴也說不清。現下謝意若是能親眼所見，那真是再好不過了。

當他們到阿平的偏院時天已經黑了，林英和林傑兩兄弟也剛好回來，正巧與謝意等人碰在一起。

正如滿月所講那般，屋中的門虛掩著，不知有沒有人在裡面。

突然，屋裡傳來砰的一聲響，謝意心上一緊，直接進了門，而青鸞當然緊跟在謝意身後，想到待會兒的那一幕，激動得指尖都打顫。

屋裡十分昏暗，青鸞忙提著風燈湊上前去，這般景象當然要讓大家好生瞧個清楚才是。

不過這一打燈，不只嚇得滿月尖叫一聲，就連青鸞自己都狠狠地打了個哆嗦。

只見前面幾步遠的距離站著一個女子，身上鬆鬆垮垮地裹著件長褙子，及膝長髮凌亂不堪的披散下來，遮住大半面龐。待女子抬起頭來，唇邊還帶著未乾的血漬。

顧媛媛冷冷地扯出一個笑，露出一口沾滿鮮血的白牙，待目光掃到謝意時，她頓覺心頭一鬆，濃濃的困頓與疲倦襲來，本來撐著桌角才勉強站著的身體瞬間沒了力氣，雙腿一軟，跌坐下來。

不過她沒有如預期的跌坐在地上，而是被謝意攬入懷中。

眾人之中只有新月最先反應過來，著急喊道：「阿鳶姊姊！這是怎麼了?!」

青鸞看著謝意懷中的人，勉強壓住心頭的恨意，提著風燈往前走，聲音裡充滿了擔憂。「這是怎麼回事？」

她故意將風燈照在裡面的床上，這倒是巧了，阿平迷迷糊糊睡了半天，屋子裡這般一鬧騰，反而把他吵醒了。

「啊！」青鸞故作嚇了一跳，忙後退了幾步，不過手上的風燈還是明晃晃的將阿平映照得清楚。

阿平揉著惺忪睡眼坐起身來，不明所以的看著滿屋子的人。

幾個小姑娘忙背過身去，阿平低頭看了看自己，居然上身赤裸裸的，竟是沒有穿衣服。

這樣一來，似乎什麼都水落石出了，就連林英和林傑兩兄弟都倒抽了口涼氣。誰不知道大爺心裡頭最看重的是哪個丫頭，阿平怎會這般糊塗，竟是出了這檔子骯髒事？

謝意低頭看了看懷裡的顧媛媛，見她全身顫抖，一隻手緊緊地攥著自己的袖口，因過於用力，指尖已是青白一片。明明一副疲憊不堪的狼狽模樣，卻死咬著牙不肯閉上眼睛，一雙黑白分明的眼中盛滿了屈辱與不甘。

謝意只覺似乎有把刀子在自己胸口裡刮著，點點疼痛湧上心頭。他低下頭來在顧媛媛耳邊輕聲道：「交給我。」

雖然只有短短三個字，卻讓顧媛媛感到前所未有的慰藉與心安，她雙眼一合，再次陷入一片黑暗中……

屋中的氣氛沈悶得有些詭異。

阿平看看左邊又看看右邊，待看見謝意一臉冰冷的站在那裡，懷中抱著同他一般衣衫不整的顧媛媛時，忽地心頭一緊，忙胡亂裹了衣裳，跪倒在謝意腳邊。

「爺……」阿平艱難地張了張嘴，卻不知道該說些什麼。

該說什麼？他根本不知道是怎麼一回事！他只知道自己喝了點酒，然後就什麼都記不清了……

滿月眼裡蓄滿了淚水，帶著哭腔道：「阿平哥……這是為什麼啊……」

阿平一臉茫然。為什麼？什麼為什麼？

青鸞滿臉的痛心。「阿平哥，你跟阿鳶妹妹……你們……」

阿平徹底懵了，一顆心拔涼拔涼的，他不敢看向謝意，只得用求助的眼神看著林英、林傑兩兄弟。

兄弟倆憂心地看了他一眼，不做言語。

「你記不清發生了什麼事？」謝意冷冷開口。

阿平一個哆嗦，卻是往最不該想的方向想了去。難道是他酒後做了什麼出格的事？可是……究竟發生了什麼事，他實在是一丁點印象都沒有！

謝意面容越發平靜，只是這種平靜令任何人都輕鬆不起來。

「爺，小的記不清了。」阿平一咬牙說道，即便是死也得讓他死個明白不是？淚珠兒順著滿月的臉頰滑落，她哽咽道：「阿平哥，你跟阿鳶姊姊為什麼衣衫不整的同處一室？若不是親眼所見……」

不明情況的阿平聽了滿月的話，當真以為是這般。他不知道阿鳶為何會在自己這裡，那壺雄黃酒居然讓自己犯下這種錯誤……青鸞分明多次提醒自己不要貪杯，偏生自己逞強貪了嘴，釀成大禍，如今又怪得了何人？阿平心裡追悔莫及。

「爺，是阿平糊塗……」阿平嗚咽道，此時卻連求饒的話都說不出口。是啊，他有什麼資格求饒？謝意自小待他不薄，他卻做出這等糊塗事。

滿月悄悄鬆了口氣，本來她進門見阿鳶並不如料想一般赤身躺在床上，還怕再生什麼事端，現下倒是好了，阿平自己認了罪。

屋中靜悄悄的，只有阿平的叩頭聲和滿月的啜泣聲。

新月年齡小，又不懂事，只能怯生生地看著謝意。

主子身旁的丫鬟跟小廝發生這種不齒之事，多以通姦之名定罪，為了門面清白，犯事者則是會被浸豬籠。輕者扒光衣物，關於豬籠之中，放到河裡淹浸若干時辰，重者沒頂，淹浸至死。

此時該如何收場，所有人都等著謝意下最後的決斷……

謝意神色冰冷，阿平的「認罪」讓他心中極是不舒服。

「林英、林傑大哥。」謝意聲音聽起來有些沙啞。

「爺，您吩咐。」從謝意小時候開始，林英、林傑兩兄弟便守在他身旁，在暗處保護著他。謝意之於他們來說不僅僅是主子，更多是當子姪看待的；而謝意同樣也將這兩人當長輩信任、尊敬著。

謝意聲音越發冰冷，此時更像是淬了毒。「都殺了。」

眾人似乎都沒有反應過來，只聽得謝意又道：「所有人。」

言罷，他便不再理會眾人，打橫抱起顧媛媛向屋外走去。

青鸞用力握拳，折斷了指甲。什麼叫都殺了？難道該死的不是謝意懷裡的人嗎?!憑什麼……憑什麼阿鳶犯的錯卻要她們的鮮血來掩蓋?!

她踉蹌上前要問個清楚，只是還未動作，便見謝意回頭，冷冷地看向她。

青鸞一時間忘記了言語，雙腿一軟，癱坐在地。

滿月神色怔怔，忘記了哭泣，只是癡癡盯著謝意，眼裡滿是痛苦。這個人是她心中日夜憧憬著的人，卻是毫不猶豫的對她下了殺令。

而新月的眼中則是深深的恐懼。

阿平撲上前去，猛地磕頭。「大爺，不干她們的事，是阿平自己一人犯下的錯，就由阿平獨自擔著！」

「現在知道承擔了？爺從前怎麼告誡你的，在爺身邊這麼多年，一點長進都沒有，你就在這屋裡閉門思過，什麼時候想明白了再來找我。」謝意這話中之意卻是要饒他一命。

林英猶豫道：「爺……那她們……」

謝意狹長的眸子裡滿是凌厲，就連語氣中都充滿了戾氣。「妳們今天都看到了什麼？」

青鸞面如死灰，用力喘了幾口氣，深深地埋下頭道：「奴婢……什麼都沒看到……」

謝意目光越過青鸞，看向滿月和新月兩人。

即便新月年少，卻也明白這話中意思。她聲音顫抖。「奴婢什麼都沒看到。」

滿月跪下，含淚點頭道：「奴婢自不會將今日所見說出去，若大爺不信任奴婢，儘管殺了奴婢吧。」她現在只覺得心如刀割，已不在意生死。

謝意方才下的殺令，本就是為了震懾這些人，讓她們明白若想活下去，便看她們能不能管住自己的嘴。

「你們且聽好，若是今日之事傳漏半點風聲，便不要等爺動手，自我了斷了去。」謝意這話不單單是恐嚇，若真有人拿今日之事做文章，就不要怪他不講主僕之情了。

林英和林傑兩兄弟，謝意自是信得過，阿平雖然糊塗，卻也十分聽命於他，這話自然是對屋中這幾個丫鬟警告。

言罷，謝意這才抱著顧媛媛走出門。

燭炬靜靜地燃燒著，人影映著窗，窗外的夜色像濃得化不開的墨。

顧媛媛睜開眼睛，緩了好一會兒才依稀看清頭頂上是素紗帳簾子。那麼……她現在是在自己床上了。

「醒了？」身旁一道聲音傳來。

顧媛媛費力轉過頭去，見謝意坐在一旁，平靜地看著她。

「什麼時辰了？」她聲音有些嘶啞，伸出舌尖舔了舔乾澀的嘴唇，腦中還是混沌一片。

謝意看了看天色道：「許是五更天了。」

五更天……快天亮了啊……謝意在這守了半宿嗎？

「渴了？」謝意尋了個圓口白瓷杯倒了些水，湊到顧媛媛唇邊。

顧媛媛撐起胳膊，掙扎著起身，耳邊突然傳來一聲嘆息，她覺得身上一輕，背後已經抵上了謝意的胸膛。

謝意一手環過顧媛媛，一手將杯子重新湊了過去。

顧媛媛呆了一會兒，才低下頭就著謝意的手喝了兩口水。有了水的滋潤，乾澀的喉嚨終於舒緩了些許。

謝意將顧媛媛放下，一時間兩人相對無話。

顧媛媛看著頭頂的帳子出神……突然一股力道箝住自己的下巴，她愕然轉頭，對上謝意那雙狹長的眼睛。

「說清楚。」謝意聲音微冷，捏著顧媛媛的下巴讓她看向自己。

他不是不生氣，不是不懊惱，這怒火點燃在他的心頭，灼得他胸口疼。

顧媛媛苦笑，一雙眸子黑白分明，如往常般清澈。「爺以為呢？」

謝意與這雙眸子對視許久，輕嘆了口氣，鬆開了手。

「以為妳聰慧，到底是爺高看妳了。」謝意嘲諷道。

顧媛媛認真道：「爺說得對，是奴婢愚鈍。」

雖說是有人有意為之，可也是自己疏忽，平時總以為自己能夠應付得了來自身邊的暗流，卻是在不知不覺中陷入了漩渦；若不是自己大意，又怎麼會徒生事端？

「好在還算是有自知之明。」謝意冷冷道。

顧媛媛微惱，心緒亂了起來。她做什麼這般倒楣？還不是因為謝意……這話說起來雖是不講理，可她此時偏生就不想講道理了，乾脆瞪著謝意，不再言語。

謝意忽然伸出手指，貼在顧媛媛唇上。

顧媛媛一怔，感受著謝意指尖傳來的微熱，接著他卻是不輕不重地將手指往下一壓——

「嘶……」顧媛媛疼得抽了口涼氣。

「傻丫頭，做什麼把自己咬得一嘴血，嚇死爺了。」謝意氣道。「難道妳好端端的躺在那，爺還能一把火燒了你倆不成？」

當他看到顧媛媛滿唇鮮血的時候，當真是被唬得半死，她那副模樣跟從棺材裡爬出來的一般，彷彿下一刻就會斷了氣……後來他在顧媛媛窗前靜坐了許久，將事情理了理，猜測出了幾分。

顧媛媛愣了神，半晌才明白謝意話中之意，只覺心頭微暖。

當時自己是咬破唇舌才勉強清醒，胡亂穿了衣服跌跌撞撞地往外走，誰知還沒走幾步便撞上了謝意等人。她不敢去想若是謝意一干人看到自己跟阿平躺在床上時，會做出什麼決斷；或許是沈塘，或許是亂棍打死……她不敢去賭，只能靠自己去努力爭取一絲生機。

然而此時謝意卻因為自己咬破唇舌而惱，告訴自己只要好端端的在那裡等著他就行了。她相信謝意這話不是哄她，若是假話，她此時也不會這般悠閒地躺在自己床上了。

謝意鬆開手指，聲音低不可聞。「不管怎樣，爺都是信妳的。」

顧媛媛覺得喉嚨有些哽咽，沈默著沒有應話。

時間一點一點流逝，屋中一片安靜。

許久，顧媛媛才開口，將之前所發生的事全部告訴謝意。

謝意只是平靜地聽著，最後說道：「再睡會兒，此事爺心中有數，且等妳精神好些再做處置。」

「勞爺為奴婢累了半宿，爺也快去歇息吧。」顧媛媛道。

謝意點頭，轉身往裡面的臥房走去，顧媛媛卻似乎想起了什麼，倏地喊住他。

「怎麼了？」謝意回頭問道。

顧媛媛臉蛋脹得通紅，她記得當時被脫光了衣服，自己醒來時也只是胡亂裹了件褙子，但此時卻是好端端的穿著裡衣……依謝意之言，從阿平那裡出來便直接回了寫意居，院裡的幾個姑娘又都被禁了足，那是誰為她換了衣裳？

顧媛媛指著自己的衣裳，結結巴巴地問道：「爺……那個……」

謝意嗤笑。「爺幫妳換的。」言罷便轉身走回房裡。

顧媛媛雙手緊緊扣住被子，覺得自己彷彿要燒了起來，紅潮從脖頸蔓延到耳朵尖。

不生氣、不生氣……當時裡面應該還穿著小衣……比在現代夏天時穿的多多了……好歹曾經也是成年人……

顧媛媛嗚咽一聲，蒙上了被子，只聽得裡屋穿來幾聲輕笑。

第二十三章

寫意居院中種植著幾株芭蕉，生得綠油油的，給這個夏天的開端增添了幾分清涼之意。

新月坐在芭蕉葉的綠蔭下，手中扯著線團發呆。

「怎麼了，瞧妳一副悶悶不樂的模樣。」青鸞抱著貓兒朝新月走了過去。

新月抬頭看了眼青鸞，又往主廂裡看了看，謝意房裡的門還是緊閉的。

「青鸞姊姊……爺還沒起呢……」新月的聲音悶悶的，昨日的事讓她徹夜未眠。

其實徹夜未眠的不只有新月，更覺煎熬的是青鸞與滿月兩人。青鸞算是徹底看清了謝意對顧媛媛的心意，以往只是覺得兩人從小一起長大，有那情分在，所以才對她那般偏寵；只是昨晚謝意的舉動，分明就是對顧媛媛無條件的信任，如此……還有何餘地可說？這場戰役是她輸了，可她不甘啊！

同樣都是丫鬟，是卑賤的下人，憑什麼阿鳶便可以得到謝意另眼相待？她又有哪裡比不上阿鳶？她從小吃盡苦頭，低聲下氣，好不容易從一個被哥嫂賣掉的小女孩熬到今天，怎麼能就此服輸？

阿鳶有的，她青鸞為何不能有？

「看妳這小臉愁的，快別難受了，妳看我把貓兒都帶來給妳抱了。」青鸞面上柔柔笑著。這貓兒是小廚房的李大娘家養的，雖是隻小土貓，全身卻毫無一根雜毛，通體雪白。

新月向來喜歡這隻貓兒，見青鸞為了哄自己特地將牠帶來，不禁心生感動，伸手接過貓兒。

青鸞也笑盈盈地遞過去，指尖卻悄悄地在貓兒後腿上用力一掐。

這小白貓吃痛一叫，喵嗚一聲從青鸞手上竄逃了出去。

「啊！」青鸞眉頭一皺，捂著手臂叫出聲來。

新月忙站起身來。「青鸞姊姊妳沒事吧？」

青鸞蹙緊眉頭，鬆開掩住手臂的手，一條抓痕赫然留在那白嫩如藕的臂上。

新月掩住唇驚叫一聲。「青鸞姊姊，妳被貓兒抓傷了！我去給妳找藥！」

「沒事……」青鸞話未說完，就見新月跑進屋中尋藥。

青鸞輕輕勾起唇角，緩步跟在新月身後。

顧媛媛一覺醒來時，已經快中午了，她攏了攏散亂的頭髮，穿上衣服起身，見到窗前的百褶簾還掩著，心想難道謝意還未起床嗎？

她向屋中走去，屋裡沒有人，她看向隔間的書房，見到謝意正在裡面坐著。

見顧媛媛起來了，謝意喚她過來。「正巧，研墨吧。」

顧媛媛走了過去，跪坐在一旁的團榻上，低頭磨墨。

謝意似乎在給什麼人寫信，顧媛媛微微抬起頭，有些好奇地瞅了瞅。謝意也不遮掩，任由顧媛媛去看。

不得不說謝意當真是寫得一手好字，字體頗為清俊雅逸，都說字如其人，顧媛媛總覺得這字跟他本人怎麼都有些不搭。

「可想好怎麼處理昨天那事？」謝意問道。

顧媛媛繼續低頭研墨。「奴婢家境貧寒，又遭澇災，輾轉賣於謝府。阿爹用五兩銀子把我賣給劉牙婆，謝府將我買來時用了一十九兩銀子。

「為了這二十四兩銀，我入了奴籍，到了謝府便跟在爺身邊，那時候爺才這般大……」顧媛媛騰出一隻手比量了一下身高，繼續道：「當時我便想著，得，又來伺候孩子了，但也覺得慶幸，幸得能存活下去，哪怕為奴為婢，只要能活下去就有希望不是？」

她將散落在眼前的一縷髮絲攏到耳後，繼續說道：「好在爺是個好相與的人，從來沒有與我為難過。一轉眼都已過去七年了，奴婢總想著小心處事，秉持著最初的想法，只要安然無恙地度日便可。」

顧媛媛苦笑。「這世間之事不如意者十之八九，我之所想所願不過是安然生活下去，可偏生還是有人嫌奴婢礙了眼。既是如此……」顧媛媛起身緩緩道：「為了不負初心，奴婢便只能親手給自己鋪一條平整的路了。」

謝意許久才道：「說妳傻吧，偏生還揣著些聰慧；說妳聰明，然而又時時愚笨不堪，妳何苦要委屈自己至此？」

「何苦委屈至此？爺說這話未免太輕巧，我不過是無依無靠的一個婢子——」話音未落，已被謝意擁入懷中。

「阿鳶，妳聽好了。」謝意的聲音傳入耳中。「妳需要我，一如我需要妳一般。」

言罷，謝意便鬆開了她，繼續坐在書案前寫著書信，似乎剛才的話只是個短暫的錯覺。

顧媛媛怔怔地看著他。

謝意低頭寫著信，漫不經心道：「妳可想得清楚？」

顧媛媛垂首。「奴婢不敢想清楚。」

謝意抬頭看著顧媛媛，認真道：「若妳真的愚笨到這般地步，那爺便是看錯了妳。」

顧媛媛還想說什麼，卻被謝意揮手打斷。「妳且下去吧。」

顧媛媛心知謝意之言意味著什麼，那是讓她試著去依靠他，甚至去利用他……可是她當真能做到嗎？接受謝意的心意，把他當作遮風避雨之所，然後待在他為自己鋪好的安然之榻……

她有些怕了，從臨塘村被賣走的時候她沒有怕，被送到謝府的時候她沒有怕，被江氏不喜、被朱雀陷害她都沒有怕。

可是此時的她卻是滿心的恐懼。

她不知道這條路上有什麼，是漫天的美景，還是布滿了荊棘？直白的說，她不清楚她對謝意而言代表了什麼，是多年的情分，還是一時的心悅；可她呢？她對謝意又是什麼感覺？一個自己從小到大照顧著的孩子？還是一個能在危急時刻保護她的男人？

顧媛媛滿心思緒，一時間卻不知該如何理清。

謝意嘆了口氣，突然道：「妳可知母親為何不悅妳？」

能袖手旁觀下去。

他不著急，他現在還有很多事情要做，有足夠的時間等顧媛媛去理清楚、想透澈。

顧媛媛聽到謝意道出江氏對她不喜之由，雖面上平平，心底卻是掀起千層浪。謝意言陳年舊事再次上演，這話不得不讓她正視謝意於她之情，雖無直言，卻也明朗。

不過既然謝意說不逼她，那便日後再思索就是。只是……謝意的嘲弄之語是當真希望她能夠依賴於他。

當一個大腿伸到妳面前，妳是抱還是不抱？

顧媛媛盈盈一拜，道：「奴婢謝爺體恤，今後若是奴婢有什麼出格之處，還請爺多包涵才是。」

只要有謝意坐鎮，昨晚之事就如同石沈大海，掀不起任何風浪。

寫意居主廂的門被推開，顧媛媛從裡面走出來。

院中青鸞在做繡活，滿月跟在一旁描樣子，新月則是在團毛線，看起來一片寧靜祥和，只是每個人心中都不如表面上那般。一如青鸞心中的恨意，一如滿月心中的感傷，一如新月心中的鬱結，都掩蓋在那狀似平靜的面龐下。

顧媛媛今日穿了件水藍散花如意雲煙裙，外面罩了件同色暗紋蝶長褙子，挽著條藕荷色薄紗羅披帛，墨髮綰做百合髻，插金銀雙花點玉釵，額前佩著片薄琉璃花勝。眉作籠煙，唇略施朱，自有一番凌然氣度。

青鸞心中一驚，這還是那個平日毫不顯眼，淡然溫和的阿鳶？

滿月也微微愣住，眉目裡更添一分哀戚之色。

新月怯怯地上前，卻不知怎麼開口。

顧媛媛微微一笑道：「昨兒個包的粽子可還有餘？」

新月點頭。「還餘下許多，昨天……大家都沒吃。」

顧媛媛摸摸新月的小腦袋道：「昨兒個答應了白芷，給三爺院裡送去些粽子，既是還有餘，便取一半給三爺那送去可好？」

新月應下。「我這就去送粽子。」

見新月去小廚房取粽子，顧媛媛這才對剩下的兩人道：「午飯可備好了？給爺送房裡去。」她語氣淡淡，似乎與往常一般無二，可又截然不同。

青鸞與滿月兩人相視一眼，轉身去端菜。

顧媛媛將潔白的巾帕浸了水，在雕花銅盆中洗了兩遍，纖白的指尖輕巧地將巾帕取出擰乾，為謝意淨手。

「這樣才像妳。」謝意打量了眼自家丫鬟後道。

顧媛媛未接話，只道：「爺且稍等會兒，午飯馬上就端上來了。」

謝意道：「打昨晚上起也就沒吃過飯，早就餓得前胸貼後背了。」

「是是是，是奴婢的錯。晚上爺想吃什麼，奴婢下午就去備著。」顧媛媛道。

謝意略沈吟道：「且不用忙，久未去一品齋，晚上去那裡吃即可。」

顧媛媛應下，將一旁的窗子支開，見桌角上香爐還燃著，便過去清理了下香灰。

青鸞幾人將飯菜擺上後便立於一側，滿月垂首，站在青鸞下首。

顧媛媛故意不去理會這兩人，只是專心地給謝意布菜。

細思昨日之事，如何也猜得出一二，她便要看看這兩人能圓出什麼花樣來。青鸞的心思不可謂不重，顧媛媛雖對她有所防備，可她平日一副和氣溫順的樣子，卻從未出過手，昨晚若不是謝意有意相護，便是顧媛媛的死期。

青鸞真可算是個狠得下心的女子，只是她錯估了謝意對顧媛媛的情誼，這才失手；但青鸞也明白，一如她對滿月所說，這世間哪裡有絕對的事情，成與不成只能看你肯下多少心思。

此役雖敗，青鸞卻不想就此善罷甘休。

一時間屋中寂靜無話，只餘謝意吃飯時筷碗輕碰的聲音。

這時有人進屋，打破了這一室的寧靜。來人是阿平。

「爺……」阿平跪下喚道。

謝意依舊吃著飯，不做言語。

阿平埋首道：「爺，我錯了。」

謝意放下白玉象牙箸，沈聲道：「錯哪了？」

阿平咬咬牙道：「阿平不該酒後誤事，差點害了鳶姑娘。」

顧媛媛並未動容，只是在一旁挽袖煮茶，阿平當真是糊塗，時至今日還以為只是自己飲酒犯下的錯。

謝意語氣平淡。「再去思過，待想明白了再來。」

阿平不解何意，只當主子還在氣惱，不肯原諒他。

一旁的青鸞卻是撲通跪下，還未開口，眼淚便如斷了線的珠子般紛紛落下，一雙細眉緊蹙，面色蒼白，一副我見猶憐的模樣。

「爺，莫要怪阿平哥，都是奴婢不好。」青鸞顫聲道。

阿平見青鸞跪下，忙急道：「爺，不關青鸞的事。」

「若不是奴婢給阿平哥送雄黃酒，又怎會害得阿平哥喝醉，說到底還是都怪奴婢……」青鸞哽咽道。

阿平聽青鸞這般說，又怎會生出半分責怪之意。「這怎能怪妳，青鸞姑娘多次提醒小的莫要貪杯，可偏生小的糊塗，硬是沒有聽青鸞姑娘的話。爺要殺要剮只對小的一人就好。」

青鸞搖頭道：「都怪青鸞不好，不知阿平哥酒量淺，已經喝醉，只聽阿平哥口中喚著鳶妹妹，以為是有事要尋……恰巧路上遇到滿月，這才讓滿月代為跟鳶妹妹知會一聲，誰知……」

顧媛媛在心底冷笑，這個青鸞到此時還不忘往她身上潑髒水，說什麼阿平口中喚著自己，不過是想讓謝意對她心生芥蒂。

滿月也跟著跪下低泣道：「爺要怪就怪滿月吧，是滿月通知阿鳶姊姊去阿平哥那裡的。」

這三個人哭著搶著求罰的畫面讓顧媛媛看得膩歪得不行，好像他們才是無辜的受害者，而自己則是得理不饒人的事主一般。

她將泡好的茶給謝意倒上，茶水的清香瀰漫了整間屋子。

謝意接過茶盞，輕吹開一片碧綠的茶葉，緩緩呷了一口，這才道：「阿平，你跟著爺多久了？」

阿平道：「回爺的話，今年是第十個年頭。」

謝意嘆息。「可還記得爺第一次見你的時候？」

阿平咬牙，哽咽道：「記得，那時阿平的爹死了，阿娘跟人跑了。」阿平的聲音有些顫抖。「阿平不願阿爹就那般捲張蓆子下葬，便在路邊賣身葬父，那是第一次遇見爺。」

那時候謝意還小，在馬車中閒著無聊，往外看集市上的人群，這一看便看到了賣身葬父的阿平。

阿平記得那時抬頭見一小童坐在華貴的馬車中，一隻手托腮，半撐於窗邊，看著他說：「跟我走吧。」

「爺喜你忠厚良善，一直留你在身邊，也曾多次跟你說過莫要總是一根筋，留著腦子當擺設，偏生你從未能聽進去過，不辨是非，聽信他人，被人賣了還能幫著數銀子，你讓爺說你什麼好？」謝意道。

青鸞聽了這話，心頭一沈，喉嚨緊了緊。

阿平似乎還未能轉過彎來，只是滿心悔恨，不停磕頭道：「是小的對不住爺，爺無論怎麼懲罰小的都行，求爺不要趕走小的，就讓小的做牛做馬償您恩情。」

謝意見阿平一副全然不解的模樣，再想到昨天的事情，不禁再次怒上心頭，若是真有半點閃失……

顧媛媛瞥見謝意神色不對，忙將茶盞重新遞了過去，在謝意耳邊低聲道：「爺先莫要惱。」

見謝意神色好轉，她這才問向阿平。「阿平哥昨日喝了什麼酒？」

「昨日端午，青鸞妹子送了一壺雄黃酒給我。」阿平回道。

顧媛媛接著問：「阿鳶記得阿平哥的酒量不差，阿平哥究竟喝了幾杯？那雄黃酒可還有剩？」

阿平聽顧媛媛這樣問，不禁一怔，自己昨日究竟喝了多少酒？為什麼想不起來了？

這時林英從外面進來，手中提著只青釉琉璃酒壺，原來謝意一早便讓林英去查找了。

林英將酒壺遞給謝意道：「爺，是空的。」

青鸞睫毛微顫，掩住眸子，看不出神色。這裡面的酒自然是被她給倒掉了。

顧媛媛繼續問阿平。「莫不是阿平哥一口氣喝了一整壺？」

「我……也記不清楚了……只隱約覺得似乎並未喝完。」阿平納悶，他當真有喝完？

顧媛媛挑眉道：「既然沒有喝完，那剩餘的酒去了哪裡？青鸞妳說呢？」

青鸞抬眸，眼中淚光盈盈。「當時阿平哥喝了幾杯酒，似乎有些站不穩，將剩餘的酒不小心傾灑一空。奴婢怕阿平哥喝醉，可當時阿平哥說並無大礙，且言明有事找鳶妹妹。是奴婢疏忽，竟是真的去尋鳶妹妹過來……」

青鸞心下明瞭自己已經被懷疑了，只是他們沒有證據，只要她小心言語，不被抓到把柄便可。

阿平心中愧疚無比，他確實歡喜阿鳶，可沒承想居然醉酒之後還惦念著阿鳶，欲行不軌之事。想到這裡，阿平狠狠抽了自己一巴掌，對顧媛媛道：「鳶姑娘，都是我的錯，差點辱了鳶姑娘清白。我……我沒臉再見妳，妳砍我兩刀出氣吧！但求鳶姑娘莫要砍死我，留我這條賤命，今世給爺做牛做馬！」

顧媛媛又好氣又好笑。「我砍你兩刀作甚？」

謝意氣得直搖頭道：「閉上嘴，跪一邊去。」

阿平不敢再言語，只得跪在一旁，等候謝意的發落。

顧媛媛起身提裙，緩緩走到青鸞面前，俯視著她。「送了雄黃酒後，妳又去了哪裡？」

青鸞沒有抬頭，垂下的髮絲掩住她眸中的憎恨。「之後我便去尋找鳶妹妹，途中遇到了滿月，後來的事情便如方才所言。」

顧媛媛似笑非笑道：「我去阿平哥屋裡放粽子的時候，青鸞妳為何還在那裡？」

滿月猛地抬頭對上顧媛媛的眼神，又趕緊慌張地低下頭去，指尖抑制不住地打顫。

青鸞依舊垂首，柔聲道：「青鸞不明白這話何意。」

第二十四章

顧媛媛伸出手去，掌心上赫然有一片帕子的碎角。

這是她昨日在慌忙中扯下的一角，這時候的帕子還是用絲緞織成，極易扯壞，若她料想得不錯，青鸞當時所用的帕子應該已經被處理掉了。

「咱們院中就妳繡活最好，若沒料錯，這一角梅便出於妳手。」顧媛媛緩緩道。

青鸞面不改色。「這角巾帕又是何意？」

顧媛媛伸手扣住青鸞的下巴，盯著她的眼睛道：「先以雄黃酒將阿平灌醉，後用帕上的鳳茄花粉使我昏睡，妳那日與我所說的話，我可都還記得。」

鳳茄花又名洋金花，是麻沸散的主要成分，主要產於浙江、江蘇一帶。

阿平本來在一旁聽得糊塗，聽顧媛媛此言一出則是徹底怔住。

青鸞眼中閃過一絲怨毒，口中道：「此話說得人甚是糊塗。」

突然一個清脆的巴掌聲響起，青鸞瞪大了眼睛，撫著臉頰，一時未能反應過來——

阿鳶居然打了她？

顧媛媛面上並無表情，在青鸞回神之前一把抓住她的手，腕上袖子向後滑去，赫然露出一條三寸長的抓痕。「這妳又作何說？」

青鸞因被顧媛媛打了一耳光，正滿心口的怒恨，見顧媛媛這樣問，忽然笑了起來。「不過是今早被貓兒抓傷了，若是不信，問新月便可知。」
顧媛媛彎了彎唇，起身將方才給謝意淨手的水盆朝青鸞胳膊潑去。
青鸞一驚，咬牙怒道：「爺，奴婢不知這是作何?!」
謝意並不言語，只是在一旁隨意看著。
顧媛媛輕聲道：「何意？那一巴掌想讓妳鬆鬆口，莫要咬緊了牙不肯將實話吐出來，而這一盆水自然是讓妳清醒清醒，莫要揣著明白裝糊塗，另外也順便替妳沖洗傷口上的藥。呵，妳看現在那抓痕就清楚多了，妳騙得了新月那孩子，以為也能騙得過所有人嗎？」
她湊到青鸞耳邊輕笑。「爺不信妳，再怎麼瞎折騰也是白搭，妳說是也不是？」
這世間所有發生的事情都有跡可循，如果問心無愧，就不需要掩蓋，如果問心有愧，就必然需要掩飾，那麼就一定會留下痕跡。一切的謊言只能騙倒信任你的人。
青鸞臉色已是蒼白一片，在她看來顧媛媛向來溫和，斷沒有不饒人的時候。
顧媛媛心頭冷笑，說白了，青鸞只是以為她怯弱，一如謝意所言一般，整日低眉順眼，這才覺得自己好拿捏罷了。昨日之事也讓顧媛媛明白，若是有人欲害妳，再怎麼謹慎小心，早晚也會有不勝防之時；若想要得一世安然，只有將危險之人趕出自己的視線。
因此她根本不需要惺惺作態，手下留情。
顧媛媛退回謝意身旁，說道：「爺，昨日之事奴婢已跟您說得明白，有人欲以此卑鄙伎倆加害奴婢，這手帕是奴婢從那人手中扯落，帕子是青鸞的沒錯。昨晚奴婢也曾告訴過爺，那人的手臂被奴婢抓傷，此時青鸞的欲蓋彌彰，不正是印證了何為心虛？若想知奴婢之言是否屬實，盡可將這帕子與那酒壺交予郎中一驗，便可知裡頭是否摻雜了鳳茄花粉。」

謝意揮手道：「不必。林英大哥，讓人進來吧。」

林英得令後出了屋，不一會兒便帶著一個四十多歲的中年人進屋。

來人先是向謝意行了見禮。謝意指向青鸞道：「沈郎中，你可見過她？」

「見過的，青鸞姑娘是大爺身邊的人，以往也是知道的。」這沈郎中是謝府裡的郎中，一直為謝府中的下人看病抓藥，對於內院的人也是稍有知曉。

謝意點頭道：「近日裡她可曾去過你那裡？」

「約莫前兩日，青鸞姑娘曾去過老夫那裡一次。」沈郎中道。

謝意繼續問：「她去找你所為何事？」

沈郎中道：「青鸞姑娘說近日牙痛，想取些鳳茄花粉漱口，以止疼痛。」

「她取了多少鳳茄花粉？」

沈郎中思考了半晌後回道：「老夫只記得當時有事稍離了一會兒，待回來時青鸞姑娘已是取了藥。」

謝意揮揮手道：「有勞沈郎中跑這一趟。林英大哥，且先送沈郎中回去吧。」

林英應下，沈郎中也跟著告退。

「還有何要說的？」謝意冷冷道。

青鸞此時已是連哭都哭不出來了，還有什麼可說的，即便阿鳶毫無道理，只要謝意肯信她，最後落得悲慘下場的人依舊是自己。只是這個事實，她知道得太晚，若是謝意不信顧媛媛，那麼早在昨晚便是顧媛媛的死期。

青鸞閉上眼睛，其實在謝意抱起顧媛媛的那一刻，她就輸了。

「阿鳶，她便由妳處置吧。」謝意道。

顧媛媛輕聲道：「看看外院有哪個小廝還未能討到娘子，我且送這好姊妹一程。」未討到娘子和未能討到娘子是兩個不同的意思。

「妳說什麼?!」青鸞猛地抬頭，溫婉的臉上已滿是怨毒。

「一如青鸞姊姊所願，好生過日子，今後如何便看姊姊的造化了……」顧媛媛抿唇一笑，將此話原封不動的還了回去。

對青鸞來說，一世榮華與地位才是她所求，如今顧媛媛便是將她所想要的通通毀去。在別人眼中，嫁個小廝老老實實過日子也沒什麼不好，可於青鸞而言，是比死還難受。

青鸞早已萬念俱灰，事已至此，她還能依靠誰？其實她從一開始就是獨自一人，如今依舊只有她一人！她抬眼再看向顧媛媛時，眼中的怨毒更深了幾分。

顧媛媛像是沒有看到一般，繼續說道：「聽說前院看偏門的王老伯家的姪兒還沒討到媳婦，他那姪兒雖有些跛腳，可人還是很熱心腸子的。」

「如此就按妳的意思辦吧，今天便把人送過去。」謝意道。

青鸞只覺肝腸寸斷，恨恨道：「阿鳶，妳今日如何對我，妳可得好生記得！我倒要看看，將來妳的下場會好到哪裡去！」

顧媛媛漠然看著被拉下去的青鸞，神色未變。

「爺……」阿平直到這時才後知後覺的明白前因後果。

謝意冷冷道：「可知道你錯哪了？」

阿平磕頭道：「爺，阿平知道錯了……阿平太過蠢笨，竟是沒心到這般地步，差點害了阿鳶姑娘不說，也無顏再面對爺。」

「你也知道無顏見我，這幾年只是將你留在我身旁並未能教導你，你且下去跟吳掌櫃歷練兩年再說吧。」吳掌櫃是謝意手下的人，這兩年常往廣東一帶跑商，也正好讓阿平跟著出去見見世面，否則這般沒心沒肺的性子，怎能安心留在身邊。

阿平含淚道：「是，爺，阿平遵命。」

謝意嘆道：「這兩天收拾收拾東西，我去跟吳掌櫃知會一聲。」

見阿平應下，謝意便揮手讓他下去。

顧媛媛在謝意身旁道：「且讓他們都下去吧。」

謝意應許，屋中瞬間安靜了下來，只餘謝意同顧媛媛兩人。

謝意看著顧媛媛，笑道：「還當妳狠不下心來處置她。」

顧媛媛搖頭道：「以德報怨，何以報德？」

「滿月呢?怎的這樣放過她去？」謝意問。

顧媛媛白了他一眼道：「若是沒有料錯，這丫頭怕是打心眼裡喜歡爺，若是要罰，也要爺親自罰去。」

謝意起身，從一旁翻找著什麼，口中道：「不如也尋個人家嫁了得了。」

顧媛媛搖頭道：「到底相處了好些年……她那性子看起來和軟，實則是個執拗的。」

謝意拉過一旁忙著收拾的顧媛媛道：「先別動，給妳搽藥。」

只見謝意掌心上有個小盒子，盒面是黑色的錦緞，綴著五顆圓潤的小珍珠，盒邊雕著朵朵金花，旋開蓋子，一股淡淡的藥香傳來。

好漂亮的盒子，顧媛媛心道，接著問：「這是什麼？」

謝意回道：「玉膚膏，能讓唇上的傷口癒合。坐過來些。」

「不煩勞爺了，奴婢自己來。」說著顧媛媛伸手要去拿謝意掌心上的盒子，但謝意絲毫沒有將盒子給她的意思，她只得又悄悄縮回了手。「如此……還是有勞爺了……」

謝意這才滿意地點點頭。

顧媛媛將臉龐湊過去，那藥膏呈淡粉色，十分可人，她輕嗅了嗅，藥香縈繞在鼻端。外面的陽光照射進屋中，謝意見到顧媛媛偷偷抽鼻子的模樣，覺得煞是可愛。他用指尖沾了些藥膏，輕輕塗抹在顧媛媛唇上，觸及的柔軟不禁令他有些流連。

顧媛媛垂下眸子，不敢與謝意對視，只是默默放空焦距，裝成一點都不尷尬的模樣。跟她的唇相比，謝意的指尖略有些粗糙，有股莫名麻癢的感覺。顧媛媛覺得心頭忽然湧上一把火，一下子燒紅了她的臉頰。

等等……好像有哪裡不對，為什麼會直接用手塗藥？不該是用棉絮團或者帕子什麼的嗎？

謝意見顧媛媛跟兔子一樣忽然彈開，小臉通紅，不禁笑出聲來。

顧媛媛見謝意笑得開懷，不禁氣結。

謝意也不敢再去逗她，只得道：「把這個拿去，塗個一、兩次，傷口約莫就好了。」

顧媛媛用舌尖悄悄舔了下唇，藥膏的味道竟有些許甜味，接著忽然想到這是謝意方才用指尖給她塗抹上的，不禁紅了耳朵。

謝意見顧媛媛不動，只得上前拉過她，將藥盒塞到她手心裡。

顧媛媛心頭微慌，佯裝去放藥盒，轉身去了裡面的臥房。只是還沒走近，便聽見門砰地一聲被推開，新月帶著哭腔的聲音從門口傳來——「爺，不好了，滿月她要落髮！」

西廂裡，地上散落著縷縷黑髮。

滿月跪在屋中，身著白色襦裙，長長墨髮披散著，抬起頭時，露出一張慘白的小臉。蒼白如紙的臉上猶掛著淚痕，表情失魂落魄。她左手掬起一縷長髮，右手持著一把剪子，灰濛濛的眼睛中沒有焦距，只怔怔地剪著頭髮。

顧媛媛只覺得喉中一哽，在心底深深嘆了口氣。

新月撲過去哭道：「滿月！妳這是幹麼呀，妳有什麼想不開的可以跟爺和阿鳶姊姊說，做什麼這般跟自己過不去？」

滿月似乎恍若未聞，繼續剪著頭髮。

「這是妳的決定？」顧媛媛半跪在滿月身旁，看著這一地的落髮問。

滿月怔怔地偏過頭來，看著面前的顧媛媛，緩緩道：「是。」

顧媛媛卻不知該作何反應。這個小姑娘跟在自己身邊已經有幾個年頭了，初來寫意居時，她一身的傷，顧媛媛知道那都是謝妍打的，當時心中不住地嘆息，心疼得不行。那晚顧媛媛打了一盆熱水，給她仔細清洗了傷口，一點一點地抹了藥。那麼個好好的小姑娘，之後的日子裡就跟隻小兔子似的，謝意只是皺個眉，都能嚇得她跪下直磕頭，生怕被打；偶有幾次，連謝意都哭笑不得，不敢在滿月面前發脾氣，生怕再嚇到她。

顧媛媛覺得口中微苦，回身對上謝意的眼神，只見謝意神色平靜，並無波瀾。

新月哭著跪到謝意面前。「爺，您快去勸勸滿月吧！求求您了……求您了……」她不明白為什麼只是去三爺那裡送個粽子，回來時就見滿月坐在屋中落髮，而爺和阿鳶姊姊都不去勸她，這是為什麼？

顧媛媛垂下眸子，不再去看滿月。屋中只餘剪子的喀嚓聲，以及新月的哭聲。

「滿月。」過了半晌謝意開口了。

滿月的手忽然定住，沒有焦距的瞳孔慢慢有了神色，眼淚凝成珠子從眼底滑落，啪地一聲落在地上，跌個粉身碎骨。

「妳可當真知道落髮之意？」謝意問。

「滿月明白，求爺送滿月到靜庵，滿月今生……別無他想。」

「滿月妳在說什麼傻話？」新月驚愕道。

謝意嘆息道：「就如妳所願吧。」

滿月站起身來，原本及膝的長髮如今只到肩膀，她向前走了幾步，站在謝意面前，癡癡地看著他。這是滿月唯一一次，也是最後一次這樣毫無顧忌地直視謝意。

「如此，滿月斗膽再問爺討一樣東西。」不待謝意言語，滿月伸出手將謝意束髮的錦帶扯落下來。今日謝意只用一條玄色繡金邊錦帶半斂了髮，滿月這般解下，長髮便散了開來。

謝意並未理會散落的長髮，只是看著滿月將那條玄色緞帶繞在手腕上。那手腕上有一條猙獰的傷疤，她仔仔細細地用錦帶將傷疤遮住。

謝意似乎想起了什麼——那還是滿月剛到寫意居的時候，小姑娘帶著一身的傷，特別是手腕上那道猙獰的疤痕。有一次為他倒茶時，露出疤痕，惹得他一陣皺眉，因為他明白這自是出於謝妍的手筆；可這一皺眉卻讓滿月以為自己的傷疤膈應到了主子，不禁雙眼通紅，一副要落淚的模樣。

他見滿月難過，不禁安慰她道：「哭什麼，不就是個傷疤嗎？等回來爺尋一對最好的跳脫（鐲子）給妳戴上，保准把傷疤遮得嚴嚴實實的，誰都看不見。」

只是這安慰話語卻在滿月心中生了根，逐漸發芽，待情誼長成參天大樹時，卻才明白不過是一廂情願……

天色已是漸漸暗了下來，顧媛媛這才推門進來。

謝意正半臥於錦榻上，有一搭沒一搭的剝松子，一旁的虎皮大鸚鵡阿松不安分地在架子上跳來跳去。

「回來了？」謝意見顧媛媛進來，隨口問道。

顧媛媛應聲。下午謝意差人將滿月帶走，備下銀錢與人打點，只望滿月能少吃點苦頭。青燈古佛，了此一生或許便是滿月今後的生活，顧媛媛心頭漫上一股說不出的酸澀滋味，只嘆「情」之一字，不知從何起，卻令人一往情深。

滿月走後，她安慰了新月一整個下午，新月哭了好一會兒後才迷迷糊糊睡下，她這才抽身回來。

顧媛媛偏頭看向謝意，下午因被抽走錦帶而散開的長髮此時依舊披著，並未束起。長髮半掩住面容，看不清神色，只是偶爾抬頭時，才會看到那亮得驚人的狹長眼眸。

謝意從榻上起身，如潑墨般的長髮從肩膀滑下，垂落腰間。「還看什麼，幫爺把頭髮梳好。」

顧媛媛沒有做聲，從鏡案上的嵌珠錦盒中取出一把檀木梳為謝意束髮。想到滿月最後離開的背影，不禁心頭一梗，一晃神的工夫，已是好幾根長髮折在顧媛媛手裡。

謝意無語。「這是準備將爺拔成禿子？」

顧媛媛這才回神，忙俯身告罪。

謝意拉起她道：「手腳快些，說好了今日要去一品齋的，待會兒路過祥瑞閣再給妳買甜點吃。」

顧媛媛淡淡應下，不敢再走神，迅速幫謝意束好髮，又為他換了件石青暗雲紋錦袍。

其實她此時沒什麼逛街的心思，這兩日來發生的事情，著實令人歡暢不起來；而謝意也明白，所以並沒有去勸解，只盼待會兒出去透透氣，能讓顧媛媛心裡頭舒坦些許。

第二十五章

謝府的馬車行駛在市集上，路邊的攤販都已經準備收攤回家。

顧媛媛掀開絳紫色紗幔簾子，半趴在車窗邊，往外面看著。

市集上，這家殺豬的魁梧大漢已經開始洗案板；那家賣小零嘴的小販把最後一串糖葫蘆給了來接自己回家的嬌妻；這家賣豆腐的美麗姑娘收著攤子，身旁賣點心的小哥悄悄用帕子包了袋豆糕放進她的籃子裡；那家小倆口不知為了何事在街上爭吵起來，險些打翻了一旁販棗的簸箕……市井裡的每個人都在自己的軌道上努力而真實地活著。

顧媛媛有些出神，馬車駛過一個彎，一個小攤子出現在眼前，顧媛媛覺得眼睛一酸，悶聲說了句什麼。

謝意沒有聽清，問道：「妳方才說什麼？」

顧媛媛狠狠抽了下鼻子，悶悶道：「我想吃餛飩。」

這餛飩攤是露天的，四周三面用布幔圍出一個空間，裡面擺著幾張老舊卻也乾淨的木桌子，桌子下擺著一排小杌子，顧媛媛自顧自地走過去，拉出一張來，撩了裙襬坐下，謝意則在她對面坐了下來。

薄如蟬翼的皮裡放進肉餡，賣餛飩的老婦人手指翻飛，捏出一朵朵似花褶樣的小餛飩。

一旁的老爺子則將餛飩扔到鍋中煮著，白生生的餛飩在鍋裡上下翻滾，老爺子拿著大漏勺，時不時攪動幾下。

滾起的水霧升了上去，在慢慢黑下來的夜色裡散開。顧媛媛想起上一世，每天晚上下班經過街角的餛飩攤時，總要點一碗餛飩。那時候賣餛飩的老夫妻就如同眼前這老婦人和老爺子一般，一個負責包，一個負責煮。

若是在冬天點上一碗熱餛飩，連湯一起下了肚，別提有多舒坦了。

老爺子把餛飩從鍋裡撈出來，十五顆餛飩，兩勺湯，一撮粉白色的蝦米，一捧翠瑩瑩的香菜，這般混著香氣和熱氣端到了顧媛媛面前。

顧媛媛將筷子擺好，把碗推到謝意面前，謝意也不推辭，接過餛飩碗。

不一會兒，第二碗餛飩也端了上來，顧媛媛這才提筷開動。她撈起一顆小餛飩，湊到嘴邊咬了一口，薄薄的皮被咬開，裡頭的餡落入口中，因為是剛剛端上來的，餛飩頗有些燙，這般一咬讓顧媛媛吞也不是、不吞也不是，只得半張著口吸了幾口涼氣，這才將餛飩嚥下。

「做什麼這般急，待吹涼了再吃。」謝意在一旁道。

顧媛媛點頭，一口接一口的吃著餛飩，待將湯也喝完之後，才痛快地舒了口氣。她抬頭見謝意那碗還剩下一半，不禁問道：「不合口味嗎？」

「還行吧，比妳做的差了許多。」

顧媛媛笑了笑，謝意在食物上一向挑嘴得很，這般吃了半碗已是十分給面子，她拿過謝意吃剩的半碗餛飩道：「若是剩下這麼多，可不是讓老攤主心裡頭不舒坦嗎？」說著將剩餘的那半碗也送入腹中。

見兩碗都吃了個乾淨，顧媛媛這才拍了拍吃撐了的肚子，抬頭見謝意正盯著她瞧。

「我竟不知道妳還這般能吃。」謝意道。

顧媛媛白了他一眼。「奴婢自會付錢的，再怎麼說也是請您吃了半碗餛飩不是。」

謝意笑道：「居然是妳請客，那可真是稀罕了。爺連吃飽都沒有，這便是妳的請客之道？」

顧媛媛從懷中掏出一個小錦袋，仔細數了些銅板付了餛飩錢，口中回道：「怎麼會，您等著，奴婢給您買籠包子吃。」說著在附近的包子鋪裡買了一籠小籠包子，塞到謝意手裡。

謝意接過紙包中的小籠包，捏起一個送進嘴裡，又將紙包往顧媛媛那裡遞了去。顧媛媛也捏起一顆，兩人這般你來我往，在街上邊走邊吃著。

顧媛媛看著陪她一起沿街啃包子的謝意，不禁心下微動。院裡宅門是非多，她想過平靜安穩的小日子的念頭依舊沒變，只是這一切都要謝意成全。

她本想熬到二十出頭，便求謝意給放出府去，只是按如今謝意之言，這念頭恐怕要再生事端。

其實她不是沒想過要嫁人，這世道女子獨自一人怎麼也不好生活，即便是不依靠別人，也難免被人戳脊梁骨。

看著謝意吃完了包子，顧媛媛習慣性地從懷裡掏出手帕，給他仔細擦淨了指尖上的油漬，心中卻突生一種想法；若謝意只是個普通人家的小夥子就好了……她忙搖了搖頭，若真是整日殺豬養魚的謝意，恐怕就不是謝意了。

顧媛媛在心底嘆了口氣，也罷，怎麼說也還有幾年，待到那時再看看謝意是何心意，肯不肯放她走了。可她心中卻微微生出說不定最後是兩人一同走的念想，只是念想終究只是念想，顧媛媛立刻打消了這些念頭，說到底她還是不大敢相信這種戲本裡的情節會真實發生。

此時天色已經完全黑了下來，蘇州城中一年四季都有夜市，方才那些白日擺的攤子才剛撤下，這會兒晚上的攤子又擺了上來。

城裡的夜市十分熱鬧，很多人家吃過飯後都會出來逛逛，街上什麼衣帽扇帳、盆景花卉、鮮魚豬羊、糕點蜜餞、時令果品應有盡有，顧媛媛頓時有種真的在逛街的感覺，看看這個小玩意兒，又瞅瞅那個小攤子。

「都是些粗糙的小玩意兒，喜歡就拿著，怎的光看不買？」謝意在後面跟著。

顧媛媛收回翻看的手道：「小玩意兒也是要花銀子的，逛夜市的重點自然在這『逛』一字上。」說什麼逛街的精髓在於逛，不捨得花銀子什麼的才不要說出來……

謝意倒是挑了幾件小東西塞給顧媛媛。「得了，喜歡就拿著，就當是方才妳請我吃包子的回禮。」

謝意身上自然沒帶什麼銀兩，不過身後還跟著小廝桐子，這小廝是吳掌櫃的親姪兒，一直留在謝意身邊。以往總是帶阿平出來，如今阿平調到別處，便把桐子提拔到身旁。

桐子上前將碎銀子給攤主遞去，顧媛媛一動不動看著攤主找了錢才滿意，生怕會看見謝意從中挑了一大錠銀子扔過去，然後來一句「不用找了」這種情況……

顧媛媛與謝意並肩走著，兩人的距離不遠不近，這般一路逛著，看著街上的燈火點點，人來人往，她只覺那顆浮躁的心似乎在這熙熙攘攘中漸漸平靜下來。

回到謝府時天色已晚，顧媛媛看著寫意居，竟有種道不明的清冷，似乎連空氣都沈寂下來。她推開西廂的門，見新月還在睡著，便將手中的小玩意兒挨個擺在床頭上。

外面忽然颳起了大風，砰地一聲颳開了窗子，新月在睡夢中皺著眉頭翻了身。顧媛媛看著外面樹葉被吹得嘩嘩作響，抬頭仔細將窗子關得嚴實。

出了西廂，大風捲起顧媛媛的裙裳，吹得墨髮與衣袂飛揚。她抬頭望著陰沈沈的天色，卻是一片風雨欲來之勢……

春去秋來，日升月落，一年復一年。

六月末，天氣微熱，大太陽總是曬得人懶洋洋的不肯動彈，只是在謝府大院中，悠閒是主子的權利，從來不屬於丫鬟和小廝們，當然也不屬於顧媛媛。

寫意居人口清減了後，顧媛媛比從前更加忙碌了，一天到晚忙得跟顆陀螺般，轉悠個不停，不過也多虧繁忙的勞務，將之前所發生的事情與不安的心情沖淡了許多。

新月也緘口不提那段舊事，雖仍如以往那般開朗愛笑，卻不似原先那般懵懂不知，變得沈穩了些，也不再整日黏著顧媛媛，對此顧媛媛也生出幾分失落。

終於將手中的活計做得差不多了，顧媛媛搬來一只小杌子，坐在院中的樹蔭下，先是揉了揉痠疼的肩膀，再從腿上柳條編製的針線簸籮裡拈了同色的細線準備穿針。她雖然繡工不好，可簡單縫補些衣物還是可以的。

只是這線頭還沒穿到針眼裡，就有人走進了寫意居。

「姑娘忙著呢。」

聽見聲音，顧媛媛抬頭一看，原來是江氏身旁的大丫鬟墨玉。墨玉今兒個身穿暗綠色長褙子及蘇繡煙羅裙，頭綰寶髻，臉盤圓圓，細長眼瞇起，笑得很和善。

顧媛媛忙起身福了一禮。「墨玉姑姑來了怎麼也不知會一聲，倒讓阿鳶失了禮數，沒去迎姑姑。」

這墨玉是江氏的陪嫁丫鬟，江氏向來倚重，身分地位自不必說。後來雖是指給謝府外院的管事，但仍被江氏留在身旁；若無什麼大事，江氏怎會讓墨玉往寫意居來一趟？

墨玉看了看一旁針線簸籮裡早先縫了幾針的衣裳道：「姑娘的針線活不錯，若是有機會可願意也幫我縫補兩件？」

顧媛媛忙道：「姑姑說笑了，阿鳶這點針線活當真是上不了檯面，各屋裡的姊妹們都比阿鳶做得好。」這話絕對不是謙虛，顧媛媛很清楚自己在繡工上的這點斤兩。

墨玉笑道：「我看著這樣就挺好，縫補個衣物而已，做什麼搞那些花俏的。」

「姑姑若是有什麼衣物需要縫補的，阿鳶定盡心去做。」顧媛媛口中應著，心頭卻也明白，做針線活不過是托詞，墨玉來這一趟自然不可能是要找自己縫補衣物的。

墨玉點頭道：「怎麼，大爺今兒個不在？」

「是，今兒個爺有事出去了，奴婢忙著院裡的事，沒隨身伺候著。」顧媛媛回道。本有規矩，若是主子出去忙什麼事，丫鬟要跟著打點。

墨玉贊同道：「這倒是對的，爺長大了，總是會有爺們自己的事要處理，不能總是跟著不是？」

顧媛媛嘴裡應和著。

墨玉這才說道：「既是如此，姑娘就跟我一同去梧桐苑那邊拿些需要縫補的衣裳吧。」

顧媛媛心嘆縫補衣裳是假，江氏找她才是真；只是心裡頭清楚是一回事，面上還是要故作不知，她知道無論墨玉尋的是什麼藉口，這一遭她都不得不去。

顧媛媛看著天色，心道不知謝意幾時能回來？

梧桐苑顧名思義，院外種植著兩棵梧桐，這兩棵梧桐的樹幹高大而粗壯，枝葉茂盛，樹皮青綠，看起來頗有鬱鬱蔥蔥之感。

進了梧桐苑，院中布局更是精巧，一花一木皆能成畫。這一院子的花草都是江氏精心種植修剪而成，謝望平日政務繁忙，陪伴妻兒的時間可謂是極少，江氏是以怎樣的寂寞心境才能修剪出這滿院子的花就不得而知了。

顧媛媛垂眸跟在墨玉身後，一如意料中般，墨玉徑直往江氏屋裡走去。

顧媛媛頓下腳步，假裝疑惑道：「姑姑這是……？」

墨玉笑容不減。「夫人那裡有事要尋姑娘，姑娘不願去見？」

顧媛媛忙惶恐道：「姑姑說的哪裡話，夫人有事尋奴婢，哪有不見的道理？」

「那就快跟上來，莫要讓夫人久等了。」墨玉道。

顧媛媛小步跟上，隨著墨玉進了江氏房裡。

掀開青色碎玉珠簾，裡面便是梧桐苑的小廳，江氏身著靛青色繡金線錦緞裙裳，外面罩著件如意紋暗花褙子，頭戴額帕，帕上綴著一顆鴿蛋大小的珍珠；髮做牡丹髻，上頭綴著攢珠花，戴著雙金縷步搖，雖年歲不饒人，可仍是一身端莊貴氣。

墨玉向江氏屈身一禮道：「夫人，鳶姑娘來了。」

江氏正半坐於榻上，榻中擺著一方棋案，案上棋盤擺放著寥寥數子，她右手握著一枚棋子，似乎正思索著該落於何處。而她後頭還站著一個穿粉緞裙裳的小姑娘，正在一旁為江氏打扇，見顧媛媛進來，一雙大眼睛滴溜溜地直瞄著她。

這小姑娘正是墨玉的女兒辛巧。墨玉瞋了辛巧一眼，辛巧這才悄悄吐了下舌頭，回過頭去。

顧媛媛見江氏並未開口，只得保持著半彎身子的姿勢，等待她示意自己起身。

只是江氏似乎對於該將棋子落於何處頗為猶豫，遲遲不肯落子。時間一點一滴過去，顧媛媛覺得腰身發疼，汗水已經打濕了脊背，細布裙裳黏在背上很不舒服。

這時棋盤傳來一聲輕響，一子終於落下。

江氏似乎很滿意這一子，輕輕點了點頭，漫不經心道：「過來了啊。」

顧媛媛輕喘了口氣道：「是，夫人。」

江氏並沒有看她，只是又從棋盅裡拈出一顆棋子道：「站過來些。」

顧媛媛自然知道江氏說的是她，便趕緊垂著頭湊過去了些。

江氏指尖揉轉著玉石棋子，淡淡地瞥了顧媛媛一眼。「用不著過於拘謹，抬起頭來。」

「是。」顧媛媛的聲音細若蚊蚋，慢慢抬起頭，臉上帶著三分茫然和七分緊張。

江氏輕聲問：「做什麼這般緊張？」

「墨玉姑姑親自來傳話，道是夫人有事要尋奴婢，奴婢惶恐，不知夫人要吩咐奴婢何事，難免緊張。」顧媛媛聲音中打著顫，完美地詮釋了緊張之情。

江氏這才稍稍偏過頭來，仔細打量眼前這丫鬟。

因之前顧媛媛在收拾謝意的房間，因此特意換上一身細布衫子，只是今日出來時匆忙了些，沒來得及換下，但這倒也合了顧媛媛心意。

有錢人家多數穿錦緞綾羅，像謝府這種大門戶，即便是丫鬟也是穿緞面裙裳；但顧媛媛偏愛細布的手感和舒適度，自己找人裁了幾身細麻布裙裳，穿在身上別提有多舒坦，只是在外人看來卻是太過寒酸。像謝意就曾表示做為他的貼身丫鬟，不要總拉低他身為大少爺的身分，因此顧媛媛平日也就收拾屋子幹活時才會換上。

江氏看著顧媛媛這身行頭，心中也舒坦了許多，再看顧媛媛那張小臉，一雙籠煙眉清減了身上殘存的銳氣，眼睛刻意半垂，斂住光彩，素淨的面龐上未施脂粉，唇色透著蒼白，怎麼看都是一副寡淡模樣；再配上那惶恐的神情，雖姿色還算不錯，可也無特別之處。

江氏的臉上倒也緩和了幾分。

顧媛媛還記得上次謝意透露的訊息，既然江氏對她的不喜來自江氏大哥之妻，再依據謝意之言，他那舅母在當丫鬟時便是個明豔大膽的主，那便不可再讓江氏從自己身上看出什麼謝意舅母的影子來，所以她才做出這般畏首畏尾的模樣，好減輕幾分江氏心中的忌憚。

就算不能一下子消除江氏對自己的厭惡，只要能不當場發作將自己拖出去拍死就行。

「可會下棋？」江氏忽然開口問道。

顧媛媛一怔，忙回道：「奴婢愚鈍，不曾學會。」

江氏落下一子道：「不會沒關係，便來教教妳好了。」

此話一出，就連身後打扇的辛巧也愣了一下。

「謝夫人願意教導奴婢，只是奴婢向來腦子愚鈍，聽人說著下棋要如夫人這般有天賦的聰慧人才會，奴婢一個丫鬟恐怕是有負夫人好意，學不來這精奧之技。」顧媛媛誠惶誠恐地道。

江氏睞了顧媛媛一眼。「倒也不是什麼難學的，左右不過兩色棋子，一黑一白而已。白子為陽，黑子為陰。兩人對弈時，輪流落子，一黑一白，此陰陽之大戰也，陽長則陰消，陰盛則陽衰。每位弈者，每一步棋，其實都在追求一種陰陽的平衡之道，妳說是也不是？」

顧媛媛又再福了一禮。「奴婢雖然不明白，可夫人說的自是有道理。」

江氏又落下一子道：「妳可知下棋時最忌諱的是什麼？」

顧媛媛老實道：「奴婢不知。」

「進與攻、退與守也好，棄與取、地與勢也罷，這博弈萬不可戀子，因小失大；若想要學棋，首先要懂得棄子，有些棋子當棄則棄，不可留著成為後患。」啪地一聲，棋子落在棋盤上的聲音，也像是砸在顧媛媛心頭上。

顧媛媛還未來得及言語，又聽到江氏話鋒一轉。「聽說青鸞那丫頭嫁人了？」與其說嫁人了，不如說是送人了。顧媛媛回道：「是。」

江氏面上並無波瀾。「怎麼，許給誰了？」

「外院南門門房的姪兒王厤子，也是在謝府做工的家生子。」顧媛媛道。

江氏了然地點點頭，對墨玉道：「再怎麼說也是從我這裡出去的丫鬟，待會兒置辦一份嫁妝給她送去。」

墨玉應下。

江氏這才問向顧媛媛。「為何意兒忽然將青鸞許了人，妳可知道？」看似詢問，語氣中則滿是篤定，只看顧媛媛怎麼回答。

顧媛媛心頭一緊，思索著該如何回應。

棋子啪的一聲又落在棋盤上，江氏冷冷問道：「為何不語？」

這時碎玉珠簾一陣晃動，有人走了進來。

來人一身石青對襟直衣，外罩一件廣袖深紫雲紋葛紗袍，墨髮半束，垂於腰間，一雙狹長上挑的眸子帶著幾分散漫，邊撩簾走入邊問道：「母親可在？」

來人正是謝意。

第二十六章

江氏見兒子來了，面上先是一喜，隨即似乎想到了什麼，厭惡地掃了眼顧媛媛。饒是顧媛媛此時沒有抬頭，也被江氏這冷眼盯得渾身一抖，心道恐怕江氏以為謝意是為自己而來，對自己更加忌憚了。

「意兒請母親安。」謝意恭敬道。

江氏神色淡淡。「意兒怎麼來了？」

謝意起身道：「今兒個出門買了件東西，想著送給母親。」

身後的小廝桐子忙上前幾步，手中捧著的自是謝意為江氏買的物什，原來是一盆墨蘭。

墨蘭在江南一帶極少見，且這盆墨蘭葉姿優雅俊秀，花色呈暗紫，與普通花卉一比，自是帶了不一樣的冷豔雍容，散發淡淡幽香，就連閱花無數的江氏都不禁眼前一亮。

謝意接過桐子手中的花盆，遞給江氏，口中道：「墨蘭在江南當真是難尋，這盆墨蘭還是兒子特意讓老吳從廣東那邊尋到的，一得了這花便立即帶來給母親。」

江氏生怕兒子一個不小心打碎了這千金難尋的墨蘭，忙接過來左右細看，越看越發歡喜，待聽到兒子是這般為她費心尋來，更是喜上心頭，語氣也變得柔和起來。「若真是這般，倒難為你還惦記著我了。」

謝意道：「母親說的哪裡話，為母親尋喜愛之物，便是費再大工夫也值得。」

江氏把手中的墨蘭擺放妥當，這才拉過兒子道：「這幾天外面熱得很，別總是大晌午的往外頭跑，當心中了暑氣。」

謝意搖頭。「不妨事，只是母親向來體寒，即便天熱了些，也莫要食涼性飯食。」

顧媛媛不著痕跡地往屋角挪了挪，儘量不發出一丁點聲音打擾到這母慈子孝的畫面，心中默默祈禱兩人最好把自己忘得一乾二淨才好。

只是這願望顯然沒有那麼容易實現，在得到墨蘭的欣喜之後，江氏又想起了顧媛媛，微斂去笑意道：「意兒僅僅只是為了送花而來嗎？」

謝意眼中閃著真誠的光芒，點頭道：「自然是為了給母親送花而來。」

他話說得乾脆俐落，不見絲毫猶豫，就連江氏都微微一怔，有些許疑惑，偏過頭去看了眼垂首而立的顧媛媛。

謝意也跟著江氏的目光往下望去，一臉詫異道：「阿鳶？妳怎麼會在母親這裡？」這神情作態似乎真的沒有看見顧媛媛一樣。

江氏看了眼顧媛媛道：「今兒個閒著無聊，聽說你身邊這個丫鬟頗有靈氣，便叫來陪我下下棋。」

謝意面帶疑惑道：「母親從哪裡聽說這等不靠邊的話，我這丫鬟讓她去廚房打打下手還可以，下棋？她怎麼可能會？」

江氏微笑道：「不會可以學，左右我閒著無事，你這丫鬟聰慧，便讓她跟著我來學下棋。」

謝意搖頭道：「母親若是想尋人下棋，意兒陪您下就是，何苦費心教導一個愚鈍的丫鬟。」

「我看這丫鬟就挺好的，只是聽我提點一、兩句，便已是領悟下棋的道理來，用不了兩、三日便能盡數學會，陪我下棋了。」江氏說著，淡淡瞟了顧媛媛一眼。

顧媛媛心道當真是坑人不眨眼，自己何時領悟什麼勞什子下棋的真諦了？不過是聽妳恐嚇了幾句……心裡雖是這樣想，可面上卻不得不應道：「奴婢哪裡當得夫人如此稱讚，是夫人棋藝精湛，肯下工夫提點奴婢罷了。」

江氏這才回頭對謝意道：「你看這丫鬟，盡是嘴甜。我近來沒什麼精神，可就盼著身邊有個這般會說話的人在，陪我解解悶。」

顧媛媛一臉受寵若驚，忙屈身道：「謝夫人誇獎，奴婢哪當得夫人如此垂愛。」

謝意揮手示意道：「行了，妳先下去吧，我與母親還有話要講。」

顧媛媛鬆了口氣，起身正要走，卻聽到江氏道：「下去作何？便留在這吧。」

謝意還未言語，江氏又道：「意兒，我對你這丫鬟可是歡喜得緊。」

「是嗎？不知這丫鬟有哪裡好，竟是入了母親的眼。」謝意不動聲色道。

江氏眸色凌厲。「不知哪裡好？若真不知哪裡好，意兒怎麼會將朱雀與青鸞兩個丫鬟都趕走了？」

謝意搖頭道：「母親這是說哪裡話，朱雀與青鸞兩人自是犯了錯才被送走的。」

江氏也不多言，只道：「這兩人的事我也不再追究，只不過阿鳶這丫鬟我覺得甚合心意，便留在梧桐苑陪我做個伴吧。」

謝意從另一個棋盅裡拈出一枚玉石棋子，掃了眼棋盤中的棋局，執棋落子。

江氏不願再等謝意考慮，反問道：「怎麼？意兒不捨得？」

謝意並未抬頭，仍舊專心看著棋盤，不知是在思考江氏的提議還是在思考如何落子。

顧媛媛開口道：「承夫人厚愛，奴婢願意留在夫人身邊伺候左右。」她方才只覺得這劍拔弩張的氛圍壓得人喘不過氣來，謝意若是執意相護自己，只會讓江氏更加忌憚她，可若是落到江氏手裡，恐怕也是難逃一劫。

如此一想，顧媛媛反倒平靜下來。橫豎都是一刀，江氏對自己不過是暫時抱持懷疑態度，與其被謝意維護，讓江氏直接給自己定罪，不如自己主動表示願意「留苑觀察」好了。

「這丫鬟跟著我已有多年，若是忽然離了身邊，恐難習慣。」謝意邊落子邊道。

顧媛媛一怔，暗道這個謝意何必還要攔自己一把，只怕越是這樣說就越是讓江氏不喜。

「一個丫鬟而已，到時候再往意兒身邊調遣兩個就是。」江氏道。

「母親既然明白，何必橫刀奪愛？」謝意落下最後一子。整個棋盤上，江氏所執白子的大半山河已再無活子。

江氏指尖一顫，猛地抬起頭，對上謝意的眼睛。

謝意的眼神不再散漫，而是充滿了不容置疑之色。

半晌，江氏閉上眸子緩緩道：「下去吧，我累了。」

謝意拱手一禮。「母親好生休息，意兒告退。」言罷他轉身而退，顧媛媛一時沒反應過來，被謝意淡淡地瞥了一眼，這才忙跟上他的腳步一同出了屋。

墨蘭在一旁散著淡淡幽香，江氏抬起眸子，看著那暗紫色的纖弱花瓣，輕輕嘆了口氣。

墨玉在一旁問道：「姑娘，您就這般放過那丫鬟了？」她本是江氏的陪嫁丫鬟，沒外人時仍舊以姑娘稱呼江氏。

江氏兀自搖頭道：「方才意兒眼神分明與當年的大哥一般無二，已是錯了一次，這次萬不可再與意兒離了心。」

墨玉為江氏細細捏著肩膀道：「姑娘說得是，依奴婢看那丫鬟倒也是個老實的，斷不會跟……」想到江氏恐怕不想聽到那個女人的名字，墨玉及時住了口。

江氏自言自語道：「但願如此吧……」

顧媛媛亦步亦趨地跟在謝意身後，一個不留神，險些撞上忽然頓住腳步的謝意。

「爺……」顧媛媛福了一禮道。

謝意冷冷道：「妳倒是長膽子了？」

顧媛媛抓了抓腦袋道：「這不是沒有辦法嗎……」

謝意淡淡瞅了她一眼。「妳倒是學會自作主張了。」

顧媛媛一張小臉上滿是委屈。「還不是怕爺跟夫人因奴婢而鬧得不愉快……」

謝意嗤笑，拂袖轉身道：「得了，別裝了，只要記得今後若爺還在一旁，就收起妳那自救的把戲。」

顧媛媛心頭一暖，回道：「是，奴婢遵命。」接著她伸手敲了敲自己方才快要彎折了的腰。「只是爺這般舉動，怕是夫人又要起疑心了。」

謝意笑了笑道：「既然疑心已起，那又何必遮遮掩掩，如此便光明正大地向母親坦白關係就是。」

「也是，夫人起疑已不是兩、三年，恐怕難以消除了……」顧媛媛說著，忽地想起謝意後半句話，哭笑不得道：「爺又胡說什麼，說什麼坦白關係……」

謝意轉身揉了揉顧媛媛的腦袋。「行了，快些回去換身衣裳，天色還早，待會兒再出去一趟。」

顧媛媛抬頭瞅了瞅謝意，才恍然醒悟這孩子竟已經長得這麼高了，如今自己的腦袋只到他的胸口，難怪謝意總是伸手去揉她頭髮，這身高差揉起來的確順手。

顧媛媛一邊在心裡胡思亂想，一邊問道：「爺有何事這麼晚還要出去？」

謝意抬頭看了看天色，沈聲道：「自是有事。」

聽到謝意這般嚴肅的回答，顧媛媛心頭一凜。

一品齋三樓設有九間雅閣，若是想要選擇雅閣，便要早早提前一個月預定。至於這預定的規矩，則是每個月月初時開始發牌子預定時間，通常只須半日，這一個月的雅閣便會被搶訂一空，由此可見這蘇州第一食樓其名聲之響，生意之旺。

不過這九間雅閣每個月只會釋出八間，其餘那一間則是為謝意留的，這倒也不是什麼稀奇事，只因這一品齋便是謝意前幾年盤下來的，身為東家，自然能夠有此待遇。

雅閣中的地板鋪著絳紫色繡金葵毯，屋子四周懸著珊瑚琉璃簾，簾後半掩住一幅幅名家山水畫，中間擺放著一張海南黃花梨木月牙桌，桌上擺滿了精緻的菜餚。

顧媛媛素手執起一旁的白瓷琉璃底玉壺，往一旁的金嵌寶樽中斟了半杯酒，酒香順著樽盞緩緩逸出，在空氣中嫋嫋散開。

謝意接過酒樽，仰頭飲盡，一雙眼眸微合，緩緩舒了口氣道：「掌櫃倒是未說謊，這『留君醉』卻是別有一番滋味。」

顧媛媛無奈道：「還當是何大事，原來爺就是要出來吃飯。」

謝意微微挑眉。「正好到了晚飯之時，當然是要吃飯，難道算不得大事？」

上館子就上館子，偏生擺出一副嚴肅的模樣作何？顧媛媛在心裡腹誹。

謝意從一旁拿起另一只樽盞，親自斟滿送到顧媛媛唇邊，輕笑道：「不是妳說的嗎？這世間唯有美食和美人不可辜負也。」

顧媛媛臉色一黑，她和新月幾個小姑娘開玩笑說的話竟被謝意拿來將自己一軍。

「嚐嚐吧，這酒滋味不錯。」謝意道。

酒香盈盈，直入鼻端。顧媛媛也不推辭，接過樽盞，以袖掩杯，一飲而盡。

酒初入喉中，清香襲人，頗為柔和，就像是美人的雙手撫上胸膛，緩緩流入腹中；然而入了腹卻是一團火熱，傳遍四肢百骸。

留君醉啊留君醉，千迴百轉，留君一醉；似甘似苦，似柔似烈，一如那欲拒還迎的美人般，一時間令人柔腸百結。

「怎麼樣？」謝意問道。

顧媛媛點頭。「卻是好酒，值得這五十銀。」

謝意笑道：「誰問妳值不值這價了，爺是說，可有覺得這酒同妳一般？」

顧媛媛勾起唇角，淡淡道：「爺說笑了，奴婢當年的身價可沒有這酒貴。」

謝意斂了笑意道：「這又說的哪門子胡話？」

顧媛媛低頭布菜，並未言語。

謝意搖頭道：「可是惱了？」

「不曾。」顧媛媛回道。

謝意伸手想要撫上她的臉頰，卻只是抬了抬手，終是放下道：「莫要惱，且再候些時日……」

顧媛媛心中倒是未曾惱怒，她依舊專心布著菜，將細細切片的掛爐山雞放到一旁翠綠的荷葉上，再用秘製的醬汁仔細蘸勻，接著精心打成捲，置於謝意面前的青花瓷碟中。

謝意拿起一旁的白玉箸，挾起肉卷剛放到嘴邊，就聽見隔壁猛地傳來拍案聲，而隨著拍案聲而起的是男子的怒罵——

「當今於上國庫空虛，於下百姓飢貧，然奸臣富庶矣！那謝府每逢佳節盛宴，大肆賓客，揮金如土！金從何得？便是中飽私囊，貪污舞弊而來！我泱泱大國，怎能留此國之蛀蟲！欲使我朝正清廉之風，則必先除江南謝國公！」

那出言的男子話音剛落，就見自己雅閣中的門砰地從外面被震開。一錦衣華服的年輕公子拂袖而立，面色含譏，身邊是一身著綾羅的貌美侍女，面容平靜，不卑不亢，後面則站著兩名大漢，身高八尺有餘，不怒而威。

進來的自是謝意等人。他開口問：「方才之言，出於誰口？」

「便是我說的！」一個頭戴方巾，書生打扮的青年眯著眼睛道。

顧媛媛看向那名書生，年齡不大，看起來最多二十歲左右。圓盤臉，眉目也算方正，此時卻是一身酒氣，醉眼矇矓，臉上也呈現酡紅色，看起來是醉得不輕。

雅閣中像他這般書生打扮的男子還有五、六人，看起來倒像是在聚會。他們見有人進來，皆是心頭一凜。

他們幾人都是墨山書院的學生，今日在這一品齋聚會，一開始本也是行個酒令，談論詩賦；可酒到正酣時難免會放浪形骸，從詩詞一路談到政論，說及當下時政，不免就說起這江南首屈一指的謝公侯府。他們心裡也明白方才那話說得太過火些，若是被有心人聽到，難免會帶給他們擔不起的麻煩，這也是在謝意等人推門而入之後，他們一直擔憂的事情。

只是顯然會擔憂的只有少數還未喝醉的人，大放厥辭的那個書生早就神志不清地承認了。

謝意勾起唇角，冷笑道：「你叫什麼名字？」

那醉醺醺的圓臉書生朝桌角用力一拍。「真是失禮！自己不報上名字，怎好詢問別人？」

「爺姓謝，單名一個意字。」

此言一出，那幾個還算清醒的書生就如被當頭潑了一盆涼水，從頭頂冷到了腳底。謝意不就是謝家唯一的長公子，未來的繼承人嗎？這下可是糟糕至極，當著謝公侯兒子的面罵謝公侯，這可如何是好？幾個學生當場愣住，不知作何言語。

顯然那個圓臉書生還未能反應過來，依舊醉醺醺道：「哼，勉強算你是可教之人。我姓陸，名安之，拜與墨山書院向文康向先生門下。」

墨山書院算得上江南第一書院，當今朝堂上自各司六部、下至各州郡縣都不乏從墨山書院出來的學生。

若想簡單瞭解一下墨山書院究竟有何地位，其實只用一段話便可理清楚。當年天子的帝師，如今也是太子帝師的東郭太師，便是墨山書院現今院長司徒先生的同門師兄。

故此天下學子皆以能拜入墨山書院為榮，此時這屋裡的學生身上那件淡青色袖口繡有暗紋的襦袍便是墨山書院的標誌。正因墨山書院盛名在外，所以那圓臉書生才會這般驕傲地道出拜於何人門下。

那圓臉書生見謝意不語，以為是被墨山書院的大名所震懾，不禁更加傲然。「你為何要破門而入？莫不是對我方才之言有何不認同之處？」

謝意冷笑道：「你方才說什麼？」

「呵，那謝府便是中飽私囊之族，那謝公侯便是那蛀木蟲……」話還未說完，圓臉書生就捂著胸口倒在地上，原來是林英一腳將他踹飛了去。

顧媛媛似是沒有看見滿屋子的人一樣，從一旁搬過一張黃花梨木椅放到謝意身後。

謝意撩起衣襬，坐下道：「繼續說。」

那圓臉書生的同門本十分顧忌謝意的身分，但見他竟縱容手下動手打人，不禁惱怒起來。讀書人自視清高，打人怎麼能占理！即便對方是高不可攀的謝公侯府長公子又如何？便是將這事鬧開了，於他們也不會有損。這般一思量，屋中其餘之人扶起圓臉書生，一個個對謝意怒目而視。

圓臉書生好一會兒才緩過氣來，吐出一口混著血的唾沫道：「說便說，今兒個我倒要好生說道一番！」

此話一出，其餘同門皆讚道好膽識，紛紛表示今日便說道個明明白白，看這蠻橫不講理的謝公子能不能得罪得起全墨山書院的人！

謝意仍是面上含譏，不急不緩道：「若是不怕死，就儘管說吧。」

「怕死」兩字像是一團骯髒的污水，淋在眾人心頭。他們本就一個個自命清高，怎的能讓「怕死」兩字污了自己名聲？為了證明自己不是貪生怕死之徒，更不是膽小怕事之人，一時間眾人跟打了雞血一樣，一個接一個提起勁地說開來。

顧媛媛在一旁聽著，斟了一盞茶給謝意。

謝意一副平心靜氣的模樣，接過茶盞，聽著這群書生大放厥辭。

顧媛媛見這群書生講得唾沫星子都快沒了，心下不忍，見誰歇著便遞杯水過去；而書生們有了茶水的滋潤，講得更是起勁，一講就是整整一個時辰。

待他們說完，謝意舒了口氣，放下茶盞道：「諸位都說完了？」在場的書生們你看看我，我看看你，相視無言。方才他們的言辭不可謂不激烈，說到興致高昂時，還甚是偏激；然而面前這位大公子居然連眉都沒有皺一下，這讓他們心中隱隱有了些許不安。因此當謝意出言詢問他們是否說完時，一時連個敢開口回話的人都沒了。

謝意也不著急，見屋中無人回話，悠然喝完最後一口茶後便吩咐道：「方才他們說的話，林二哥可都數清楚了？」

林傑笑了笑道：「他們一人說了幾句，我都記得清清楚楚。」

謝意點頭：「如此甚好，就按著那個數，一句話換一個巴掌。」

「放心吧爺，就交給我了！」林英道。

謝意輕笑道：「林大哥，下手可輕著點，五成力氣就夠了，可別打死了。」那輕巧的語氣讓在場的人心頭一震，那名為陸安之的圓臉書生怒道：「光天化日之下，你竟妄想縱人行凶……還有沒有王法可言了?!」

謝意挑眉道：「王法？難道你們還不明白，爺親自處置你們是為了你們好？」

其餘幾個書生氣怒道：「口出狂言！我等皆有功名在身，見官員皆可不拜不跪；威武亦不能屈也，你若是私自用刑，觸犯了我朝律法不說，還得罪了整個墨山書院——」

話音未完，一記響亮的耳光響了起來。被打的那個書生捂著臉嗷嗷直叫，再也沒了方才指點河山的氣勢。

第二十七章

顯然謝意已經不耐再去聽他們滔滔不絕的演說，直接揮揮手讓林英、林傑兩兄弟開始動手。

一時間啪啪啪的耳光聲響徹雲霄，伴隨著的還有眾學子們的慘叫。剛開始還有幾個骨頭硬的不肯屈服，沒多久也開始滿地亂滾，痛呼求饒。

一品齋的掌櫃上來看了幾次，見是東家在鎮場子，便不再多言，只重新泡了壺好茶給謝意送來，吩咐一旁的閒雜人等撤退。

謝意捧著茶盞，揮手示意林英和林傑兩人先停下，再看屋中眾人，皆是被打得跟豬頭一般，一張臉腫得連眼睛都快看不見了。

「可知道錯了？」謝意漫不經心地問。

那名叫陸安之的書生仍是嘴硬，腫著一張臉，含糊不清道：「我呸！你且看著得罪我墨山書院的下場吧！」

謝意眉頭一皺，將手中的茶盞砸向那書生，當即在那腫脹不堪的腦袋上多添一個大包。

「不知向師弟何時收了你們這幫不頂用的蠢貨，真是辱了師門的臉。」謝意冷冷道。

眾人剛開始還未能反應過來，可一思索便整個人都怔住。

向師弟？眼前這不講道理的惡霸居然稱呼自己的師父為師弟?!

謝意掃了眾人一眼。「前些日子向師弟來求我，說想要向我討一天一品齋的雅閣來供弟子設宴，再者希望我能來這裡為他的學生提點提點。」

這下眾人似乎覺得腦子已經不夠用了，全體呈現石化狀態。

謝意似乎並不稀罕眾人的反應，只繼續道：「我本不願答應，但念在畢竟是同門的分上，便應了下來。」

說著又嗤笑。「不過倒是不枉此行，這宴會真是別開生面，甚為有趣。」

陸安之艱難地嚥了嚥口水，嗓音沙啞。「你……你胡說……」

謝意揚了揚狹長的眸子，眼神閃亮，笑聲中滿是譏諷。「爺是不是胡說，你們還不明白？難道向師弟並未告訴你們？」

怎麼沒說！他們在來之前，師父向文康便千叮嚀、萬囑咐要好生跟謝師伯相處，據說這謝師伯是司徒師公的得意門生，是百年難得的聰慧之人，只是生於高門世家，極少露面，也鮮少有人知道。

向文康嘴皮子快磨破了，才請到這位傳說中的謝師伯來與他們相識一面，誰知道師父口中的謝師伯竟是眼前這蠻橫惡少謝意！

說起來謝意著實不太喜歡向文康，這個師弟已是而立之年，為人圓滑，喜歡攀附權貴，這次請謝意來與他的弟子聚宴，為的不過是謝府的權勢；若只是單純圓滑倒也無妨，奈何這位師弟偏生還要裝出一副清高模樣，這就讓人倒足了胃口。

謝意看了看眾人，不禁感慨這個師弟教出來的學生怎麼沒有繼承他那八面玲瓏的手段，一個個愣頭愣腦的。

「回去後跟向師弟說一聲，謝意已經應了他所託，提點了他的好徒弟們，以後無事莫要再來謝府賴著不走。」

謝意說完便起身離去，不再去看向屋中眾人。

回到謝意的雅閣，顧媛媛疑惑道：「奴婢倒也聽過墨山書院的大名，爺曾在墨山書院讀過書？」

謝意點頭道：「是，那是好幾年前的事情了。」

「那爺為何不在墨山書院學習了？」顧媛媛隨口問道。

謝意頓了頓腳步。「司徒師父說沒什麼可教我的，就讓爺滾蛋了唄。之後便被祖母送到謝家族學裡，司徒師父也常年在外面晃蕩，偶爾才回書院一次。」

謝意到現在還記得當年被扔出書院的情景，當時他的師父司徒先生把書丟在他身上說：「行了，沒什麼可教你的了，滾吧。」

細細想來，竟是好幾年沒再見到那沒個正經的老東西了，回去給他捎一封書信問問何時回蘇州來，好去見見他。

「聽說司徒先生跟當朝天子帝師是同門師兄弟？」顧媛媛詫異道。

謝意隨意應著。

顧媛媛沈思了會兒，道：「那爺跟天子算是同門了嗎？」

謝意笑著揉了揉顧媛媛的頭髮。「妳倒是什麼都敢說。」

顧媛媛抽了口氣，吐了吐舌頭，她只顧著研究輩分，沒發現自己竟是失言了。

謝意看著自己雅閣中已經涼透了的飯菜，揉了揉眉心道：「算了，回府吧，改日再來。」

顧媛媛應下，收拾了東西準備隨謝意離開。

「請謝公子留步。」一個清亮的男聲突然從後面響起。

顧媛媛回過頭去，看到身後站著一名男子。這男子看起來同謝意一般年紀，頭戴紫金玉冠，項掛九霄玲瓏瓔珞，身著玄色底繡金銀如意雲紋廣袖緞袍，腰間綴百團鏤蛟玉珮，看起來好生貴氣逼人。

顧媛媛悄悄打量了一番，這男子生得神儀明秀，很是英朗。

男子拱手施了一禮，問道：「謝公子可還記得在下？」

謝意思索了會兒，回禮道：「可是林總督家的公子？」

林秋然笑道：「難為謝公子還記得在下，在下曾在幾次宴請中與謝公子有過幾面之緣。」

謝意也只是猜測，沒想到真給說中了。原來這男子是總督府林鶴的兒子林秋然。

「林公子喚住在下，所為何事？」謝意似乎對眼前之人並不十分熱情。

林秋然笑著從袖中取出一張燙金帖遞了過去。「過兩日謝公子可願意來林府一聚？若是謝公子肯光臨，當真是蓬蓽生輝。」

謝意接過燙金帖，略沈吟後道：「既然林公子相邀，謝意哪有不去的道理。」

林秋然大喜。「那在下便在府中恭候謝公子了。」

謝意回禮。「林公子太過客氣了。」

兩人隨意寒暄幾句後，便告了別。

謝意看了看手中的燙金帖，遞給一旁的顧媛媛。

顧媛媛接了過來，好奇地打開，見裡面也只是普通的宴請之詞，便問道：「爺不是向來不喜這些聚宴的嗎？」

「這個聚宴還是有必要一去的。」謝意回道。

既然謝意都這般說了，自然有他的道理，顧媛媛也不再多問，只是仔細將請帖收了起來。

馬車裡，謝意支著腦袋閉眸小憩，顧媛媛在一旁理清思緒。

其實很早之前她便察覺到謝意並非只是坐吃等死的小胖子，只是對於他的意圖，她並不是十分清楚。

今日那些書生說的話雖不重聽，但細細想過也不難明白。正如那陸安之所言，不說別的，只道謝府每回宴請都是揮金如土，即便不出宅門，顧媛媛也知謝府驚人的富貴和在這江南之地的滔天權勢。

這便是樹大招風風撼樹的道理吧。顧媛媛偏過頭去看謝意，心嘆難不成謝意想要憑藉一己之力改變此局勢嗎？可謝家在江南的勢力早就盤根錯節，若想要避過上頭的忌憚又談何容易？

顧媛媛心頭一動，謝家能在這江南如此風生水起，並不只是皇上優容老臣，怕也是有意為之；而謝府擔的便是這分來自帝王的信任，只要謝家堅決站在帝王之下，便能在下任皇帝登基之前安然無恙。

顧媛媛算了算，如今的皇帝已年近五十，自古以來帝王多數不太長壽，恐怕也沒剩下多少年了。在老皇帝還在位時好好站在老皇帝身邊，等新皇帝上位時主動卸權，恐怕這才是謝府的出路。

只是此時的顧媛媛並不知道謝望顯然已經開始暗地裡站隊了，這也便是現下謝意所頭疼的事情。

馬車忽然一停，顧媛媛一個沒坐穩，腦袋碰到了車壁上，好在這輛馬車連車壁也都嵌裹著軟鹿皮，這般一撞，只是讓顧媛媛回過神來。

謝意悠悠睜開眼睛，聲音中透著朦朧睏意。「到了？」

可若是到了，車伕老劉頭為何也沒有下來說一聲？顧媛媛有些好奇地掀開簾子向外看去。

這般一看，此處正是去往謝府的一條小路，原來是真的還未到謝府，只是離謝府已經不遠。這條小路距離謝府偏門較近，故此倒是常常打這裡走，只是不知為何馬車卻突然停在這裡？

「劉叔，前面怎麼了？」顧媛媛探出頭問道。

車伕老劉頭轉過身來回道：「鳶姑娘，妳看前邊那幾輛馬車不知為何卻是不走了，擋住了路。」

顧媛媛詫異地往前看去，這條路上鮮少有馬車經過，即便有，見到謝府的馬車駛來，斷沒有不避開的道理，怎會有幾輛馬車擋住了路？

「八成是有什麼事情耽擱在路上了吧。」顧媛媛回道。「要不我上前去詢問詢問。」說著顧媛媛從馬車中下來。

最前頭的馬車看起來頗為清貴，應不是小門戶裡的人家，只是不知為何會停在這半道路上。

「大叔，您這馬車是怎麼了？」顧媛媛見那車伕圍著馬車轉了好幾圈，急得滿頭汗。那車伕抬頭見一做侍女裝扮的姑娘，再往後一看，這才了然，原是擋住了人家的路。

這時一個做丫鬟打扮的少女從馬車上下來，開口對車伕道：「怎麼回事？還沒有修好？都耽擱多久了，再等會兒天都黑了，若是誤了時辰你可擔著！」

那車伕抹了把頭上的汗珠子。「綠珠姑娘，八成是這車軸出了問題……」

「不管是哪出了問題，你趕緊修啊，難不成讓咱們姑娘在這白等著？」那名叫綠珠的姑娘不耐煩道。

車伕嘆了口氣，對顧媛媛道：「姑娘……妳看這……不知何時能夠修整好，不如請您家馬車改個道？」

顧媛媛看了眼四周，這戶人家馬車行李並不少，足足有六、七輛，再看這車伕和那丫鬟打扮也頗為不俗，不禁疑惑道：「聽方才那話，你們似乎有急事，既然這幾輛馬車都是你們家的，不如就讓您這車上的小姐換一輛乘坐，招呼手下的眾人將這輛壞的車推開。前面那裡有條小胡同，正好可以避一下——」

話音還未落，那名叫綠珠的丫鬟尖聲道：「這是說的什麼話，我們姑娘怎麼能坐其餘那些馬車，也不看看我們姑娘什麼身分？」

顧媛媛心道，誰知道妳家姑娘什麼身分，我只知道後面馬車裡的那位大爺晚飯都沒吃兩口，這會兒肯定餓了，再不騰出條路來，怕是要炸毛了。

顧媛媛看著周圍的馬車，果真就數這輛最為華貴，看來是車中小姐不肯屈身換車了。顧媛媛耐著性子道：「我家爺也是要趕著回府，在這耽擱著恐怕不妥吧……」

綠珠細眉一橫，厲聲道：「你們難道就不會打別處走了？」

顧媛媛在心裡直搖頭，這丫鬟也不知哪家的，竟是這般暴脾氣，莫說在這蘇州城，便是整個江南一帶斷沒有讓謝府馬車讓道的道理。顧媛媛琢磨著謝意的耐心還剩多少，為了不讓謝大少爺怒拆馬車，還是乾脆索利點解決好了。

顧媛媛清了清嗓子，端起姿勢朗聲道：「妳可知這後面被阻擋的是誰家的馬車？」

綠珠指著顧媛媛的鼻子道：「不管是誰家的馬車，都得給我們讓道！得罪了我們姑娘，無論是哪家都擔不起！」

喲嗬，還是個小辣椒。

顧媛媛正要搬出謝府大名，趕緊讓他們讓開了路走人，卻聽得馬車中傳來一道清脆的女音——

「怎麼回事？還未能修好嗎？」素淨的手撩開簾子，一名少女探出半個身子。

顧媛媛微微抬頭一看，暗讚這姑娘真是好顏色，一張白生生的小臉光潔如玉，娥眉細而彎，大大的杏核眼顧盼生輝，挺秀的鼻下是張粉若櫻瓣的唇，只這般一探身，便可見其玉指素臂，細腰雪膚，漂亮得像尊瓷娃娃。

不過這少女身著一件淡青色的絲綢短褙子，裡面是一件同色的百褶如意裙，渾身上下的首飾就只有頭頂上那支銀釵和腕上的金絲鐲子。

很顯然少女身上的打扮與這華貴的馬車極為不符。

「五姑娘，這人竟想讓姑娘去坐那些丫鬟們乘坐的和盛放物什的馬車！妳說這算是什麼話，也不打聽打聽咱們姑娘是去什麼地方的？」綠珠瞥了眼顧媛媛後跟那少女說道。

「綠珠姊姊先莫要生氣。」那被稱作五姑娘的少女一邊出言安撫著綠珠，一邊往後面看去。

越過重重馬車，後面那輛金緞絲綢包裹的黑楠木大馬車正是謝意乘坐的。

少女心頭一驚，看得出後面那被阻擋的馬車竟是比自家這馬車還要華貴許多，心頭稍作思量，再開口時聲音放柔了幾分。「這位姑娘，不知貴駕要往何處去？我們是謝公侯府上的。」

顧媛媛微微笑道：「那可是巧了，我們也是謝公侯府上的。」

顧媛媛此話一出，幾人皆沒了聲響。

那瓷娃娃般的美麗少女最先回過神來，掩住眼中詫異的神色，聲音中越發客氣道：「可不是嗎，怎的這般巧。不知後面是謝府哪位的座駕？」

「我家主子是謝府大公子。」顧媛媛回道。

這下綠珠的臉上徹底掛不住了，由紅變青，由青轉白……她若是知道後面那輛馬車是謝大公子的，怎麼敢說出那些話來？此時此刻真是連腸子都悔青了。

那美麗少女心頭也不禁一震，只是眸中的驚愕之色轉瞬即逝，轉而充滿了欣喜，對顧媛媛道：「原來是表哥的馬車。」

第二十八章

表哥？顧媛媛疑惑地看著眼前這美麗的少女，其實倒也不怪顧媛媛不知道，近日來著實太忙，竟不知會有上京的表小姐到謝府來。後來經過少女的解釋，這才明白過來，原是上京江家的小姐，江氏的親姪女。

可若是江家大小姐來，江氏又怎會輕怠至此，讓這一行人阻在路上，無人來應？其實這事說起來倒也是不趕巧，江家大小姐江雨姝自幼身子底極差，這兩年來更是病愁不斷，多次請了大夫來看，只說此病需要靜養。

江南好風水，若是在江南將養幾年，於病情大有益處。江老太爺左右一思量，便把孫女送來女兒江青娥這裡，畢竟是親姑姪關係，定會將江雨姝照顧周全。

親姪女要來，江氏也十分欣喜，忙前忙後準備了好幾天。今兒個早上江雨姝的車隊中那幾個盛裝平日物件的車馬已經提前到了謝府，按照原本的計劃，江雨姝等人的車輛會在明天抵達謝家。

可偏生這個時候江雨姝不堪路途勞頓，加上天氣炎熱，本就不好的身子又病了起來，竟是中了暑氣。這一番好生折騰，為了讓江大小姐能有好的休息環境，全隊人馬只得加快行程，趕在今天快些到達謝府。

只是一波未平一波又起，眼看就快要到謝府門口了，馬車的車軸又出了問題，居然停了下來。這般一折騰眼看著天色要黑，而謝府那邊，江氏也未曾知曉姪女眼下的情況。

這般前不著村、後不著店的處境，著實讓人心焦。

那少女講述著這半日的情形，眼中滿是擔憂道：「姑娘，方才不知後面是表哥的車駕，竟擋住了表哥的路，確實是我們不對。」

「表姑娘這是說哪話，姑娘先莫著急，阿鳶這就去回稟爺。」顧媛媛說完便往回走。

「心兒……咳……外面怎麼了？」江雨姝在馬車裡輕咳著問道。

江雨心回頭對江雨姝道：「姊姊，咱們的馬車壞了，擋在路上，後面那被擋住的車是謝家表哥的。」她邊回答邊不動聲色地整平了衣服，假裝不經意地捋順亂了幾分的髮絲。

江雨姝正是身子不舒坦，聽說後面的車駕是謝家表哥的，不禁放下心來，卻也顧不得緊張了，欣喜道：「那倒好，可算是要到謝府了。」

這時綠珠早已回到車上，正要說些什麼，卻聽到外面有道清軟的聲音傳來。「表姑娘，我家爺說請姑娘換乘他那輛車去。」

顧媛媛方才過去把這邊的事告訴了謝意，謝意聽罷，這才想起江氏曾提過江家表妹要來江南養病的事。誰料到竟是這般尷尬的相遇，當下便起身下了車，讓顧媛媛知會前面一聲，將那江家表妹接到自己這輛馬車上。

一旁負責伺候江雨姝的婦人歡喜道：「這下可好了，姑娘再忍忍，馬上就到謝府了。」

說著扶起江雨姝，從一旁拿起一件繡蝶輕絲羅披風為她披上。

「沁芳姑姑說得是，到了謝府姊姊就能好生休息了。」江雨心接著話。

那名為沁芳的婦人本是江雨姝的乳娘，很得江家信任，這次也是專程跟在江雨姝身旁伺候左右，也就是這趟江南之行中江大小姐身旁的管事。

沁芳見江雨心神色裡的欣喜和關切，不禁很滿意，心道這個江家的庶出五姑娘倒真是個好孩子，為人乖巧懂事不說，這一路來倒是處處為姝姊兒真心著想。

顧媛媛在外頭候著，不多時馬車的簾子便掀開來。先下來的是兩個做丫鬟打扮的女孩子，其中一個便是綠珠。

綠珠下車見到顧媛媛，心裡頭頗為尷尬，顧媛媛反而像沒有聽到過什麼一般，客套地朝兩人笑了笑。

待人都下車後，最後從馬車中出來的姑娘，身披一件繡蝶絲羅披風，裡面穿著件桃紅色蝴蝶穿花妝花褙子，蜜合色大朵簇錦團花芍藥紋錦長裙，腳上穿了雙軟網底金線墜珠繡鞋，頭戴東菱玉纏絲曲簪，頸上掛著鑲紅寶銀項圈，看來這便是正主江大小姐了；只是可惜如此貴女，一身綾羅依舊掩不住滿面病容，一張小臉清白，眉目淡淡，這讓顧媛媛想起曹公筆下的林妹妹——態生兩靨之愁，嬌襲一身之病。淚光點點，嬌喘微微。閒靜時如姣花照水，行動處似弱柳扶風。

江雨姝本身容貌不俗，只是此時的病容使得精神不濟，加上身旁還有個明豔秀媚的江雨心，如此一比，反而跟陪襯一般。

顧媛媛邊思量著邊搭把手道：「表姑娘可還好？我家爺已將馬車騰出來，姑娘且跟我來吧。」

江雨姝打量了下顧媛媛，微微點了頭。

一旁的江雨心和善地笑了笑道：「有勞姑娘了。」

顧媛媛微笑回禮，在前面引路。江雨心在心中暗自想道，謝府當真是江南門第最高的鐘鳴鼎食之家，就連表哥身旁的丫鬟也有這般容貌氣度。

如此想來，江雨心覺得在謝家更應該小心謹慎才是。她身為一個庶出的小姐，生母位分低微，從小在家中便不受重視，千辛萬苦經營多年才取得江雨姝這個江家大小姐的信賴，又費了多大力氣才爭取到一同來江南的機會。想到這，江雨心覺得手指微微有些顫抖，手心裡滲出了汗。

此時謝意已經從馬車中下來，見顧媛媛從前面走來，身後跟著一群人。

江雨姝病懨懨的，毫無精神，但畢竟要見的是謝家表哥，便強撐出幾分笑顏來。抬起頭見前面一年輕公子，身量修長，身穿廣袖紫雲紋葛紗袍，烏髮半束，一雙狹長的眼裡滿是散漫，只看了一眼便趕緊垂下頭，雖是自家表哥，可畢竟不相熟，怎好一直看著。

「可是江家表妹？」謝意掃了一眼來人道。

江雨姝施了一禮，細聲細語道：「正是雨姝。」

謝意上前虛扶起江雨姝。「表妹一路來辛苦了，方才聽阿鳶說表妹今日中了暑氣，現在可還好些？」

江雨姝微羞，垂頭回道：「謝表哥關心，此趟來江南有郎中隨行，此時已經稍微好些了。」

謝意隨意寒暄了幾句，見前面車伕已經將那輛損壞的馬車拖到一旁小胡同裡，便對江雨姝等人道：「前面不遠處便是謝府，表妹就先乘坐這輛車吧。」

「多謝表哥，只是若我們乘了這輛馬車，那表哥呢？」江雨心道。從開始謝意就並未看她一眼，這讓江雨心感到很失望，故才搶著回了話，果不其然引起了謝意的注意，江雨心在對方眼中看到了一絲詫異。

謝意的確是有些詫異的，他聽母親說只有一個江家表妹要來，怎的又冒出一個？不過不管幾個表妹都無所謂就是了。謝意淡淡道：「無妨，表妹先回去就是。」

江雨心向謝意施了一禮道：「如此雨心便先別過表哥了。」

謝意微微點頭示意。

沁芳扶著江雨姝上了車，江雨心跟在其後。謝意看著她們上車，準備待會兒便跟顧媛媛隨意走回謝府。

就在這時，江雨心腳下一個不穩，竟是要摔下去，一旁的沁芳想要拉一把卻已是趕不及，這般高的車身若真是掉下去，非得摔出個好歹來。只見江雨心一聲驚呼，直直向下墜去，而下面正是謝意所站之地。

一雙有力的手臂扶住自己，江雨心覺得眼前一晃，已是安然著地。還未回過神來，那手臂已經離開了自己。

「表妹且當心些。」謝意道。

江雨心一雙美目中神采流轉，柔聲道：「多謝表哥……」

一聲輕咳響起，打斷了江雨心接下來準備好的說辭。

「五姑娘快些上來吧，天色不早了。」沁芳冷冷道。

江雨心一驚，忙低頭上了馬車，再抬頭是一副受驚的神色，一雙大眼裡滿是後怕。

一旁的江雨姝忙安慰道：「沒事吧，怎生這般不小心。」

江雨心壓了壓淚意，努力笑了笑道：「沒事……就是嚇了一跳。」

沁芳看著江雨心神情不似作偽，臉色這才緩和了些。

江雨心舒了口氣，此棋是險了些，還好沒有引起沁芳的疑心。若非謝意從開始便對她神色淡淡，她倒也不至於頂著被沁芳忌憚的危險也要走此一步。想到謝意方才眼眸中似笑非笑的神情，江雨心心頭一跳，隨即便壓下那股不安，她方才所期望的不過是能夠在謝家表哥的腦海中留下個印象罷了。

路是一步一步走的，時間還很長，不要再如此大意了。江雨心在心裡默默告誡自己。

顧媛媛跟在謝意身後，慢悠悠地往謝府走。想起剛剛那位江家五姑娘，不禁心嘆真是個有心的，姿色出眾不說，言談舉止也很討人喜歡，又是個有眼力勁的，只是方才那一跤跌得實在是太心急了些，若不是方才那一摔，顧媛媛對這位五姑娘倒是很有好感的。

謝意見顧媛媛又出神，便問道：「又在想什麼？」

顧媛媛抬頭看著遠處的天空中飛過一片鳥群，輕笑道：「沒什麼，只是覺得方才那表姑娘生得好漂亮。」

待謝意同顧媛媛兩人回到謝府，江家的兩位表小姐都已經安置妥當了。

江氏見姪女一張小臉青白，本想詢問的話盡數不再問，只吩咐大夫重新把了脈，抓了藥，再配上從前江雨姝所服用的藥，幾帖藥下肚後，江大小姐的臉色才算是緩和了許多。

江氏囑咐人好好伺候著，又派了幾個丫鬟、婆子過去，這才好生安慰了姪女江雨姝一番，讓她先休息著，若有什麼事待明日再說。

江氏為姪女準備的住處是謝府的柳苑，出了柳苑的門便是碧湖。因此處柳樹環繞，即便是到了最炎熱的天氣，也十分清涼。進了院子，入眼便是一簇簇各色的花兒，花兒圍繞著一座小型假山，每一塊石頭都雕刻得極為精細，假山下是一處小水池，裡面養著顏色鮮豔的錦鯉。繞過這處假山，後面便是主廂了。

江雨心環顧了下四周後，尋了一處偏廂住下。江氏自然不會知道隨著江雨姝來的還有個五姑娘，也沒有精心為江雨心準備什麼閨房；不過江雨心倒也不在意，她心中明白，就算江氏知道還有個姪女跟來也不會為她精心備上什麼，畢竟自己只是個庶出的小姐，還是死皮賴臉跟過來的。

偏廂的佈置亦十分整潔清貴，雖然比起江雨姝住的那間還是差了許多，但這已經讓江雨心很滿足了。她將自己的物品隨意擺放完畢後，便出了門去。

此時江雨姝早已服了藥睡下，她便先去隔壁的那間房裡，果不其然見到沁芳姑姑正在收拾東西。

「沁芳姑姑，我來幫您收拾吧。」江雨心甜甜說道，手腳麻利地幫忙收拾著。

沁芳笑了笑道：「五姑娘放著吧，莫要累著了，這些東西我自個兒收拾就好。」嘴上這般說著，可卻沒有要攔的意思，只是由著江雨心忙活。

「我不累，倒是姑姑照顧姊姊勞頓好幾日，今日好生歇歇才好。」江雨心回道。

沁芳道：「好孩子，妳也忙了一大會兒了，今兒個回去早早休息，怕是明天還要正式見過謝家人呢。」

江雨心應道：「哎，那姑姑早些歇息吧。」

出了門後，正巧撞上自己的使喚丫頭春來，春來是個老實巴交的姑娘，也就是因為她足夠老實，江雨心這次出門才會只帶上她一個。

「姑娘怎麼出來了，熱水備好了，快些進屋洗洗塵吧。」春來手中提著熱水，對江雨心道。

江雨心點點頭，跟著春來進了屋，脫下衣衫，舒舒服服地洗了個熱水澡，同樣也洗去了一身的疲乏。

「春來，姑母是不是派了兩個丫鬟來這院子了？」江雨心泡在熱水裡，半閉著眼睛問道。

春來重新往浴桶裡添了些熱水，嘴裡應著。「是啊，姑娘妳說這謝府怎麼會這麼氣派？竟是比咱們上京的江府還要好。姑娘妳是沒見到，謝家大夫人派來的兩個丫鬟，穿得都跟個小姐似的。」

江雨心並不怎麼吃驚，江府在上京那就是在天子眼皮子底下，再怎麼往富貴裡折騰也得有些個分寸；這謝府則是不一樣，三代經營江南，在這裡就是首屈一指的豪門望族，這個用度倒也不足為奇。在來之前，江雨心就旁敲側擊地打聽了些謝家的事情，只是所能夠知曉的不太多。想到這裡，江雨心睜開了眼睛。

「春來，把我那首飾盒子拿來。」江雨心道。

「哎，姑娘要找哪個盒子？」春來問道。

「就是雙銀扣金絲紋的紫檀木匣子。」江雨心看著春來翻找，在一旁提醒。「哎哎，對……就是那個。」

春來疑惑道：「這不是姑娘最寶貝的首飾匣子，這大晚上的，姑娘找它作甚？」

「別問了，快拿來給我看看。」

春來將手上的匣子遞過去，江雨心半趴在浴桶裡，手指在匣子中挑揀著，思量了一會兒，從裡面拿出一對紫琉璃鑲珠雙釦鐲。

「行了，就這個了。把匣子收起來吧。」江雨心看著鐲子道。

春來應了一聲，把匣子擱一邊放好，這才為江雨心擦拭出浴。

「那兩個謝府派來的丫鬟在哪裡住著？」江雨心問道。

春來邊為江雨心擦乾頭髮邊回道：「就在拐角第二間的偏廂裡，姑娘有什麼事要尋她們嗎？要不要奴婢替姑娘傳會一聲？」

「不用了，我這會兒有點餓了，妳去看看這小廚房有沒有什麼吃的，動靜小點。」江雨心吩咐道。

春來應著，起身去了小廚房那邊。

江雨心想了想，從一旁找出了件水紅色緞織掐花對襟長裙，隨意綰了長髮，拿上方才選中的那對鐲子，便出了屋向拐角那邊走去。

江氏調遣來的兩個丫鬟，一個叫早梅，一個叫晚杏，此時兩人正收整了東西坐著說話。

早梅從一旁拿出個小荷包，裡面盛著些香瓜子，她掏出了些遞給晚杏。「哎，原先不是說來一位表姑娘，怎的今兒個一來來了兩個？」

晚杏接過瓜子道：「這咱們哪知道，不管來幾個，咱們伺候著不就行了？」

早梅也是閒得發慌，尋著話頭道：「妳有沒有看見後面那位表姑娘，我遠遠地瞅見一眼，哎喲，生得可真好看，我還沒見過那麼漂亮的姑娘呢。」

晚杏顯然也同意早梅的說法，點頭道：「那倒是，不過倒也不是沒見過這麼漂亮的。」

早梅起了興趣道：「哎？難不成咱們府上還有哪個院子的姑娘比那表姑娘還好看？」

晚杏又從早梅的小荷包裡掏出些香瓜子嗑著，想了一會兒道：「還真是有一個，就那大爺身邊的……」

話才說一半，就聽得外面傳來一陣輕輕的叩門聲。

「誰呀？」早梅邊問著，邊起身過去開門。門才拉開一半，便見一人正笑盈盈地站在門外。

「這不是……表姑娘？」早梅驚訝道。

第二十九章

只見江雨心身上那件水紅色緞織掐花對襟長裙襯得臉蛋瑩白如玉，長髮濕潤潤地隨意綰在一側，一雙大眼睛似乎是天邊的皎皎圓月，盛滿了一池的星光。

一時間，早梅竟是看得出了神。

「哎，是我。不知是不是擾了兩位姊姊休息？」江雨心似乎已經習慣了早梅臉上的反應，笑著回道。

早梅這才回過神來。「表姑娘可是有什麼要緊事來尋？」

江雨心抿唇笑了笑。「嗯……其實也不是什麼大事，不知可否方便進去……咱們裡頭說？」

「瞅我們這腦子，竟是讓表姑娘站外面說話，姑娘快些進來吧。」

江雨心順勢進了屋，晚杏從一旁拿出繡墊鋪好，讓江雨心坐下，江雨心也不推辭。

「表姑娘來可是有事？」晚杏問道。

「我在家裡排行老五，那邊都喚我五姑娘，要不兩位姊姊也這麼叫吧。」江雨心笑了笑道。尊貴的表姑娘只要有江雨姝一位就夠了，她只是跟著蹭過來的五姑娘。「今兒個多虧了兩位姊姊跟著前後打點照應了。」

晚杏忙回道：「五姑娘這說的哪裡話，這都是奴婢分內的事，五姑娘可莫要這般客氣，喚我晚杏就是。」早梅也在一旁跟著應和。

「哎，兩位姊姊比雨心的年齡大些，叫聲姊姊也是應當的。」江雨心甜美的嗓音及真摯的眼神令人渾身舒坦，這般漂亮的一個人兒，便是同為女孩子也讓人討厭不起來。

江雨心取出事先挑選好的那對紫琉璃鑲珠雙釦鐲，對兩人道：「今日辛苦兩位姊姊了，往後這段日子裡，怕是咱們都是要在一個院子的。雨心年紀小，做起事來有些毛躁，初來謝府，倒要靠兩位姊姊多照顧了。」說著將那鐲子塞到兩人手上。

早梅和晚杏相視一眼，道：「五姑娘這麼說就見外了，既然夫人讓我們來這邊伺候著，姑娘就是咱們的主子，咱們定會盡心照顧，哪裡還敢收姑娘的東西。」兩人將鐲子給江雨心遞過去。

江雨心忙道：「姊姊可要收下，這鐲子雖不十分精貴，卻也是雨心的一點心意，姊姊若不收，便是嫌棄雨心。」

早梅與晚杏兩人倒也明白這個道理，假意推辭兩下後便收下了鐲子。

「這樣才是了。」江雨心雖面帶歡喜，可心嘆到底是謝府的丫鬟，見過的好東西多了去，這兩人雖然高興，卻也不把那對鐲子太放在心上，只是看了一眼便收放一旁了。

想到這裡，江雨心也是一陣肉疼，從家裡出來也不過帶了那麼點東西，這對鐲子已經是自個兒手中品色上乘的了；不過雖是肉疼，江雨心倒也不覺得捨不得，既然這兩個丫鬟能被江氏派來親姪女身旁伺候，那必定也算是頗有分量的。

她現在對謝府上下的情況是一片空白，若是想要不出錯，便只能跟這兩個丫鬟先拉好關係。

好在江雨心模樣好，嘴又甜，一雙水靈靈的大眼睛總是看得人心裡頭癢癢的，又是個能說愛笑的，沒多久便跟早梅、晚杏兩人混了個相熟；特別是早梅，本就有些直腸子，江雨心只稍稍一問，她那一張小嘴就跟竹筒倒豆子似地說開來。

江雨心根本沒費多大的勁就把謝府的基本情況摸了大半，一旁的早梅還在喋喋不休地說著謝府的八卦，不過全是些雞毛蒜皮的小事，倒也無太大用處。江雨心邊聽著邊在心裡將這些訊息理清。

說了好一會兒，晚杏才拉住一旁的早梅，插嘴道：「五姑娘，明兒早上怕是要早些起來，夫人那裡肯定要為兩位姑娘洗塵接風的，再晚怕是會誤了姑娘休息。」

江雨心也差不多把想要知道的都瞭解個遍，便笑著應和了兩聲。待要離開的時候忽然想起了些什麼，便問道：「晚杏姊姊，我今兒個在路上遇到表哥，見他身邊有一位姑娘，不知怎的，我第一次見那姑娘便覺得十分眼熟呢。」

晚杏稍一思量，便曉得江雨心所說何人，笑著道：「五姑娘說的是大爺身邊的鳶姑娘吧？能整日跟著大爺出門的，想來也就是她了。」

「鳶姑娘……」江雨心轉了轉眸子，疑惑地看向晚杏。

晚杏笑了笑。「鳶姑娘跟在大爺身邊多年了，很得大爺看重。」就連晚杏都覺得後面這句話說得太輕巧，謝府內院裡誰不知道大爺對鳶姑娘當真是偏寵得很，無論是在夫人還是二姑娘面前，都毫不留餘地的護著鳶姑娘。

丫鬟私下裡難免會嘴碎這之中的事，都琢磨著這鳶姑娘怕已是大爺的人，將來也是能收房開臉的。倒也不怪丫鬟們私底下這樣瞎琢磨，畢竟大爺已經到年紀了，收個房裡人也無甚稀奇。

雖有人羡慕、有人饞，可這鳶姑娘為人和善，平日總是一副柔柔弱弱的好脾氣模樣，言談舉止間的氣度又頗讓人心服，各院的姑娘們倒也都和她相處不錯。晚杏這般想著，對江雨心似乎不經意般又提點道：「鳶姑娘做的吃食可是極好的，若是有機會倒是可以去找鳶姑娘給咱們做些嚐嚐看。」

江雨心立刻會意，朝晚杏笑了笑。「是嗎，那我有機會可要去嚐嚐了。」見天色已不早，江雨心便回自己房裡歇息。今日正是月盈，映得院中很是亮堂，江雨心看著這輪盈月，輕輕嘆了口氣，拉下窗前的簾幔。

今兒個顧媛媛起了個大早，昨日謝府來了兩位表小姐，江氏定然要設宴為姪女接風，而謝家幾位少爺、小姐都是要去的。

梧桐苑今天可真是熱鬧非凡，就連西府的孫氏也帶著兒女來了。顧媛媛跟在謝意身後走入正廳，裡頭已經坐滿了人。

顧媛媛掃了眼屋裡的人，江氏坐於廳上正中央，左邊站著的是江雨姝，江雨姝身旁則是昨日顧媛媛見到的那位漂亮少女江雨心。

顧媛媛感到些許詫異，按理說江雨姝是江氏的嫡親姪女，江氏待她定然會更加疼愛，可此時江氏雖是親親熱熱地拉著江雨姝的手，嘴上不停地問著話，眼神卻一直定在庶姑娘江雨心身上。

在江氏眼中，庶出的永遠都是上不了檯面的，不過是沾了些江家的血脈而已，對於這個跟過來的姪女，江氏原本並不上心，只將注意力放在江雨姝一人身上。

由於多年未曾回去上京，江氏對江家年邁的父母很是思念，不停詢問著姪女江家這些年來的情況。江雨姝本就羞赧，回答江氏時也垂著眉目，聲音細若蚊蚋。

江雨心在一旁看見了，便乘機跟江氏講起江家的情況，這一舉反而讓江雨姝鬆了口氣，對這個妹妹投去了感激的眼神；而江氏雖看不上江雨心的身分，卻也對她沒有敵意，江雨心又慣是個會說話的，不多時便逗得江氏歡喜連連。

其實江雨心也知道江氏就算身處江南，哪裡會對江府這些年來的情形一無所知，所以並不像剛剛江雨姝那樣只挑揀江家的大事說，而是說些江家老太爺、老太君平日裡的小事，這下倒正合江氏的心意，覺得原來這個姪女也是個懂事討喜的孩子。

顧媛媛看了眼新來的這兩位表小姐，江雨姝今日穿了件茜紅色月季花妝花褙子，裡面是一件蔥白底繡紅梅花的八幅湘裙；而江雨心則是穿了件藕色菱荷妝花褙子，裡面配了一件月白色的綾紗絲羅裙。再說那首飾，江雨姝今日戴了一套赤金打磨的頭面，江雨心則選了一套翡翠鏤空雕花頭面，鬢邊還戴了朵淡粉色的宮紗絹花，更添嬌色。

顧媛媛心道江雨心這副打扮不可謂不用心，處處都要恰到好處的比江雨姝略低一籌，既不能蓋過江家大小姐的風頭，又不能過於素淡丟了江家的臉面。

江雨心雖然穿得不豔麗，可依然擋不住那俏生生的姿色，往人群裡一站，便能吸引大把的目光；而一旁江雨姝雖穿著華貴，卻依然掩不住臉上的病容，可倒也是那病懨懨的模樣，讓人忍不住想要憐惜。

江氏見兒子到了，便招手讓他過去，顧媛媛自然不會跟著擠上前，而是順勢找了個角落，跟別院的姑娘在一旁小聲嘮嗑。

「阿鳶，來這裡。」

顧媛媛循著聲音看去，原來是雲煙和雲雨，這兩人正站在門邊上的一株小榕樹旁向她招手。

顧媛媛過去打了聲招呼。「好幾天沒見妳倆了，忙什麼呢？」

雲雨小聲道：「還能忙什麼，左右不過是伺候二姑娘唄。」

一旁的雲煙用胳膊輕撞了下顧媛媛道：「哎，妳那邊怎麼樣？」

「唔，還好吧。」顧媛媛隨口應著。

雲煙努努嘴道：「什麼叫還好吧，自然是說那位。」

顧媛媛慢吞吞問道：「什麼這位那位的？」

雲煙一副「拿妳沒辦法」的模樣，湊到顧媛媛耳邊小聲道：「自然是妳跟大爺……」

顧媛媛微微蹙了眉，沈聲道：「雲煙，莫要胡說。」

「我可不是胡說，各院的姑娘都是這麼說的。」雲煙依舊小聲道：「前天聽說夫人尋妳來梧桐苑了？可是有說什麼？」

「不過是閒閒沒事找我隨意說說話，打發時間罷了。」顧媛媛隨意回道。她不知道原來各院裡對她竟是這般說法，不過想想也是，像她這樣的貼身丫鬟，又跟了謝意這麼多年，再加上謝意平日對她的回護，大家也就覺得收成通房丫鬟絕對是八九不離十的事了吧。

通房丫鬟……顧媛媛唇角浮起一絲嘲弄。

雲雨似乎看出顧媛媛的不悅，用眼神示意雲煙不要再說了，可雲煙是出了名的八卦小能手，好不容易逮住顧媛媛，哪裡又能放過她去？她湊得更近了些，用一副可憐兮兮的模樣求問道：「咱們都是這麼多年的好姊妹了，妳就悄悄告訴我吧，我保證不會說出去的。」

顧媛媛嘆了口氣，有氣無力地道：「讓我說什麼？」

雲煙在顧媛媛腰間輕輕掐了一把，嗔道：「又裝傻！」

顧媛媛無語凝噎，她好好的清白算是全砸在這裡了，想來想去，只得向雲煙道：「確無此事，只是妳們多想了。」

本來她想告訴雲煙她們私下不要這般亂說，可是流言這種東西，哪裡是說止住便能止得住的？

雲煙點頭道：「這樣啊，不過也是早晚的事……」

雲雨見顧媛媛臉色不對，忙在一旁打岔道：「哎呀快別說了，妳們快看這兩位表姑娘可真漂亮。」

雲雨轉了話題阻擋雲煙的追問，可顧媛媛卻輕鬆不起來，心裡頭像是堵了一團亂麻似的。她抬頭看向前方，卻見謝意恰巧也看向自己，他朝她微微勾起唇角，她只覺耳朵一熱，忙低下頭去。

好在雲煙的視線被新來的表姑娘吸引住了，並沒有看到這一幕，不然定會再次開啟八卦模式追問個不停。

「妳們可知道江家小姐為什麼會到江南來？」雲煙又神秘兮兮地湊到兩人身旁。

「好像是說表姑娘身體不好，江南水土養人，氣候溫潤，故此來謝府將養兩年。」雲雨回道。

「這只是其一。」雲煙說著又瞟了眼顧媛媛。「聽夫人身旁的辛巧說，這是有意讓江、謝兩家……再結姻親。」

江雨姝的父母其實也是有這分心思的，拋開謝家在江南一帶的地位權勢不說，江氏畢竟是江雨姝的親姑母，女兒嫁到謝家自然不會受委屈，所以一邊養病，一邊讓兩個孩子培養感情，這才是江睿夫婦讓江雨姝來江南的最大目的。

顧媛媛顯然也隱隱猜到了，心裡頭倒是覺得雲煙這一說法有幾分合情合理，只是耳邊的熱度不知在什麼時候已經悄悄退卻。

雲煙瞅了瞅顧媛媛，發現她神色如常，鬆了口氣道：「其實也沒什麼，妳看表小姐柔柔弱弱的，看起來就是個好相與的。」她方才一時口快，忍不住說出了那話，卻是怕顧媛媛心裡頭不舒坦，這才又用此言寬慰她。

顧媛媛自然明白雲煙的用意，只是這話於她來講一點用處都沒有，因為她根本就沒打算給謝意做妾，更不想跟什麼表姑娘好好相處。

雲雨見顧媛媛悶不吭聲的，不禁有些擔憂，也跟著小聲勸慰道：「阿鳶，大爺對妳那麼好，定不會委屈妳的，妳莫要放在心上。」

顧媛媛哭笑不得。「行了行了，真是服了妳們倆。好姑娘們快些閉上嘴巴，給我清靜清靜會兒。」

見顧媛媛這般說，雲煙和雲雨相視一眼，便不再提起這事，只是扯開話題說了些別的。

再說謝意這邊，剛才江氏知曉了昨日兒子在路上巧遇江雨姝她們，連連嘆著到底是一家人的緣分。

江雨姝連忙起身，柔聲道：「雨姝見過表哥，昨日多虧了表哥幫忙。」

謝意虛扶起江雨姝。「表妹不必多禮，昨日遇見倒是正如母親所說，當真是緣分。」

一旁的江雨心站在江雨姝身後並不言語，她心知昨天的心急差點造成的過錯，多行多失，這麼多人在的情況下，自然是少些言語較好。

謝意落了坐，見江雨姝還立於那，便問道：「表妹昨日可還住得習慣？身體有沒有好些？」

江雨姝蒼白的面龐染上了一抹緋紅，貝齒輕咬著唇。「謝表哥關心，多虧姑母為姝兒打點妥當，姝兒昨兒個住得很好，今日精神也好些了。」

謝意隨意道：「如此便好，表妹且安心在江南休養，若是有何不妥當的，直接尋我便是。」

江雨姝連忙應下。

謝意見寒暄得差不多了，便不再開口，只是在一旁笑著聽江氏她們說著話，時不時被點名時，才心不在焉地應上幾句，一雙眼睛則是在人群裡尋找自己的小侍女。

果不其然，他在門邊的角落看到了顧媛媛，兩人視線相交，他立刻對自家丫鬟表達了尋找到她的喜悅。他看見顧媛媛低下頭，耳根子泛紅，不禁十分滿意。

只是不知為何，沒多久顧媛媛抬起頭來時，臉上竟是一片陰鬱。

*這丫頭又怎麼了？*謝意心道。

他還來不及深思，一聲清脆的女音從外面傳了進來。「聽說來了位江家表妹？」

第三十章

眾人循聲望去，只見一位少女走了進來，身著繡金牡丹團花長褙子、蹙金彩蝶戲花羅裙，腳上踏著一雙月白色乳煙緞攢珠繡鞋。這一身不亞於江雨姝的打扮，讓江雨心已經猜到來人是誰。再看那少女，雖顏色平平，一雙細長的眸子中卻滿是驕傲的神采，這少女便是謝家的掌上明珠，謝妍。

江氏把女兒喚到跟前，責怪道：「妳這孩子，怎麼到現在才來？還不快見過妳嬸嬸和哥哥、姊姊。」雖是責怪的話，可任誰也聽不出半分責怪的意思，由此可知江氏對這唯一的女兒有多疼愛。

謝妍聽話地一一見了禮。

孫氏連忙扶起她，對江氏道：「瞅咱們家姑娘，一轉眼竟是這麼大了，還長得這般漂亮，怕是大嫂又要發愁哪家的郎君才能配得上了。」

這番話臊是謝妍也羞得低下頭。「嬸嬸竟是愛說笑，今兒我是來看江家表妹的。」

江氏也笑道：「還說呢，快來見過妳兩位表妹。」

謝妍往江氏的方向看去，見到了兩個與自己年歲差不多的姑娘。一個弱柳扶風，楚楚動人；一個明眸皓齒，豔如桃李。

謝妍勉強笑了笑道：「怎麼是兩位表妹？」

其實有這個疑問的不只謝妍一個，可這般直接問出來，倒顯得像是不歡迎江雨心一般。江雨心倒也不在意，起身笑了笑道：「雨心見過姊姊。江家老太君怕雨姝姊姊在路上沒個說話的伴，才讓雨心跟著一起來。」說著又向江氏道：「倒是給姑母添麻煩了。」

江雨心行為舉止落落大方，配上甜美的聲音和那張如瓷娃娃般的漂亮面孔，任誰都會歡喜。

「哪裡會麻煩，妳們倆且安心住下就是。」江氏對這個姪女的好感度又上升了不少。

謝妍點頭道：「原來如此，這下倒好了，原本妍兒整日裡無聊，一下來了兩個表妹，也可做個伴。」

江氏看著女兒道：「妳啊，就是玩心大，今後也要向妳妹妹們學著點。」

之後江氏又詢問了江雨姝平日的一些生活習慣，又問吃食上可有忌口，江雨姝都一一回答。待問到日常喜好時，江雨姝則說平常甚少出門，在家中也是看書習畫。江氏便藉此又說了謝妍幾句，無非就是要向妹妹學習，多讀讀書之類的。

謝妍是謝望唯一的女兒，雖上面有哥哥，可到底不同。聽說來了位表妹，本想著終於有玩伴了，心中稀罕得不得了，在來時就抱了極大的好奇心；可這個表妹倒好，一副文文靜靜的模樣，根本不像是有趣的，平時的愛好竟是舞文弄墨，這讓謝妍失望至極。

待聽到江氏又藉機對自己說教後，謝妍便繃著一張小臉坐到了一旁。

江雨心見狀，笑著過去同她說話，先是稱讚了一番謝妍的裙裳首飾，待謝妍心情大好了後，便開始聊些上京的小趣事，不多時便博得了謝妍的好感。

待那邊江氏同江雨姝說完話，謝妍和江雨心已經打成一片了。

這時謝鈺從外面進來，向江氏、孫氏等人見安，江氏只神色淡淡地應著。

江雨姝微微抬頭看向這三表哥，這一眼卻怔住了。謝鈺今日依舊著一身素白蜀錦流雲暗紋長袍，襯得整個人似謫仙般出塵。墨色長髮簡單束起，眉目如畫，眼角的淚痣嫣紅。

謝鈺似乎感覺到有人看向他，微微抬起頭來，這張丰神俊美的面容便深深映入江雨姝眼中，也映在了她的腦海裡。

謝鈺朝江雨姝微微笑道：「見過表妹。」這個家宴畢竟是為江家表姑娘接風的，自然要跟聚宴的主角打聲招呼才是。

江雨姝忙起身回禮，一張小臉通紅，再也不敢看向謝鈺，口中的聲音越發細不可聞。「雨姝見過……見過表哥。」

如同謝意一般，謝鈺隨口問了幾句後便走到一旁，留下江雨姝一人微微失神。

昨夜江雨心已經聽早梅大致描述過這位謝家三少爺是如何的美豔不可方物，可這般第一次見到仍是被謝鈺的姿色所驚住，好在到底是做過準備，只一瞬間便回過神來，神色自若地見了禮。

江雨心這番表現讓謝妍大感滿意，在謝二姑娘眼中，若是江雨心也似江雨姝一般見到謝鈺就失魂落魄的，這個玩伴就沒有存在的必要了。

謝鈺並未坐到謝意身旁，而是掃了眼廳中眾人後，獨自走向角落，選了張椅子坐下，而此處便是顧媛媛所站的地方。

顧媛媛見謝鈺坐在自己旁邊，便上前去為他奉上茶。

謝鈺也不推辭，接過茶盞輕聲道：「好多日未曾見妳了，在忙什麼？」

「左右不過是大爺身旁的瑣事。」顧媛媛回道。

「可見確實是忙得很了，如今妳竟是比原先消瘦了許多。」謝鈺道。

顧媛媛疑惑地撫上臉頰。「有嗎？」

「有，氣色也不如以前了。」謝鈺認真道。

顧媛媛將手放下，笑了笑。「怕是近來天氣熱的緣故吧。」

「妳啊，再忙也要多注意身體才是。」一聲輕柔的嘆息入了顧媛媛的耳。

顧媛媛微微愣了下，半晌才回道：「多謝三爺關心。」

謝鈺垂下眸子，緩緩道：「阿鳶……」

「怎麼了，三爺？」顧媛媛問道。

謝鈺微微抬起頭來，看著顧媛媛秋泓般的眼眸，一時把所有的疑問都壓入了心底。

「無事……」最終謝鈺開口這麼說。

顧媛媛也不再多問，安靜地站在一旁。忽然袖口被人扯了扯，她回過頭，見白芷剛剛從屋外進來。

「阿鳶，妳跟我出來一下。」白芷在顧媛媛耳邊輕聲道。

顧媛媛點點頭，跟白芷出了屋。

「阿鳶……我求妳一件事。」白芷紅著臉，指尖繞著衣角，半晌才喃喃道。

顧媛媛笑道：「瞅妳，我當是怎麼了，什麼事把妳緊張成這樣？」

白芷看了眼身旁，見這會兒沒人，拉過顧媛媛在她耳邊道：「我想請妳幫我雕個小像。」說著從袖中取出一塊暗紅色的木頭。

顧媛媛疑惑道：「雕像？雕什麼？」

白芷的小臉刷地全紅了，吞吞吐吐道：「就是……雕一個……三爺的人像……」

顧媛媛這下更加摸不著頭腦了。「雕三爺的像幹麼？」

白芷紅著臉道：「這是要祈福用的。」

顧媛媛恍然。雕刻她是十分拿手，雕個人像出來也不難。「雕個三爺的像出來倒沒什麼問題，可若是雕得不好……」顧媛媛看著手中的紅木道。

「沒關係的。」白芷忙道。

顧媛媛收起紅木，點頭應下。「好吧，既然這樣，我便試試。」

白芷這才綻開笑顏。「謝謝妳阿鳶。」

顧媛媛拍了拍她的肩頭道：「跟我還客氣什麼。」

白芷為難道：「阿鳶，這事就妳我兩人知道好不好，不要告訴別人。」

「知道了，我不會告訴別人的。」顧媛媛應道。

白芷拉著顧媛媛的手。「那……妳要發誓。」

「發什麼誓？」顧媛媛感到有些疑惑。

白芷咬了咬唇道：「就……就發誓不能告訴別人，誰都不能說！」

顧媛媛無奈道：「好，我發誓，絕對不會告訴別人的。此事就只有妳我知曉，若是我口快，與別人說了，就讓我……」

顧媛媛思索了一會兒道：「妳來說吧，就讓我怎麼辦？」

白芷垂著頭想了會兒。「這樣就行了。」

顧媛媛笑著。「好了，待我回去雕好了就給妳。」

兩人說笑了會兒，聽到廳裡傳來動靜，連忙走回去，見眾人紛紛起身，這才知道原是江氏要在問月亭擺宴了。

問月亭是在謝府半月湖中所修建的一處觀景臺，占地頗大，每每夏日設宴，均在問月亭中。眾人皆乘小艘遊船駛向亭中，身為貼身大丫鬟，顧媛媛必須跟在謝意身後，同江氏、孫氏、江家姊妹、謝家兄弟們搭乘同一艘船。

上船的時候，顧媛媛驚奇地發現江家五姑娘居然和謝家二姑娘手拉手，像一對好閨蜜一樣。謝家二姑娘親親熱熱地喚江雨心「五兒」，江家五姑娘則是甜甜蜜蜜地叫謝妍「妍姊姊」。

顧媛媛不禁感慨這位庶出五姑娘真不簡單，雖不知她在江家曾經如何，但到了謝家之後先是得到江氏的喜愛，後又獲得謝妍的青睞，下一步呢？這位五姑娘想要的是什麼？

江雨心似乎感覺到有人在看她，回過頭時正巧對上顧媛媛的視線，兩人互相探究的眼神便這般交會在一起。

顧媛媛微微笑著福了一禮，方才探究的神色已盡數全無，彷彿那只是江雨心的錯覺。

江雨心也微微頷首示意，一旁的謝妍順著江雨心目光看過去，待看到顧媛媛時，臉上的笑意全無，鼻中冒出一聲冷哼，拉過江雨心道：「五兒，妳看她作甚？莫要搭理她。」

江雨心小臉浮上困惑。「妍姊姊，昨日我在表哥那見過這姑娘一回，怎麼？妍姊姊不喜歡她？」

謝妍撇撇嘴道：「我哥是被這丫鬟勾了魂去。」

江雨心一怔。「這……」

謝妍似乎好不容易找到一個貼心的知己一般，絮絮叨叨地跟江雨心說了起來。

上次謝妍跟顧媛媛結下梁子後，曾多次想去收拾了這丫鬟，後來謝意直接到傲雪居把謝妍提溜出來一頓好訓，唬得她再也不敢打顧媛媛的主意。之後謝意送了謝妍一隻據說是從天竺那邊進貢來的波斯貓做禮物，這才安撫了這個驕橫的妹妹。

這打一巴掌給個棗的伎倆，對付這個小姑娘倒是恰恰好用，雖謝妍不喜顧媛媛，卻也沒三天兩頭再想生事。

「表哥想來是很喜歡她了？」江雨心小聲問道。

謝妍翻了個白眼，冷哼道：「就是個丫鬟，再喜歡還能當菩薩供著不成？我今後的嫂子那是何等尊貴的身分，到時候有得是人收拾她。」

謝妍的話讓江雨心微微一怔，再次看向謝意身旁的顧媛媛。

此時顧媛媛正靜靜地站在一旁，湖上吹來的微風拂亂了她的髮絲，她抬起手，素白的指尖滑過如玉的面龐，將頭髮繞於耳後，一雙翦水秋瞳中滿是沈靜。

待小船划到了問月亭，眾人皆下船一一入座。

亭子四周擺放著一圈鏤花木桶，桶裡盛裝著冰塊。湖上清風吹來，帶著冰桶的涼意捲入亭中，在這炎熱的夏季，給眾人帶來一陣清涼之意。

一支由十二位美人組成的司樂隊坐於亭角，輕攏慢撚，奏出絲竹之音。

湖上駛來八艘船舫，從裡面下來一隊隊身著輕羅的侍女，手中皆捧著食盒，為江家姑娘接風的家宴這才開始。

顧媛媛從一位侍女手中接過銀盆，捧於謝意面前，待謝意淨了手後，便將銀盆還於侍女，再從一旁取了巾帕，為謝意仔細擦拭，後又從一旁接過青花瓷盅，伺候謝意漱口。

侍女們將食盒紛紛打開，正式擺了宴。按照小家宴規格，開宴前菜十一道，中菜九道，後菜十二道，最後是粥食，以雨前龍井閉宴。

宴會上氣氛其樂融融，母慈子孝，兄恭弟謙，姊妹相依，看起來很是和諧，只是和諧的場面上總會有些不和諧的因素出來搗亂，比如蔞官。她向來就是謝家最不合群的一個，原本這次為江家表姑娘置辦的接風宴中，江氏未曾叫上蔞官，可總擋不住人家自己要來。

蔞官一向喜歡這種熱鬧的氣氛，於是方才便不請自來到了梧桐苑，江氏雖不喜，但當著這麼多人的面，斷沒有拉下臉去叱喝的道理，只得選擇無視她。不過蔞官從小便在戲班子長大，這般登臺獻唱的人物，要的便是萬眾矚目，怎能容許自己被這般無聲無息地無視呢？

「兩位表姑娘當真是畫中仙般的人兒，這用起飯來一提筷、一動勺，也能入了畫兒一般。」蔞官挑起鳳目，一雙媚眼在江家姊妹身上流轉。

江雨姝一怔，有些靦覥地看了眼萋官，雖是剛才就見過這位美豔的婦人，可江氏卻並未給她介紹，此時不知該如何開口。

江氏手中的筷子也是一頓，這個禍害竟是先挑了她的姪女下口。

一旁的晚杏在江氏姊妹身後小聲提點道：「這是萋官姨娘，莫要搭理她就是。」事實也是如此，萋官為人張揚，在謝府裡是最愛挑事的，常常三言兩語撥弄得人心中火大，故對付萋官最好的解決方式就是置之不理，就連江氏平日也都是對她不搭不理。

聽了晚杏的話，江雨心自然不會主動生事，只當沒聽見，微微笑了下後便繼續吃自己的飯。

萋官見無人理她，不禁索然無味，一雙美目轉了幾圈，卻是鎖定在江雨心身上。

「看來這位就是江家的大小姐江雨姝了，到底是上京來的姑娘，瞅著就是比咱們江南姑娘大氣。」萋官笑得妖嬈。她方才去梧桐苑，江氏壓根兒就沒搭理她，自然也就沒有為她介紹江家姊妹，不過即便沒有介紹，看江氏對江雨姝的關懷，也能分得清哪個才是正牌的表姑娘。此刻她不過是閒來無事，想要給江氏等人心頭添點不自在。

「萋官姨娘怕是認錯了，雨心只是遵照老太君的意思，給姊姊做伴來的，要說這稱讚，雨心可是當不得。比氣度，姑母才當真是上京出來的女子，雍容端莊；比才學，雨姝姊姊秀外慧中，冰雪聰明；比姿色，妍姊姊長於江南，才是嫋娜娉婷，婉約可人。萋官姨娘，妳說是也不是？」江雨心微微笑著，看向萋官。

這番話下來，將江氏母女誇了個遍，又安撫了方才江雨姝被誤認的情緒，恁是萋官也再道不出個什麼來。

「原是這樣，那可是怪我搞錯了。」萋官愣了一下，倒也不尷尬，笑著回道。

江雨心不再接話，見對面坐在謝鈺身旁的一個少年正直直地盯著她。她認得那是孫氏的兒子謝遊，便微笑頷首示意。

謝遊見江雨心看向他，忙側過臉去，假裝和旁人說話。

江雨心忍不住彎了彎眼睛。謝遊圓乎乎的小臉蛋雖是扭到了一邊，可眼睛還時不時向她瞟來，那模樣看起來很是可愛。

接下來宴會和諧地進行著，只是夏天的天氣就像孩子的臉，說變就變。就在宴會將要結束之時，忽然颳起大風，捲得半月湖上水波漣漣，不多時天上便烏雲密布。

「這天氣竟是要下雨的模樣。」江氏道。

孫氏也點頭道：「還真是說變就變的天啊。」

一時風起，眾人身上已有涼意，江雨姝身子弱，方才還紅潤的小臉變得青白一片，一旁的丫鬟見了，忙遞了杯熱茶給她，又尋了件披風給她繫上。

雷鳴電掣，大雨傾盆而下，天色陰沈得竟如黑夜……

——未完，待續，請看文創風428《丫鬟不好追》下

文創風
427

丫鬟不好追 上

國家圖書館出版品預行編目資料

丫鬟不好追 / 青梅煮雪著. --
初版. -- 臺北市 : 狗屋, 2016.07
冊 ; 公分. --（文創風）
ISBN 978-986-328-612-7（上冊 : 平裝）. --

857.7 105008042

著作者 青梅煮雪
編輯 王冠之
校對 沈毓萍 周貝桂
發行所 狗屋出版社有限公司
地址 台北市104中山區龍江路71巷15號1樓
電話 02-2776-5889～0
發行字號 局版台業字845號
法律顧問 蕭雄淋律師
總經銷 知遠文化事業有限公司
電話 02-2664-8800
初版 2016年7月
國際書碼 ISBN-13 978-986-328-612-7
原著書名 **《少爷的正确饲养方式》**，由北京晉江原創網絡科技有限公司授權出版

定價250元
狗屋劃撥帳號：19001626
網址：love.doghouse.com.tw E-mail：love@doghouse.com.tw